Tu réclamais le soir

DU MÊME AUTEUR

Big Fan, Inculte, 2009

Blue jay way, Sonatine, 2012

Ta mort sera la mienne, Sonatine, 2013

Jenny, Sonatine, 2016

La Poupée de Kafka, Actes Sud, 2016

Fabrice Colin

Tu réclamais le soir

Roman

CALMANN LÉVY

Couverture
Maquette : olo éditions
Photographie : © Dominik Belica/Shutterstock

ISBN 978-2-7021-8274-1

Camarade, ceci n'est pas un livre :
Celui qui touche ce livre touche un homme,
(Fait-il nuit ? Sommes-nous bien seuls ici tous les deux ?)
C'est moi que vous tenez et qui vous tiens,
D'entre les pages je jaillis dans vos bras –
la mort me fait surgir.

Walt WHITMAN, *Feuilles d'herbe*

À qui dédier cela ?

Jules BARBEY D'AUREVILLY, épigraphe aux *Diaboliques*

Une rumeur dégueulasse empoisonnait Paris depuis quelque temps, une fatalité que nous nous refusions à nommer. Nous avancions tête baissée, marchant trop vite, parlant trop fort, riant tels des possédés. Kurt Cobain n'était pas mort encore et nous nous étourdissions de vacarme, fuyant en un savant désordre les échos de la catastrophe. Ceux qui ne détalaient pas étaient des saints, des diables, des martyrs – tour à tour et à la fois –, et moi, qui me débattais dans les affres d'une tragédie intime, je restais là, attendant qu'on me demande de sauver quelque chose ou quelqu'un afin de mieux savourer mon impuissance.

Inferno

1

Le soir où j'ai rencontré Iago avait des allures de dernière chance. Janvier engendrait des crépuscules d'une clémence inhabituelle et je m'enfonçais dans le brouillard, le long de la rue des Blancs-Manteaux.

Un fin jeune homme aux boucles de jais, chemise noire, veste croisée, long trench noir aussi, venait de descendre sur la chaussée, se détachant du bras de la fille qui le soutenait.

Il a besoin d'air, me souviens-je avoir pensé, et jamais je n'ai pu ôter cette image de mon esprit : on aurait dit qu'une sentence avait été prononcée et que, tout espoir anéanti, il tenait désormais à mourir libre.

Il a levé les yeux au ciel puis, des deux mains, a lissé l'ample masse de sa chevelure en arrière, sa bouche figée autour d'un cri muet, et il s'est effondré.

La fille a crié. Je me suis précipité. Une main sous la nuque, genou sur le trottoir, j'ai essayé de le redresser. Lui dans mes bras, mol abandon, paupières papillonneuses. Confusément, et en dépit de la douleur qui déformait ses traits, j'avais le sentiment qu'il s'amusait de ma détresse.

Mais, comme à mon habitude, je me suis senti coupable. Cet éclair invisible qui l'avait abattu, c'était moi qu'il aurait dû frapper.

Un goût de ferraille m'emplissait la bouche. Je tapotais ses joues, sa mâchoire osseuse. Massage cardiaque ? Mes notions de secourisme étaient rudimentaires.

Une quinzaine de curieux s'étaient rassemblés autour de nous, un murmure se propageait et je restais là, incapable de quitter mon poste. « Il faut appeler les pompiers ! » a lancé quelqu'un. Une petite brune s'est précipitée dans le bar le plus proche. « Vous avez le téléphone ? »

Le garçon respirait, c'était déjà ça ; sa poitrine se soulevait par à-coups. J'ai pris le temps de détailler son visage. Nez aquilin, lèvres purpurines, tout y était suave et précis.

La fille qui l'accompagnait est venue s'accroupir près de nous. Cheveux coupés court, d'un gris clair tirant sur le blanc – elle ne devait pourtant pas être plus âgée que nous –, des gestes calmes, des prévenances d'infirmière. Elle lui a saisi le poignet. La grimace du garçon, peu à peu, s'est muée en sourire. La fille a déposé un baiser sur son front.

— Arrête ton cinéma, Iago. Tout le monde nous regarde.

Et lui, ravi :

— Je sais.

Je continuais de le soutenir. En vain ? Farouchement, il a serré mon poignet, puis sa main est retombée, doigts ouverts, en offrande. De la poche de son manteau, la fille a tiré un paquet de mouchoirs en papier qu'elle a secoué sous mon nez.

— Tu t'es mordu.

Un grand gaillard à veste de cuir s'est accroupi à ma gauche et m'a repoussé sans ménagement. « Je prends la suite. » Je me suis relevé, tamponnant mes lèvres, et j'ai inspecté la tache de sang brun, ouverte comme un cœur. La fille disait vrai.

Je me suis adossé à la devanture d'une bijouterie fermée pour travaux. Personne ne me prêtait plus attention.

Le cercle s'était refermé sur l'ange déchu et son amie. On commentait, on donnait des conseils. Je me suis hissé sur la pointe des pieds. Il s'était assis, ça ne paraissait plus si grave – en définitive, les pompiers n'avaient pas été appelés.

— *¿ Qué pasa ?*

Un gars de mon école, que je n'avais pas entendu approcher, venait de se matérialiser à ma gauche. Julien : un troisième année trapu et candide, aux cheveux coiffés en brosse qui, en toutes saisons, arborait des lunettes de soleil à rabats miroir. Une cigarette était glissée derrière son oreille.

— Un type est tombé. Il avait l'air mal en point.

— Tu le connais ?

J'ai secoué la tête. J'étais encore sous le choc : de sa pureté, de sa pâleur. J'avais toujours été sensible aux visages, et il se dégageait de sa physionomie quelque chose d'intensément aristocratique. Il me faisait penser à ce tableau que j'avais découvert à Londres, l'année précédente, *La Mort de Chatterton*.

Julien a pioché un pain au chocolat dans un sachet rempli de viennoiseries aplaties, puis me l'a tendu. J'ai décliné.

— Tu as vu une apparition, mec.

Je n'ai pas répondu. Déjà, aidé par des inconnus, le garçon se redressait. Le charme était rompu.

Julien a tourné les talons avec un reniflement. Un

instant, j'ai songé à le rattraper, il me manquait certaines précisions sur le cours de marketing du lendemain. Bah, quelle importance ? À l'Institut, les frais de scolarité avoisinaient les 3 000 francs par mois, mais on n'exigeait de nous aucun zèle particulier.

Le garçon avançait à pas traînants, un bras par-dessus l'épaule de la fille aux cheveux blancs. Ils sont entrés dans le café. Un serveur s'est approché, la fille lui a glissé un mot.

Le garçon palpait son trench à la recherche d'on ne sait quoi. Nos regards se sont croisés, le sien ne s'est pas attardé. Je n'étais rien qu'un type campé sur le trottoir d'en face, et il devait être habitué à être dévisagé.

Pour finir, le serveur est revenu, a déposé une tasse de porcelaine devant lui et lui a pétri l'épaule. Ils plaisantaient, on aurait dit que rien ne s'était passé. Assise à son côté, son amie a relevé la tête et m'a vu à son tour.

Elle s'est levée, est sortie, a traversé la rue pour me rejoindre.

Elle avait un visage de poupée, une petite bouche rehaussée de mauve, elle m'arrivait à l'épaule. Jolie ? Quelque chose en elle décourageait ce type de jugement. Ce casque argenté, cet air revenu de tout.

— Pourquoi es-tu parti ? Je voulais te remercier.

Elle a jeté un coup d'œil derrière elle. Je ne savais pas quoi répondre.

— J'espère que ce n'était rien de grave.

— Faiblesse passagère. Ça lui arrive.

— Tu es…

— Sa sœur, a-t-elle répondu, plantant son regard dans le mien. Tu habites le quartier ?

— Non. Mais mon école est à deux pas.

Elle portait un long manteau à col de fourrure. De sa poche, elle a sorti un bonnet de laine, qu'elle a enfilé. Pendant dix bonnes secondes, elle s'est frictionnée.

— Mon frère aimerait que tu viennes.

— Où ?

— Chez nous.

Le garçon, qui semblait avoir recouvré pleinement ses esprits, plaisantait avec un type à la nuque tatouée, installé à une table voisine, qui devait avoir deux fois son âge. Il a fait sauter un sucre dans sa bouche, a accepté la cigarette qu'on lui tendait, l'a coincée entre ses incisives. De temps à autre, il nous mirait. Au bout de la rue, un feu était resté bloqué au rouge.

— Vous êtes du quartier ? ai-je demandé.

— On va dire ça.

Elle avait enfoui ses mains dans ses poches. J'ai regardé ma montre. Il était 16 heures, le soir n'allait pas tarder à tomber. J'étais en train de réaliser qu'elle me demandait de l'accompagner *maintenant.*

— Juste un quart d'heure, ai-je murmuré.

— Pourquoi ? Tu es attendu ?

J'avais promis à Angélique que je serais rentré pour 18 heures.

— Pas spécialement.

— Ne bouge pas d'ici.

Elle a rajusté son col et est repartie vers le café. Elle a posé une main sur l'épaule du garçon, et il a interrompu sa conversation pour l'écouter, lui caressant les doigts. J'ai pensé à ma propre sœur, assise dans le couloir d'un hôpital de jour – le dernier endroit où je lui avais parlé. « C'est ma faute, avais-je soufflé à son oreille. Tu m'entends ? »

2

— Iago. Enchanté.

J'ai relevé la tête.

— Fabrice.

Il me tendait la main. Je l'ai serrée – une poigne d'acier, étonnamment ferme –, et il a plongé son regard au fond du mien. Dents parfaites, sourire à l'avenant. Ses boucles noires lui mangeaient le front. Il était gracieux, élancé – un danseur.

— On dirait que tu m'as sauvé.

C'était faux, bien sûr, et après ? Sa sœur s'est pendue à son bras.

— Elle, c'est Brume, a-t-il annoncé en faisant mine de rajuster le bonnet de l'intéressée, qui ne l'a pas laissé faire.

Il s'est mis à me poser des questions. Fabrice comment ? D'où est-ce que je venais ? Avais-je des amis dans le quartier ? Étais-je un habitué ?

Je lui ai répété ce que j'avais dit à sa sœur. Il ne m'a pas demandé le nom de mon école. C'était moi qui l'intriguais. Ma petite personne gauche inexplicablement contrite.

« Allons-y. »

Ils m'ont indiqué une direction. Ils marchaient autour

de moi, devant, derrière, tantôt de biais, tantôt à reculons, ils m'étudiaient, mon embarras les charmait.

— Tout droit, a prévenu Brume à un croisement.

Elle m'a poussé en avant. Nous remontions la rue Vieille-du-Temple. Les chaussures à bout ferré de Iago claquaient sur le trottoir.

Devant une grande porte peinte en bleu, au numéro 15, il s'est figé au garde-à-vous, deux doigts sur la tempe. Brume a soufflé dans ses doigts avant de composer un code. Elle s'est adossée à la porte, puis s'est écartée, et Iago s'est fendu d'une révérence : « Après toi. »

Nous venions d'entrer dans la cour d'un hôtel particulier – façades en enduit et fenêtres en pierre. Des arbustes en pot montaient la garde aux quatre coins. Un lévrier afghan s'est dandiné à notre rencontre. Brume s'est penchée pour frotter son museau effilé de ses poings.

J'ai fait un tour sur moi-même. C'était un Paris que je commençais à peine à découvrir. Ces pavés, ce silence. Brume a allumé une cigarette.

— Trop bourgeois ? Sois franc.

Une porte-fenêtre en plein cintre, ornée d'un mascaron, s'est ouverte. Un homme s'est avancé sur le seuil, un vieux monsieur déjà, vêtu d'un sous-pull rouge moulant à col roulé. Il s'appuyait sur une canne à pommeau doré.

— Bienvenue.

Un deuxième lévrier a jailli, copie conforme du premier. Seth et Horus. Les deux bêtes se flairaient, se tournaient autour. Excitées, elles ont commencé à inspecter les arbustes. Leur maître a tapé dans ses mains. Iago s'était éclipsé.

Le vieil homme s'est avancé, a soulevé ma main, l'a portée à ses lèvres craquelées.

— Les amis de mes amis, *et cetera.*

— Je te présente le Marquis, a déclaré Brume. Le maître de céans.

Dans la nuit naissante, l'homme a pointé sa canne vers le ciel.

— Pour l'amour de Dieu…

— Tout le monde l'appelle comme ça, a renchéri la jeune fille. Il fait semblant de détester

La fumée de sa cigarette me piquait les yeux. Le Marquis a rappelé ses chiens sans me quitter du regard.

— Que nous vaut l'honneur ?

— Iago a fait un malaise, a repris Brume tandis que Seth et Horus, queue battante, revenaient folâtrer parmi nous. Heureusement, Fabrice était là.

— Un malaise ?

— Rien de sérieux.

Le Marquis a souri. À une fenêtre du premier étage, une lumière venait de s'allumer.

— Je n'aime pas ça.

— Tout va bien, te dis-je. Sois tranquille.

Notre hôte est rentré en secouant la tête, et nous l'avons suivi. Un automate ganté de blanc et coiffé d'un chapeau melon, aux lèvres pourprées, faisait office de portemanteau. J'ai déposé mon blouson entre ses bras, et j'ai laissé mon sac à ses pieds.

— Café ? a demandé le Marquis. Alcool ?

J'avais arrêté la bière et le reste quatre mois auparavant, au sortir de l'été, parce que ça ne servait à rien : boire ne m'avait jamais procuré la moindre sensation.

Des années durant, des amis s'étaient émerveillés de cette capacité hors du commun. La vérité, c'est que je ne « tenais » pas l'alcool. Il circulait dans mes veines, arrivait jusqu'à mon cerveau, libérait sa dopamine, et puis rien : griserie, désinhibition n'étaient pour moi que des abstractions.

— Un verre d'eau serait parfait.

Brume a levé un sourcil hautain.

— Accroche-toi : il est spécial.

Nous sommes entrés dans la cuisine, immense. Une grande table en acier brut trônait face à la fenêtre – de quoi accueillir vingt personnes au bas mot. Dehors, une pluie fine mêlée de neige s'était mise à tomber.

Le Marquis a ouvert un placard et a posé deux conserves de nourriture pour chien sur le plan de travail. Les bêtes s'agitaient, couinaient de plaisir. Leur maître a ouvert les boîtes et s'est accroupi devant leurs écuelles en fer-blanc.

— Du calme, du calme.

On n'a plus entendu que les bruits de lapement et de mastication. Le Marquis s'est relevé, s'est dirigé vers les fourneaux.

— Je vais tout de même vous préparer un café.

Brume m'a coulé un regard entendu. Ce n'était pas, apparemment, une proposition qui se discutait. Nous avons tiré des tabourets. Une casserole avait été mise sur le feu. Le Marquis, qui sifflotait *La Traviata*, s'est présenté avec un plateau, chacun a pris sa tasse et sa petite cuillère. Le maître des lieux est reparti s'occuper de la cafetière.

— Kopi luwak, a-t-il expliqué en revenant. Un ami m'en rapportait de Bali tous les six mois. Malheureusement, il n'y retournera plus. (Brume lui a gratouillé la main. Il a pris une inspiration.) Les grains sont récoltés à même les excréments d'une civette, un genre de bestiole facétieuse, entre le chat et la martre. Elle digère les cerises du caféier mais pas les noyaux, uniquement la pulpe. Vous étudiez les sciences ?

J'ai secoué la tête.

— Commerce.

— Les enzymes des sucs gastriques divisent les chaînes de protéines en acides aminés, et font subir une transformation tout à fait spécifique aux arômes des grains. Il en résulte un café totalement dénué d'amertume.

Un autre sourire – pour moi, cette fois. Un sourire triste. Il a attrapé la cafetière. Brume s'est penchée.

— Ça va ?

J'ai fait signe que oui. Buste tendu, elle a déposé un baiser sur ma joue, plus léger qu'un flocon. J'ai tressailli.

Deux minutes plus tard, le Marquis était de retour, cafetière en main. Il a fait couler le breuvage dans nos tasses. Un fumet de noisette s'en dégageait.

Il s'est juché sur un tabouret en face de nous. Mains sur la table, doigts croisés.

— J'aimerais que nous nous tutoyons.

— Comme vous… comme tu préfères.

— Et mon nom est Stanislas. Le Marquis, c'est entre vous.

J'ai tourné la tête vers Brume, qui feuilletait un numéro d'*Entrevue* resté sur la table. Elle s'est contentée d'un haussement d'épaules.

Un chien a aboyé. Ayant vidé sa gamelle, il errait maintenant dans la cuisine en quête d'une nouvelle occupation.

— Comment se passent tes études ? a demandé Stanislas.

Brume grimaçait. Elle venait de goûter le café.

— Je suis en quatrième année. Management international. Je suis censé partir au Canada pour compléter ma formation, comme on dit dans *La Guerre des étoiles*.

— Censé ?

— J'hésite encore. C'est cher, je dois emprunter.

Ce n'était pas la raison principale, mais je ne tenais pas à parler du reste.

— Et l'avenir se présente-t-il sous d'heureux auspices ?

Un petit rire m'a échappé. Drôle de question. J'ai songé à Angélique, à mes parents, à ma vie à Montréal, au fait, surtout, que je m'efforçais scrupuleusement, depuis des années, de reléguer dans la zone la plus reculée de mon esprit la moindre perspective de bonheur.

— À vrai dire…

— Une petite amie ?

Brume a poussé un soupir.

— Tu ne peux pas laisser respirer les gens ? Il vient juste de débarquer.

— Je suis curieux, c'est tout.

Il émanait de lui une sincère bienveillance. Mais je devinais une douleur, aussi, un malheur, quelque chose qui l'avait usé, jusqu'à l'os – ne lui laissant que cette désespérante gentillesse.

Un jeune type a fait son entrée, vêtu d'un jean slim déchiré et d'un débardeur à paillettes. Sa peau était d'un noir d'ébène et ses grands yeux, bleus – des lentilles, de toute évidence –, ornés de cils spectaculaires. Il a murmuré quelques mots à l'oreille de Stanislas et m'a jeté un regard en coin avant de repartir. Les doigts de notre hôte se sont resserrés sur le pommeau de sa canne.

— Iago ? a demandé Brume.

— J'en ai bien peur. Il s'est encore barricadé.

Dehors, la neige tombait maintenant, lente et théâtrale. Stanislas a porté sa tasse à ses lèvres et l'a reposée avec délicatesse.

— Tu n'essaies pas ?

J'ai siroté à mon tour, prudent, et j'ai écarquillé les yeux. C'était comme revenir aux origines. Boire dans une forêt au pied d'un caféier. Notre hôte guettait ma réaction.

— Alors ?

J'ai opiné.

— Surprenant.

— À Paris, tu n'en trouveras nulle part, ou ce sera du faux. Il faut prendre l'avion pour Hong Kong. Il paraît que certains grands hôtels en proposent

— Tu veux que je monte voir ?

Brume pianotait sur la table. Stanislas a posé son regard sur elle.

— Si ça ne te dérange pas

— Je peux t'accompagner, ai-je proposé tout à trac.

Une fois de plus, elle a arqué un sourcil. Ma proposition sonnait comme une requête.

Elle a sauté de son tabouret.

— Tu as l'air d'y tenir.

Je l'ai suivie ; j'ignorais absolument dans quoi je m'embarquais. L'escalier de marbre était noyé de pénombre. Des bougies en pot ponctuaient une marche sur deux, les flammes trémulaient à notre passage. Les vitraux, eux, commençaient à se moucheter de neige. J'ai laissé ma main courir sur la rambarde.

Un long couloir distribuait une demi-douzaine de pièces. Sous nos pieds, le parquet ciré grinçait. Brume s'est arrêtée devant l'avant-dernière porte.

— Tu peux rester là si tu préfères. Ça fait assez pour la journée.

Elle a frappé et est entrée sans attendre ; je l'ai suivie. Elle a allumé une lampe de chevet. Assis en tailleur sur un lit aussi large que long, un jeune homme vêtu d'un jean et d'un tee-shirt noirs a refermé une bible à couverture de cuir. De longs cheveux blonds caressaient ses épaules. Il m'a fixé dans le blanc des yeux.

— Qui c'est, lui ?

Brume a allumé une autre lampe puis, du plat de la main, a frappé à la porte de la salle de bains.

— Je suppose que Iago fait le mort. Iago ? Y a quelqu'un ?

— Je lui faisais la lecture, a déclaré le garçon aux cheveux blonds en se tapant le front avec sa bible. Épître aux Corinthiens.

— Raconte-moi ce qui s'est passé.

— Qu'est-ce que j'en sais ? Il veut mourir seul. Il veut mourir au plus vite. Aujourd'hui serait parfait. (Il me souriait.) Sans déconner, qu'est-ce que tu fous là, toi ? Tu ne vois pas que c'est une discussion de grandes personnes ?

Bafouillant une excuse, j'ai levé les mains en signe de paix. Mais Brume, qui s'était adossée à la porte, m'a jeté un œil noir.

— C'est Fabrice.

— Fabrice Del Dingo ?

— Il reste ici. Pour une fois, Axël, essaie de faire preuve de savoir-vivre. (Elle s'est remise à tambouriner.) Iago ? Iago, punaise !

Le dénommé Axël a jeté sa bible, attrapé un gros oreiller, et l'a serré contre lui en le berçant. « Un nouvel ami !

génial ! » J'étais frappé par sa maigreur, ses pommettes sèches, sa peau qui desquamait. Une mèche lui tombait sur les yeux, qu'il ne prenait pas la peine d'écarter. D'une voix tout juste audible, il s'est mis à psalmodier.

— Je vous exhorte, frères, au nom de Notre-Seigneur Jésus-Christ, à avoir tous un même langage ; qu'il n'y ait point de scission parmi vous, mais soyez parfaitement unis dans un même esprit, et un même sentiment.

Récitait-il de mémoire ? Il continuait de me fixer, de me défier. Exaspérée, Brume s'est tournée vers lui.

— Tu sais que ça peut être grave ?

— Je crois qu'il s'est fait couler un bain.

— Sensass.

À bout de nerfs, elle a frappé trois fois encore.

— Pile, j'appelle les pompiers. Face, je défonce la porte. Je te préviens, je n'ai pas de pièce.

Axël a émis un rire léger. Il embrassait l'oreiller, chantonnant. Brume a agité la poignée.

— Vous me fatiguez gravement, tous les deux.

— C'est la vie. La mauvaise plaisanterie de la vie.

— Il a fait un malaise, imbécile.

Elle a fermé les yeux.

— Car il est écrit, a repris Axël, d'une voix plus calme encore : « Je détruirai la sagesse des sages, et j'anéantirai la science des savants. »

Je me suis raclé la gorge.

— Brume ?

— Oh, s'est écrié Axël, ravi. Et en plus, il parle !

— Pardon, ai-je repris, mais cette salle de bains donne sur la cour, non ?

— Et ?

— Si on trouvait une échelle, on pourrait voir ce qui se passe.

— Il se passe ce qui doit se passer, trouduc.

Axël plissait le front sans me regarder. Il était retourné en lui-même.

— Ne fais pas attention, a commenté Brume en contournant le lit pour me rejoindre. Si tu arrives à l'ignorer assez longtemps, tu verras : il finira par exister.

Elle m'a entraîné à sa suite. La voix d'Axël nous poursuivait dans le couloir.

— Ainsi parlait la Sainte Personne ! Accorde-nous ta sagesse, ô gardienne des vertus, impératrice chronique du grand mensonge

Brume s'est arrêtée en haut des marches et a serré ma main dans la sienne.

— Ça va ?

— C'est plutôt à moi de poser la question.

— Axël et Iago sont ensemble depuis... oh, un bon bout de temps. Ils ont dû se séparer une centaine de fois. Ce n'est pas un long fleuve tranquille.

Nous avons dévalé les marches.

Flanqué de ses deux chiens, Stanislas nous attendait en bas.

— Alors ?

— Le cirque habituel. Iago est enfermé dans la salle de bains, il ne répond pas, Axël lit la Bible – je n'aime pas ça. Fabrice propose de prendre une échelle pour regarder ce qui se trame.

— Une échelle, a répété Stanislas, passant une main dans ses cheveux clairsemés. Pourquoi pas, il faudrait aller voir à la cave, mais il me semble...

— Je peux descendre.

Dans le vestibule, une série de trousseaux de clés étaient accrochés à des clous dorés. Brume a raflé le dernier, et nous sommes sortis. Le pavé était luisant, il pleuviotait, la neige n'avait pas tenu. Les lévriers flairaient le sol, des odeurs de vieille pierre montaient dans la nuit.

Brume a déverrouillé une porte en fer et, du poing, a actionné l'interrupteur. Une ampoule nue diffusait une lueur jaunâtre, nos ombres se découpaient sur les murs.

Un escalier vermoulu plongeait vers les caves et les débarras en enfilade. Au-dessus de nos crânes, des néons d'hôpital grésillaient. Certaines pieces, encombrées d'un fatras de bibelots et de commodes rococo, étaient ceintes de grilles en fer. Dans l'une d'elles, un squelette de sciences naturelles, coiffé d'un tricorne, nous reluquait derrière une table recouverte d'un drap noir : un vrai petit musée des horreurs.

— Sympa, les mondes inférieurs.

— Tu ne crois pas si bien dire.

— Hm ?

— Tiens : ici, on devrait trouver.

Dans une pièce plus haute que les autres, avec un soupirail pour œil unique, nous avons fini par dénicher une échelle en bois. Je l'ai embarquée, et nous sommes remontés. Stanislas suivait nos progrès.

— Je suis navré. L'accueil manque de chaleur, et tu dois avoir autre chose à faire.

— De quelle fenêtre s'agit-il ?

Il a pointé sa canne, et nous avons levé les yeux. La seule éclairée.

J'ai posé l'échelle contre le mur – elle arrivait juste sous le balcon. Brume, encore, a soufflé dans le creux de ses mains. Je me suis avancé.

— Tu préfères que je m'en charge ?

Elle a secoué la tête.

— Ils ne sont pas « que » chiants ou narcissiques. Ils sont angoisseux, comme dirait Stanislas. Jongleurs de quilles en flammes. Je veux bien, oui. J'ai le vertige. Regarde simplement ce qui se passe.

En brave soldat, j'ai commencé à grimper. Arrivé à mi-chemin, je me suis retourné. Stanislas et Brume m'encourageaient avec des mimiques inquiètes.

— Ça va ? a demandé notre hôte.

J'ai fait signe que oui. Arrivé au niveau du garde-corps en fer forgé, j'ai collé mon front au carreau dépoli, avec ma main en paravent. On ne distinguait pas grand-chose.

— Alors ? a insisté Stanislas.

J'ai frappé. Personne n'a réagi. Puis, tandis que je restais là, ne sachant trop quelle suite donner à l'affaire, j'ai commencé à discerner du mouvement. Je suis redescendu d'un cran, et la fenêtre s'est ouverte. Iago se tenait là, enveloppé dans un drap de bain crème qui découvrait ses épaules. Il a baissé les yeux sur moi.

— Tu es venu me sauver encore.

— On s'inquiétait.

Ses cheveux noirs, trempés, étaient collés en arabesques sur son front ; de l'eau perlait à ses cils. Il s'est accroupi.

— *Tu* t'inquiétais.

Il me souriait. J'étais incapable d'articuler un mot.

— Iago ! a crié Stanislas.

L'interpellé s'est penché.

— Je suis là, les amis. J'ai seulement pris un bain.

— Et donner un signe de vie, a demandé Brume, c'était trop compliqué ?

Il lui a soufflé un baiser.

— Je dormais. *Rêvais*, pardon. J'étais ailleurs.

— Va parler à ton mec tout de suite ! a sifflé la jeune fille. Putain, tu réalises à quel point ce monde tourne autour de vous ?

Furieuse, elle a fait volte-face et s'est enfuie vers le vestibule. À travers la rambarde, Iago a avancé une main en direction de mon visage.

J'ai essayé de m'écarter.

— Je crois que je ferais mieux de redescendre.

— Est-ce qu'il n'est pas déjà trop tard ? Est-ce que tu n'es pas déjà monté trop haut ?

Tirade d'opérette, ai-je pensé. Il a ricané. Puis, comme à regret, il a retiré sa main et s'est levé, avant de reculer d'un pas. Le drap est tombé à ses pieds. Avec mille précautions, j'ai entrepris de rejoindre la terre ferme.

Stanislas maintenait l'échelle en place. Les chiens grognaient autour de lui.

— Il va bien, ai-je lâché. Il faut que je rentre chez moi.

Le vieil homme m'a malaxé l'épaule.

— Aurons-nous le plaisir de te revoir tantôt ?

— Qui sait.

Brume est ressortie. Elle avait enfilé son manteau et tenait mon blouson sous le bras. Elle me l'a tendu.

— Je suis désolée.

— De quoi ?

Elle a montré les fenêtres. Celle d'Axël venait de se rallumer.

— Leur attitude. Ma trouille navrante. Bienvenue chez Pinder.

J'ai enfilé mon manteau. Elle a sorti des cigarettes de sa poche et en a fiché une au coin de ses lèvres avant de me tendre le paquet.

— Non merci.

— Tu n'es pas loin d'être le mec le plus barbant du monde.

J'ai tendu la main à Stanislas ; il l'a considérée d'un air amusé.

— Je ne salue qu'à l'ancienne. (De nouveau, il a saisi mes doigts, les a frôlés de sa bouche.) À très bientôt.

Je me suis incliné, emprunté.

— Je te raccompagne, a décrété Brume.

Stanislas est parti vers la cuisine avec ses chiens et nous avons gagné la sortie. Sur le pas de la porte, j'ai jeté un coup d'œil au premier étage. Il m'avait semblé entendre un cri.

Il y avait toujours de la lumière dans la chambre.

3

Nous marchions en silence, côte à côte sur le trottoir, moi les mains dans les poches, elle cigarette inerte au bec. Nous partions vers les Halles, la nuit était froide comme un linceul.

— Tu habites où ?

— Je prends le RER B.

Elle a secoué la tête.

— Moi, si on m'obligeait à quitter Paris, je crois que je me flinguerais.

Main en coupe, elle s'est arrêtée pour allumer sa clope. M'attendant à voir passer des gens de l'école, je surveillais les environs. De quoi avais-je peur ? Il était 18 h 30, les cours étaient terminés depuis longtemps.

— Je n'ai jamais connu que la banlieue, ai-je répondu. Je suppose que c'est une question de point de vue.

Au coin de la rue, elle a jeté sa clope à peine entamée sur le trottoir et a montré un café.

— Juste un verre.

Nous sommes entrés, elle en premier. C'était un rade vieille époque, aux murs couleur orange brûlée, avec un comptoir en zinc et un présentoir à œufs durs tristement vide. Un vieux type en tenue d'ecclésiastique s'excitait sur un flipper Rolling Stones orné d'un Mick Jagger torse nu, pantalon sur les hanches. Le barman, qui essuyait des fonds de verre, a relevé la tête.

— Salut Maurice, a lâché Brume. Deux Coca, s'il te plaît.

Elle m'a emmené à une table dans le fond, et a pris la banquette. Elle s'est débarrassée de son manteau en pestant puis s'est frotté les joues un peu trop fort.

— Je ne sais pas ce qui s'est passé, a-t-elle commencé.

— Rien de grave.

— Je n'aurais pas dû t'embarquer là-dedans. Tout est toujours si tordu avec eux. La maladie rend fou. Un bon point : Stanislas t'aime beaucoup.

— Il est très gentil.

— C'est un survivant. Ça lui fait un drôle de caractère. Il y a les gens qu'il déteste, et ceux qu'il adore : pas de milieu.

Maurice a passé un coup de chiffon sur notre table, puis nous a apporté nos Coca, avec glaçons, pailles et rondelles de citron. La maladie ? Un survivant ?

— Au moins, ça m'aura changé des cours.

— Pourquoi tu t'es inscrit dans une école de merde ?

— Je te demande pardon ?

Tête baissée, elle a posé son verre contre son front et l'a fait rouler.

— On sait bien que tu ne travailleras pas dans une vraie boîte plus tard. (Elle a fermé les yeux.) Bon, mon frère veut te revoir.

— Comment le sais-tu ?

— Tu as le droit de dire non.

La précision me paraissait inquiétante. J'ai cherché son regard – sans succès.

Et cette pluie : froide, piquante, déloyale… J'avais du mal à penser. Brume était là, à mon côté, ses talons cliquetant avec autorité, à tirer sur une clope. Que se passerait-il une fois qu'elle serait partie ?

Le feu piétons du boulevard de Sébastopol était bloqué au rouge, les gens traversaient en un flux ininterrompu. Je ne connaissais pas, à Paris, un endroit où la signalisation était aussi peu respectée.

Un camé s'est avancé vers nous en chancelant. Il portait des mitaines, un vieil imperméable déchiré. Il a dévisagé Brume.

— Tu… Tu…

— Lâche-nous, tu veux ?

Il s'est arrêté pour nous regarder passer et je lui ai adressé un sourire navré. Le juron qu'il a proféré n'était destiné à personne en particulier.

Sur la place des Innocents, des rires partaient comme des fusées, des odeurs de graillon se mêlaient à la bruine. Des petits groupes conspiraient dans la nuit.

— C'est quoi, ce truc avec l'alcool ?

D'une pichenette, elle avait envoyé valser sa cigarette – luciole incandescente.

— Ce truc ?

— Tu as 22 ans. Un verre d'eau, un Coca, tu n'as pas sourcillé.

— 21, en fait. Et ça peut paraître invraisemblable, mais c'est la vérité : l'alcool ne me fait aucun effet, la beuh non plus. Les drogues en général. Je ne dis pas ça pour faire le malin. Des médecins se sont penchés sur mon cas.

— Ils ont trouvé une explication ?

Je n'avais pas envie de lui mentir.

— Oui.

Toute autre aurait creusé, demandé des précisions. Pas elle. Devant le grand escalier roulant qui s'enfonçait dans les entrailles du Forum des Halles, elle s'est arrêtée. Comme s'il lui était interdit d'aller plus loin.

Une fois encore, elle m'a tendu son paquet de cigarettes et, ce coup-ci, j'en ai pris une. Je ne fumais jamais mais, en cet instant, ça paraissait la chose à faire. La vérité, c'est que je n'avais aucune envie de la quitter. L'auvent nous protégeait de la pluie. Un type est passé avec un poste de radio sur l'épaule, le *Whoomp! (there it is)* de je ne sais plus qui crachotant dans le haut-parleur.

— En fait, vous n'habitez pas réellement dans cet hôtel particulier. Stanislas vous héberge, si j'ai bien compris.

— On peut voir ça comme ça.

— Vous avez un autre QG ?

— Chez nos parents.

— Mais c'est mieux chez Stanislas.

— Tu mènes une étude ?

J'ai laissé la fumée imprégner mes poumons. Au sommet de l'escalier roulant, un type se battait avec une poussette vide qu'il n'arrivait pas à replier. Visiblement, Brume n'avait pas envie de poursuivre. Je ne parvenais pas à lâcher prise.

— Vous retournez chez eux, des fois ?

— Je ne comprends pas pourquoi ça te passionne autant. (Elle a formé un rond de fumée avec la bouche. Elle me présentait son profil, maintenant.) Ils vivent dans le XVIe. Une maison à trois étages, avec ascenseur. Ils ne sont pas méchants, mais le monde réel, ils ne connaissent pas trop. Papa est avocat d'affaires et devine quoi ? Maman reste à la maison.

— Et Axël ?

— Quelle est la question ?

— Il s'entend bien avec vos parents ?

— Tu lui demanderas.

— Il fait quoi, dans la vie ?

Un mince sourire a pâli dans la nuit.

— Il meurt.

Sous son talon, elle a écrasé sa cigarette. Puis elle a posé une main sur ma joue et a lapé ma bouche d'un coup de langue. Après quoi, elle s'en est retournée, et j'ai risqué trois pas sous la pluie – pas un de plus –, incapable de lui courir après.

— Eh ben mon vieux. T'as une clope ?

Un clodo délabré s'était approché, se grattouillant la barbe.

— Désolé, ai-je murmuré.

L'escalier roulant m'attendait.

Sur le quai du RER B, les gens étaient seuls, absents, perdus dans la douce horreur du soir. Quelques jours plus tôt, je m'étais retrouvé assis en face d'une jeune fille en larmes, dévastée. Elle avait sangloté durant tout le trajet, secouée, le visage ravagé de sillons noirs. Je n'avais pu détacher mon regard de ses lèvres gonflées, de ses yeux rougis. Elle était descendue et, comme à mon habitude, je n'avais rien fait. Cette détresse absolue avait un nom – quatre lettres – et je commençais à le connaître. Une autre fois, la semaine précédant Noël, j'avais croisé un mort, dans les couloirs du Forum. Un jeune garçon hagard et maigrissime, drapé dans une toge, du moins est-ce ainsi que je m'en souviens, une longue robe de martyr. Je l'avais suivi, une minute ou deux, hypnotisé, une boule en travers de la gorge. Il avançait, solennel, les gens s'écartaient sur son passage.

Cette fois, j'ai trouvé une place côté fenêtre, côté nuit. Une dame tirée à quatre épingles, qui aurait pu être ma mère si ma mère prenait soin d'elle et des autres, a déplacé ses pieds. Il y avait un type au jean troué, aussi, casque vissé sur les oreilles.

La sonnerie, les portes qui claquent, le lent ébranlement, les têtes dodelinant, la lassitude et les tristes odeurs, le bourdonnement des musiques assourdies, chacun serrant son sac, son petit bonheur fragile. *Foule sentimentale* était la chanson du moment. Tête posée contre la vitre sale, j'ai frissonné et fermé les yeux.

4

Le jour de mon dix-septième anniversaire, je suis sorti avec la plus belle fille du lycée. J'ai cru, un temps, que tout avait changé. Sortir ne signifiait pas uniquement embrasser avec la langue. Sortir signifiait grandir : risquer un pas hors de soi-même.

Sur les photos prises cette année-là, je porte une veste marine à rayures aux manches retroussées et, l'air revêche, défie l'objectif par en dessous. Elle ? Elle fume des Lucky Strike pour masquer sa nervosité, sa bouche est douce et sucrée et chaque fois est une première fois.

Elle s'appelait Angélique, sa mère adorait les films – le pauvre Jeoffrey, sa douce balafre –, elle aussi. Ses cheveux bruns lui descendaient jusqu'aux hanches, elle disait qu'elle m'aimait, et ce simple fait me paraissait suffisamment extraordinaire pour que je lui accorde mon attention exclusive. J'ai mis trois jours à me persuader que j'étais épris, moi aussi, follement, que je me serais coupé un bras pour elle.

À la rentrée, il est devenu acquis que nous étions « ensemble ». Elle m'a présenté ses parents. Chaque dimanche ou presque, j'allais déjeuner dans leur pavillon de banlieue. Le mur d'enceinte, je ne vois pas d'autre mot, était hérissé d'éclats de verre. Leur petit caniche noir me sautait dessus, ravi, et il y avait un sapin au bout du jardin, que l'on disait centenaire.

Beau-papa et belle-maman me considéraient avec une bienveillance perplexe. Je jouais au gentil gendre. Nous ne couchions pas encore ensemble, j'avais accepté d'attendre.

Ils étaient berrichons d'origine : le père et la mère. Comment l'ignorer ? Ils en parlaient tout le temps. Les grands-mères vivaient encore là-bas, dans deux villages distants l'un de l'autre de 5 kilomètres, à un jet de pierre des étangs de la Brenne. Angélique les adorait, elle tenait visiblement à ce que je les rencontre au plus vite. J'ai repoussé l'échéance aussi longtemps que possible. « Pas tout de suite » ; « Là, non, ça ne m'arrange pas » ; « Si on attendait les prochaines vacances ? » Sans surprise, elle a fini par perdre patience. « Où est le problème ? »

J'ai secoué la tête. « Je ne peux pas, ai-je bredouillé un soir, je ne peux vraiment pas, ce n'est pas contre toi, s'il te plaît, parlons d'autre chose. »

Je me souviens de son expression, plus soucieuse que fâchée. Je la revois, se décollant de moi, une moue méfiante aux lèvres.

Je me sentais incapable de lui expliquer. Il fallait qu'elle accepte, qu'elle cesse de me poser des questions.

« C'est quoi ? s'agaçait-elle, ça veut dire quoi ? Qu'est-ce que tu me caches ? »

Je triturais mes clés dans ma poche. « Je suis désolé, répétais-je. Je ne peux tout simplement pas. »

Du reste, par où aurais-je commencé ? Pendant des années, le seul fait d'entendre ou de lire le mot « Berry » m'avait rendu littéralement *malade*. Il me fallait quitter la pièce, éteindre la radio, fermer le journal.

La Brenne, Le Blanc, le château du Bouchet… Ces lieux figuraient noir sur blanc dans un grimoire honni, qui ne tomberait en poussière que lorsque le dernier d'entre nous fermerait les yeux ou perdrait la mémoire. Tours, Bourges, Poitiers et Limoges étaient des villes que nous évitions sans même y penser : un quadrilatère maudit. Quand, au-dessus de l'autoroute, un panneau vert surgissait, nous détournions le regard, et un silence froid et blême nous enveloppait.

Mon père, au fil des années, avait refusé un nombre considérable de congrès et de colloques ; des invitations étaient restées lettre morte, des amitiés s'étaient délitées. Pour nous rendre dans le Sud, nous choisissions invariablement l'avion, et je priais chaque fois pour que la couche nuageuse demeure impénétrable. Mais cela ne changeait rien. Lorsque je m'endormais, tête contre le hublot, c'étaient parfois mes propres cris qui me réveillaient.

Une hôtesse s'était approchée, un jour, désemparée. « Tout va bien, monsieur ? » Un recueil de W.B. Yeats était tombé à mes pieds – mon bréviaire de l'époque. Non. Non, tout ne va pas bien du tout. « Et quelle bête brute, revenue l'heure, traîne la patte vers Bethléem pour naître enfin ? »

Angélique ne comprenait pas. Elle racontait que je voulais la rendre folle. « Folle ? répétais-je. Tu veux savoir ce que c'est, folle ? » Je lui avais parlé de ma sœur. Ma sœur qui avait déjà fait huit séjours à l'hôpital psychiatrique de Villejuif. Ma sœur, dotée d'un QI de 156, et que son intelligence dévorait méticuleusement, morceau par morceau. Par ma faute.

J'ai passé les concours. Angélique est entrée dans une école d'orthophonie. Nous ne nous voyions plus que le week-end, et c'est sans doute ce qui nous a sauvés. Nous n'aurions jamais dû l'être. Nous n'aurions jamais dû rester collés l'un à l'autre, si frileux et apeurés. Nous avions tant besoin de chaleur...

Elle était fille unique, j'étais pire que ça. Je buvais en vain, elle se croyait frigide. J'étais hypocondriaque, et ses deux tantes étaient mortes d'un cancer du sein avant leur quarantième anniversaire.

Mes parents tenaient à peine debout, les siens ne me comprenaient pas. Elle me voulait soumis, heureux, rien que pour elle ; son amour m'étouffait. À mon ami Vincent – le plus vieux, le fidèle, le rescapé de l'enfance –, j'expliquais que ce n'était qu'une passade. « Tu es accro », me répondait-il avec un sourire attristé.

Notre lycée était un lycée privé de banlieue, tenu par des bonnes sœurs en cornette. Nous nous embrassions sur les toits, à la sauvette, furieux, incendiés. Au fond, tout au fond de la cour, ma bouche effleurait sa gorge, et je déposais à ses pieds des serments sans queue ni tête.

Plus loin, derrière les hautes grilles, s'étendait une mystérieuse institution de sourds-muets, flanquée d'un parc arboré qui nous était interdit. Longtemps, en rêve, j'ai erré en ce havre de silence. Une fille m'accompagnait, mais ce n'était pas Angélique. C'était une sourde-muette privée de visage : mon double inversé. Qui n'était rien, et qui savait tout.

Les stations défilaient – Port-Royal, Cité universitaire, Laplace... À chaque arrêt, des gens descendaient, las, maussades, murmurant des « pardon » automatiques. Paris s'enfuyait. Des immeubles modernes, une nuit comme de la crasse. Je fermai les yeux, mais le sommeil m'était refusé, et le type d'en face avait collé ses genoux contre les miens. Je revoyais Iago, debout dans l'embrasure. Le drap blanc à ses pieds, son sourire carnassier.

À la station Bourg-la-Reine, où je descendais, il me fallait encore prendre un bus pour gagner les hauteurs de L'Haÿ-les-Roses. Il m'arrivait de rêver de ce trajet, certaines nuits, de bus qui se faisaient attendre des heures, d'autres qui se perdaient ou prenaient d'impossibles détours. Je m'inquiétais auprès du chauffeur, mais il demeurait coi, alors je cessais de le questionner et j'allais me rasseoir, plus seul que dans une nouvelle de Borges.

Je ne prendrais pas le bus ce soir-là. Angélique était là, visage fermé, immobile derrière les tourniquets. Intérieurement, j'ai dégluti.

J'ai essayé de l'embrasser. Froide comme une statue, elle s'est dérobée.

— Explique.

— Que j'explique quoi ?

— Tu finissais à 17 heures. Ça fait une heure et demie que je t'attends.

Des voyageurs me bousculaient sans égards. Je l'ai prise par le bras pour l'entraîner vers la sortie ; elle s'est dégagée.

— Je suis resté avec des potes.

— Qui ?

— Tu mènes une étude ?

Je ne me sentais pas très malin. Elle a pris une longue inspiration.

— Dis-moi juste la vérité. Tu me trompes ?

Elle regardait ailleurs, résignée.

— Oh, pitié.

— Tu ne me réponds pas. Tu n'es pas heureux de me voir.

Toi non plus, ai-je songé. Mais je ne lui ai pas dit.

— Je suis crevé, c'est tout.

— Pourquoi tu ne rentres pas ?

— Je suis là.

— Pourquoi ça ne marche pas, nous deux ?

Nous sommes sortis de la gare. De nouveau, de la neige. Gros flocons ivres, désorientés.

— Tu as pris la voiture ?

C'était une question idiote. Elle s'était garée cent mètres plus loin, le long du boulevard du Maréchal-Joffre.

Il n'y avait rien à ajouter. Elle avait voulu me faire une surprise. Elle aurait mérité un garçon simple et gentil.

— Et ton sac ?

Un éclair de stupeur m'a fouaillé les entrailles. Un saisissement joyeux. J'ai essayé de ne pas sourire.

— Je l'ai laissé à l'école.

— N'importe quoi.

Je revoyais l'automate. Son rictus satisfait, diabolique. Je pensais déjà à demain. Est-ce que j'allais me pointer là-bas et sonner ? Y avait-il une sonnette ?

— Le cours de civilisation américaine était génial.

Elle a démarré sans répondre, a allumé la radio – France Inter, *Le téléphone sonne*, une émission consacrée à l'Algérie.

— À quoi tu penses ? a-t-elle demandé alors que nous quittions Bourg-la-Reine.

À Iago.

À Iago et Axël.

À leurs corps mêlés, enroulés dans des draps blancs.

Et je me tenais là, au bord de leur lit géant, les doigts de Brume accrochés aux miens. Et il y avait de la musique derrière nous, des violons, des éclats de rire.

Nous sommes arrivés au pied de notre immeuble ; chacun restait capitonné dans son silence. Puis les portes de l'ascenseur se sont ouvertes, et je l'ai pressée contre la glace du fond, enfouissant mon visage dans son cou, j'ai flairé son parfum, des molécules lourdes et capiteuses et, glissant mes mains sous son pull, j'ai commencé à pétrir ses seins.

— Qu'est-ce que tu fabriques ?

Elle souriait, gênée, encore en colère. Elle a tenté de me repousser.

— Envie de toi, ai-je grogné.

L'ascenseur a soupiré, grinçant. Elle est sortie la première, clés déjà en main, elle a ouvert dans le noir, au jugé, et s'est avancée dans le salon, face à la grande fenêtre qui donnait sur la banlieue sud.

C'était la seule chose qui me plaisait, ici. Cette vue, la tour Eiffel dans le lointain, j'avais la sensation d'appartenir à un tout palpitant – un point dans la trame.

Bravant la pénombre, je me suis coulé dans son dos et j'ai refermé mes bras autour de sa taille, mangeant sa nuque. J'avais envie de la souiller. Envie d'oublier Brume et ses gestes calmes, son dédain souverain, l'insupportable certitude nichée dans son regard. Certitude de quoi, du reste ? Que savait-elle de moi ?

Angélique s'est raidie. J'ai voulu glisser une main dans sa culotte mais ses doigts se sont refermés sur mon poignet.

— Pas le bon timing, a-t-elle soufflé.

Elle est repartie vers la cuisine et a allumé toutes les lumières.

Ce soir-là, nous nous sommes disputés comme rarement. Chaque scène, me semble-t-il, nous faisait franchir un palier.

J'ai voulu lui jeter mon malheur à la figure. Tout en moi était faible et désordonné, tout en elle obtus et au carré. Elle fustigeait mon égotisme, mon incapacité pathologique à prendre une décision ; elle avait évidemment raison.

Ce qui s'est dit cette nuit, les horreurs que nous avons échangées, les insultes, les pleurs et les silences, rien ne vaut la peine d'être raconté.

Ce que je lui reprochais, au fond, c'était notre banalité, la banalité de ce que nous étions, de l'avenir paisible et sans relief qui nous attendait, empêché de reconnaître que cette banalité, peut-être, était la seule chose qui aurait pu me sauver.

Pour finir, je me suis endormi sur le canapé, un sommeil agité, découpé de faisceaux pâles. À un moment – il devait être 2 ou 3 heures –, elle est venue me chercher.

Elle se tenait là, debout devant moi, vêtue d'une chemise de nuit Mickey qui lui descendait jusqu'aux cuisses, et elle pleurait.

5

Le lendemain matin, je me suis rendu directement au 15 de la rue Vieille-du-Temple. Sur le digicode, j'ai tapé mon jour et mon mois de naissance. Une chance sur 9 999, si l'on excluait le 0000. Histoire de prendre du recul, je me suis posté sur le trottoir d'en face. Ce qui m'ennuyait surtout, c'était mon livre de marketing et mon Discman, qui m'avait coûté 200 francs. Les CD, j'en volerais d'autres.

Dépité, je me suis éloigné. Un sac en toile pendait à mon épaule, un vieux truc rescapé des années lycée, brodé d'écussons rock indé. Personne ne se foutrait de ma gueule. Personne ne faisait assez attention à moi pour ça.

Cours à 10 heures. Devant l'école, Ève-Mary, une fille de ma classe au visage de marbre, bavardait avec des troisième année. Mi-coréenne mi-américaine, elle se destinait à la finance, Londres, New York ou Tokyo. Elle m'a adressé un signe de tête. Se rappelait-elle mon nom ?

Je suis entré en classe. Optimisation fiscale. Tout ce que j'aimais.

Estevan avait déjà pris place à l'avant-dernier rang, son Discman posé devant lui. Je me suis laissé tomber sur le siège d'à côté. Estevan était l'un des rares types que je fréquentais. Prétendre que nous étions amis aurait été exagéré, disons que, faute de mieux, nous traînions ensemble. Il m'avait invité chez lui, une paire de fois – il vivait dans un 200 m² rue Gay-Lussac, loué par son beau-père. Sa mère, une blonde refaite qui en était à son troisième mariage, était rédactrice en chef de *Marie-Claire*.

C'était Estevan qui m'avait fait découvrir le Velvet et les poèmes torturés de Lou Reed. Les murs de sa chambre étaient peints en noir.

— T'as une sale gueule.

— Merci beaucoup.

— Le dragon te fait des misères ?

Le dragon : c'était comme ça qu'il appelait Angélique. Et il ne l'avait vue qu'une fois. Je n'ai pas pris la peine de relever.

— Où est passé M. Lacroix ?

M. Lacroix, c'était Jean-Dominique, Jean-Do, le troisième larron. Depuis la fin de la première année, nous formions un trio plus ou moins officiel – « ceux qui n'en ont rien à battre », en gros – encore que, depuis quelque temps, j'avais le sentiment d'être le seul à porter le flambeau.

— Tu l'as déjà vu arriver à l'heure à un cours du matin ? a demandé Estevan.

— Bonjour à tous.

Le prof, un petit homme chauve et maigre comme un coucou, venait de faire son entrée. Il a laissé tomber sa sacoche sur la table.

— Vous ai-je déjà parlé du médecin dont le frère vendait des appartements en viager ?

Estevan a caché son visage dans son coude. À l'autre bout de la classe, Jean-Do, surprise ! venait de se faufiler par la porte latérale. Ôtant son béret, il s'est adossé quelques secondes à un mur, a hoqueté violemment, puis est ressorti. « Gueule de bois », a commenté Estevan. La journée allait être longue.

Le week-end est arrivé. La semaine suivante était celle des examens blancs, les « mid-term ». L'affaire se présentait mal, mais ça ne me faisait ni chaud ni froid. La fenêtre, le sac, le baiser J'avais fini par me demander si je n'avais pas rêvé tout ça.

De temps à autre, je repassais devant le 15 de la rue Vieille-du-Temple et sa porte obstinément close.

Et puis, le jeudi suivant, Jean-Do m'a dit qu'il avait besoin de me parler « seul à seul », et la machine à fantasmes, entreposée dans sa vieille grange, s'est vue soudain débarrassée de sa housse plastifiée et de ses feuilles mortes.

Jean-Do était, en cette quatrième année, ce qui se rapprochait le plus d'un ami. Il se disait bisexuel, entre autres excentricités – clochard amateur, gigolo auprès d'une mère de famille japonaise, spécialiste du rap West Coast –, fan de Madonna et de Duran Duran, il citait Oscar Wilde dans le texte et m'embrassait volontiers sur la bouche quand il avait trop bu. Le fait est que je ne l'avais jamais vu avec une fille – ni la Japonaise ni une autre – et que les bars gay du Marais ne paraissaient avoir aucun mystère pour lui.

Plusieurs fois, je l'avais laissé m'entraîner au Quetzal, au Hollywood Bar, au Subway, voire au Piano Zinc, mythique cabaret voisin où, me jurait-il main sur le cœur, traînaient souvent des filles qui « se cherchaient » (je ne les ai jamais trouvées). La clientèle – clairsemée en journée, un rien lugubre – me suivait des yeux avec avidité. Je me souviens d'un après-midi d'orage où un vieux beau au visage intégralement refait, veste de marin et diamant à l'oreille, avait émis des remarques insistantes sur mon air « innocent » et mes yeux effarouchés de proie facile – à l'écouter, je puais le sexe.

Jean-Do me flanquait des bourrades, plaisantait avec les patrons – ils se connaissaient par leur dealer – et nous payait des vodkas tonic plaisamment tassées que nous éclusions au pas de charge parce que le professeur de civilisation américaine (neuf heures hebdomadaires) se piquait dorénavant de faire l'appel. Plusieurs fois, dans les couloirs, tout frémissant d'une tendresse indolente, mon ami s'était collé à moi, convaincu que j'étais aussi soûl que lui, et nous étions arrivés en cours avec trois minutes de retard, juste à temps pour lever la main à l'énoncé de notre nom.

Ce jour-là, nous avions une heure à tuer dans le froid sec. Lui et moi, assis à même le sol, sous les arcades des locaux côté rue des Blancs-Manteaux.

— Tu es allé au Palais, non ?

— De quoi tu parles ?

— Je connais un mec, là-bas. C'est qui, ton contact ?

J'ai mis un moment à comprendre qu'il évoquait l'hôtel particulier de Stanislas. « Le Marquis », oui : on parlait bien du même.

— Pas de nom précis.

— Tu sais où tu as mis les pieds, au moins ?

Je ne voyais pas où il voulait en venir. Je l'ai laissé bavasser.

Le Palais était un secret mal gardé – sûrement à dessein. Jean-Do avait « rencontré » des gens. Des gens « du milieu », des gens « intéressants », « assez peu classe moyenne, tu piges ? ». Il s'en passait de belles là-bas. Des soirées spéciales, exclusives. Le Marquis possédait un carnet d'adresses bien garni. Des écrivains, des journalistes, des types de la mode, mannequins et autres. La dope circulait, il n'y avait qu'à se baisser.

J'ai hoché la tête. Jean-Do m'a souri, non sans condescendance.

— On dirait que tu ne me crois pas.

— Je n'ai rencontré que deux ou trois personnes.

— Mais qui ?

Il plissait les yeux, amusé. Il portait un manteau à capuche fourrée.

— Deux mecs. Une fille. Je ne me rappelle plus leurs noms.

— Mon cul, oui. Rudy, ça te parle ?

— Non.

— Un grand Noir longiligne. Cils de biche, petites fesses adorables.

J'ai repensé à ce jeune type, dans la cuisine, qui était venu parler à Stanislas. Le garçon au haut pailleté.

— Peut-être.

— Lui, en tout cas, il se souvient de toi. Il a mentionné une histoire avec une échelle. D'après ce que j'ai compris, tu aurais sauvé un mec.

— C'est très exagéré.

— Quoi qu'il en soit, bien joué. On n'y est pas invité comme ça, au Palais. (Il m'a pincé la joue.) Mon fils, vous êtes entré dans la maison du diable.

J'ai bâillé.

— Et j'en suis ressorti aussi sec.

Il a continué. Apparemment, le Marquis était connu comme le loup blanc dans le Marais. Il avait hérité l'hôtel de Schömberg d'un père chimiste – un scientifique de renom qui, à l'orée des années 50, avait rendu de fiers services à l'armée française. Célibataire sans descendance, il était sorti major de Polytechnique, mais c'était aussi un fanatique des sœurs Brontë et un collectionneur d'art avisé.

— Il a bossé plus de trente ans dans un organisme de recherche. Je crois me rappeler qu'il a écrit un essai sur les frangines du Yorkshire. Il est parti aux États-Unis, il y a une quinzaine d'années – à Frisco, dans une communauté. Il n'a passé là-bas que deux ou trois ans mais *a priori*, il en a joliment profité. Un partouzard de première.

J'ai sorti des gants de mes poches.

— Tu m'as l'air bien renseigné.

— Rudy m'a tout raconté.

— Tu as couché avec ?

Le regard perdu, il a souri.

— Pas impossible.

Des première année chahutaient au milieu de la cour, de vrais gamins – ils se flanquaient des coups de pied.

— Tu sais, a repris Jean-Do, il y a pas mal de types qui crèchent au Palais. Des jeunes qui ont été virés de chez eux, en général. Rarement plus de 25 ans. Le Marquis possède un sens de l'hospitalité particulièrement développé.

— Qu'est-ce que tu essaies de me dire ? Qu'il se fait payer en nature ?

Mon ami triturait sa lèvre inférieure.

— Il ne couche plus avec personne. C'est juste un vieux monsieur qui aime être entouré. Quant à ses soirées… Il regarde, mais il ne participe pas. À ce qu'on dit, c'est fréquemment assez barjot. Des gens se déguisent.

— En quoi ?

Jean-Do s'est tourné vers moi.

— Rudy a essayé de m'expliquer, je n'étais pas très concentré. Gendarmes et vauriens ? Matons et prisonniers ? On n'est pas invité comme ça. Il faut être coopté.

— Est-ce que je détecte un regret ?

— Il m'a proposé, une fois.

— Et tu as dit non.

Il s'est gratté la nuque. Dans le froid de l'après-midi, son haleine tremblait.

— Pas sûr que ce soit mon truc. Je ne le connais pas assez et… Moi, je cherche l'amour.

Le silence est tombé entre nous comme une glace sans tain.

6

Tous les matins, désormais, je m'arrêtais devant le numéro 15. Tous les matins, je trouvais porte close. J'aurais pu demander à Jean-Do le contact de Rudy et régler rapidement la question de mon sac. Mais le voulais-je bel et bien ?

Je tapais mes codes dans un ordre précis, une dizaine à chaque fois : 0001, 0002, 0003 en premier lieu, puis 0011, 0012, etc. Épuiser les 9 999 possibilités me prendrait moins de trois ans. Un rituel pour tuer le temps.

Et puis, la semaine suivante – un mardi, en fin d'après-midi –, je suis sorti de l'école et elle était là, qui m'attendait, sur le trottoir.

Rejetant sa cigarette au loin, me voyant avec Jean-Do, elle s'est déportée de quelques mètres – pas assez discrètement pour qu'il ne la remarque pas

— Tu me présentes ?

Il m'avait pris par l'épaule.

— Une autre fois.

Brume m'a fait signe de la retrouver un peu plus loin. J'ai laissé Jean-Do avec Estevan, qui venait d'arriver, et je l'ai rejointe. Elle portait mon sac en bandoulière. Elle ne me l'a pas rendu tout de suite.

— Ça fait longtemps que tu fais le pied de grue ?

— Aucune idée.

Je ne savais pas trop comment poursuivre la conversation. Nous sommes retournés à notre café habituel. Un autre serveur s'est présenté, il la connaissait aussi. Délicatement, elle a posé mon sac par terre.

— Il ne t'a pas trop manqué ?

Étais-je censé l'embrasser ? Faire comme si de rien n'était ?

— C'était surtout les CD.

— Je les ai écoutés.

— Ah oui ?

— Et je t'ai acheté des piles. Pour le Discman.

— Ce n'était pas la peine...

— Si.

Le serveur est arrivé et a posé deux Coca sur la table. J'ai essayé de me rappeler quels albums j'avais emportés. Le *Laid* de James, me semblait-il. Le Tindersticks. *In utero*, bien sûr. Oh, et le *Dubnobasswithmyheadman* d'Underworld.

— Et alors ?

Sourcil arqué, en un geste habillé d'indolence, elle époussetait notre table. Elle portait un pull noir à col roulé et ses boucles d'oreilles scintillaient.

— Alors quoi ?

— Les albums. Tu les as aimés ?

— La musique, ce n'est pas trop mon truc. Sauf s'il est question de danser.

Que pouvait bien être son « truc » ? Avais-je envie de le savoir ? Je ne pensais qu'à sa bouche. Ses lèvres cramoisies.

— Ça me fait plaisir de te revoir, en tout cas. Je me demandais...

— Il veut vraiment que tu reviennes, Fabrice.

— Ton frère ?

Elle a acquiescé.

— Le jour, ce n'est pas ce qu'il préfère. Le jour, il évite de sortir. La dernière fois qu'il s'y est risqué…

— Est-ce qu'il sait que… je ne suis pas…

Elle me fixait, impassible. Mains croisées devant elle, elle s'est penchée en avant et m'a embrassé, lentement, farouchement, Autour de nous, les murs reculaient. Sa langue cherchait la mienne, chaude, sûre de sa force – d'un coup, elle s'est détachée de moi.

Dans ma poitrine, mon cœur cognait comme un condamné. Elle m'a souri, aimable.

— C'était un test, et je ne suis que partiellement convaincue. Ce serait bien d'y aller maintenant. Finis ton verre.

— Brume…

— Tu as du rouge sur la bouche.

Je me suis essuyé les lèvres. Un visage pâle, des émotions rentrées, mais il y avait quelque chose d'inexplicablement sensuel dans cette froideur. L'espace d'une seconde, je me suis demandé à quoi cela pouvait ressembler, de se réveiller auprès d'elle.

— Un ami m'a parlé de Stanislas, ai-je lancé.

— Oui ?

— Un type de ma classe. Un copain de Rudy.

Du bout de sa paille, elle faisait s'entrechoquer ses glaçons.

— Je connais le secret du bonheur, Fabrice. Je l'ai découvert il y a quelques années, et je vais te le révéler. Je vais te le révéler même si tu ne me demandes rien. Défie-toi des questions, voilà. Les questions sont des intruses.

Elles frappent à la porte avec un sourire engageant mais, une fois que tu les as laissées entrer, il est trop tard pour t'en débarrasser. *Capisci ?*

— Non.

— Reste ignorant, tu vieilliras moins vite.

J'ai ramassé mon sac, et je l'ai posé sur mes genoux. Les CD étaient là, intacts. J'avais oublié le *Cure for Pain*, de Morphine.

— Et celui-ci ?

Elle a regardé ailleurs. De la poche de sa veste, elle a sorti un portefeuille et en a tiré un billet, qu'elle a laissé se défroisser sur la table.

Elle s'est levée, je l'ai imitée. N'importe quel autre type l'aurait prise dans ses bras.

Nous sommes sortis dans le vent glacé. Il ne pleuvait pas, mais on aurait dit que quelqu'un, quelque part, nous en voulait.

Une fois de plus, je n'ai pas vu le code que Brume composait. Du dos, sans me quitter des yeux, elle a poussé la porte.

Stanislas est sorti à notre rencontre. Il était vêtu de rouge encore, une veste noire à revers assorti. Le pommeau de sa canne, ai-je remarqué, représentait un loup. Il a pris mes doigts, les a embrassés un à un avec ce vieux sourire embêté.

Les lévriers Seth et Horus ont jailli comme des balles et, sans attendre, sont venus me faire la fête. Je me suis baissé pour les caresser.

Au premier étage, toutes les lumières étaient allumées – des ombres passaient derrière les fenêtres.

— Fabrice est venu voir Iago, a annoncé Brume.

— Béni soit-il.

Nous avons échangé quelques considérations sans importance. Le temps, mon école, la vie du quartier. Tout ressemblait à une pièce. Rôles distribués, décor maîtrisé ; on ne me demandait rien d'autre que de réciter mon texte.

— Tu viens ?

Nous sommes entrés dans la cuisine. Au cœur d'un joyeux brouhaha, des jeunes gens s'affairaient, que je n'avais jamais vus.

Devant le réfrigérateur multiporte, une métisse aux longues boucles brunes m'a demandé si j'avais besoin d'un coup de main. Le temps que je me retourne, Brume et Stanislas avaient disparu, me laissant seul, livré à moi-même.

Qu'étais-je censé faire ? Les attendre ? Monter ?

— Pour Iago, je crois que tu connais le chemin, m'a glissé la fille avant de s'éloigner dans un nuage de patchouli.

Elle avait laissé un verre d'eau à mon intention. Confus, j'ai commencé à faire les cent pas. En un rien de temps, la cuisine s'était vidée de ses occupants.

Au-dessus du plan de travail en métal ciré, des couteaux étaient aimantés à un présentoir, alignés par ordre de taille. J'en ai attrapé un, faisant jouer sur la lame des éclats de lumière crue. Dehors, un moineau bravache picorait entre les pavés, relevant la tête à chaque seconde.

J'ai avalé mon eau d'un trait et je suis monté.

7

— C'est ouvert.

À peine si j'avais eu le temps de frapper. Il était là, allongé, torse nu, mains jointes derrière la tête – ciselé et impeccable. Il respirait avec un brin d'emphase. Seule la lampe de sa table de nuit était allumée. J'ai toussoté.

— Salut.

J'avais l'impression de profaner un sanctuaire. Il s'est passé une main sur le visage.

— Je rêvais de Titien. Tu es familier ?

Un fauteuil semblait m'attendre. Je me suis installé.

— Pas trop.

Il avait fermé les yeux, mimant la béatitude.

— À Venise, dans la sacristie de la basilique Santa Maria della Salute, il y a ce tableau de lui : *Caïn et Abel*. Dis-moi que tu es déjà allé à Venise.

— Je devais avoir cinq ans.

— Il faut voir cette toile. Il faut la voir dans cette église à laquelle elle n'était pas, à l'origine, destinée. Un fond obscur, le ciel est chargé, l'orage gronde : la colère de Caïn contre son frère. L'autre est blessé à la tête, il a du sang dans les cheveux. Les deux sont vêtus de peaux de bête, leurs corps forment comme un cercle. Les visages ? On ne les distingue pas. C'est le combat qui importe, la danse. Et, au terme de cette danse, la mort, inique et absurde. Abel tué d'un coup de gourdin par son primate de frère.

— Pourquoi tu me racontes ça ?

De nouveau, il a plaqué sa main sur sa figure, doigts écartés – un masque arachnéen, Lewis Carroll en autoportrait.

— Axël est parti à l'hôpital.

— Merde. Et... Ça va ?

Il s'est redressé sur ses coudes. Dévasté, intense.

— « Ça va » ? Ça n'existe pas, chez nous, « ça va ». Il rentre demain. Nous nous battons contre l'épuisement. Nos gestes sont de plus en plus lourds ; nos épopées, réduites à un ensemble de signes classés d'« inquiétant » à « très grave ».

— Je ne voulais pas être blessant.

Geste dédaigneux.

— Une échelle plonge dans un gouffre. Les coups de fouet pleuvent sur nos échines. Descendez. Encore. Encore ! La voilà, notre existence.

Nous nous regardions, graves, en attente.

— Tu désirais me parler.

Il a ri. Franchement.

— Ha, ha ! Si tu pouvais voir ta tête ! J'avais envie de t'entendre, aussi. (Il avait clos les paupières, désormais – un aveugle heureux de s'être perdu.) Merci d'être venu, mes excuses. Où est Brume ?

— Disparue.

— La fille de l'air. Notre gentille Fantômette. Dès qu'elle sent que quelque chose se trame, elle se retire sur la pointe des pieds. Comment tu la trouves, ma petite sœur ?

— J'imagine que c'est une vraie question.

— Je vais reformuler : tu coucherais avec elle ? (Sa poitrine s'est gonflée. Un long, interminable soupir.) Ta mâchoire.

— Ma…

— Elle se décroche. Très bien, parlons d'autre chose. De mon rêve, alors, il faut que je m'en débarrasse. Attends une minute. C'était l'année de mes 16 ans. Venise, donc. Un vieux type s'était épris de moi et, non, il ne s'appelait pas Dirk Bogarde. Un Marocain riche à millions, introduit dans le cercle de la famille royale. La nuit, il me poursuivait le long des canaux en beuglant mon nom. Au début, je trouvais ça distrayant, j'avais déjà ce petit côté voyons-voir-un-peu, gentiment pervers. Puis j'ai compris qu'il ne convoitait pas uniquement mon cul : il me voulait pour lui seul, il s'était même mis en tête de m'épouser. Un soir, tout de noir vêtu, il s'est introduit par la fenêtre dans notre chambre d'hôtel, un pauvre palais décrépit non loin de la basilica dei Frari. Il sanglotait comme un perdu, il était prêt à tout, méchamment tapageur. « Qu'est-ce que tu désires ? Dis-moi, et je te le donnerai. — Je désire que dalle », j'ai répondu. Et c'était vrai, et il se traînait à mes pieds, se frappant la poitrine, il était dans un état lamentable. J'ai pris pitié de lui. Je lui ai parlé de cette toile. Je lui ai dit : « Voilà, c'est ça que je veux, le tableau de l'église, *Caïn et Abel.* » Il s'est redressé, bravement, a essuyé ses larmes une à une. « D'accord », il a murmuré. Il a déposé un baiser sur mon front et il est reparti comme il était venu : en brigand, se retenant à la traverse. Je ne l'ai pas revu.

— C'est… une histoire vraie ?

— Une semaine plus tard, les journaux ont révélé qu'un homme avait tenté de dérober une toile de Titien à

Santa Maria et qu'il avait réussi à prendre la fuite. D'après des témoins, il avait sauté dans le Grand Canal. S'il s'est noyé, on n'a jamais retrouvé son corps. Je l'ai cherché, pendant un temps. Je nageais de nuit, en parfait Lord Byron, bravant les eaux glacées au milieu du mois de mars, vêtu d'un seul tee-shirt. (Il s'est tu.) Tu ne me crois pas ?

— Brume était là ?

Il s'est assis au bord du lit, a tapoté la place à côté de lui. Je n'osais pas.

— Brume te confirmera chaque point de ce récit, ou le niera en bloc. Question d'humeur.

Il me fixait, soudain très triste. Impossible de détacher mon regard de sa lèvre inférieure – si charnue, si sensuelle. J'avais toujours été sensible aux bouches.

— Je ne suis pas gay.

Il s'est étiré, levant les poings au ciel. Ses clavicules saillaient sous la peau.

— Quelle nouvelle.

Sans plus réfléchir, je me suis assis à son côté. Il a posé une main sur mon genou. Les yeux dans le vide.

— J'espère que ce n'est pas la pitié qui t'anime.

— Pitié de quoi ?

— Respire. Je ne te ferai que ce que tu me supplieras de te faire.

J'étais plus raide qu'un piquet.

— Je pensais que tu étais avec Axël.

Il s'est tourné vers moi, sincèrement étonné.

— Ça te pose un problème ?

— Non.

— Axël ne peut pas te blairer. Ne le prends pas mal, il n'aime personne – à part moi, parce que nous sommes ensemble de mille façons que je ne te demanderai pas de comprendre, et Stanislas, parce que Stanislas est une âme qu'on ne peut qu'aimer, et Brume aussi, parce qu'elle s'en cogne de façon intersidérale. (Sa main, de mon genou, avait glissé jusqu'à l'intérieur de ma cuisse. J'étais tétanisé.) Reste avec moi ce soir.

— Quoi ?

Il a émis un petit rire doux.

— Tu trembles. Je te jure, je sens l'odeur de ta trouille. Typiquement hétéro. Je ne te veux aucun mal, beaux yeux. Tu n'aimes pas Venise ? Je te parlerai d'autre chose. Je suis doué pour parler. Quand le cœur de la nuit s'enroule autour du silence…

Sa main continuait de remonter vers mon entrejambe. Je me suis écarté de quelques centimètres.

Aussitôt, il a fait de même.

— Attends, ai-je bafouillé, ce n'est pas…

En chien de fusil, il s'était couché, me présentant son dos.

— Tu ignores ce qu'est l'enfer. Je parie 100 francs.

Mon regard s'attardait sur son caleçon serré, le galbe de son cul. Un enfant, ai-je pensé. Un Rimbaud sans Afrique, un Petit Prince revenu de la guerre.

L'enfer ? Je le connaissais mieux qu'il paraissait le penser. Ça nous faisait au moins un point commun.

Il pleurait doucement, comme une rivière chantonne et, de souvenir en souvenir, de tristesse en tristesse, j'ai laissé mes pensées dériver vers mes parents, ma pauvre sœur chérie, que je n'avais pas vue depuis… quand, déjà ?, et dans un recoin de ma mémoire la sirène maudite d'un camion de pompier s'est mise à ululer.

J'étais coupable, depuis si longtemps. La soif de rédemption me dévorait. Devais-je me confier, ouvrir pour lui le livre de mes absences ? J'ai posé une main sur son épaule. Elle était glacée.

— Arrête, a-t-il cinglé en se dégageant.

J'ai retiré mes doigts ; il s'est recroquevillé davantage.

— Pardon...

— Je n'attends rien de toi, Del Dingo.

— Ne m'appelle pas comme ça.

— Je voudrais simplement que tu restes cinq minutes. Et tant pis si c'est pour Brume. Ou tant mieux.

— Je n'ai aucune visée sur ta sœur.

Je ne le voyais pas, mais j'aurais pu jurer qu'il souriait.

— Ne me dis pas que tu ne veux pas mieux la connaître. Je ne te parle pas de coucher : juste d'être avec elle. Moi, je la vois comme un jardin clos. Bruissant de rouges-gorges, de mésanges et de pinsons.

Il s'est retourné vers moi, a pris ma main dans les siennes, l'a cajolée, l'a couverte de baisers légers, comme un oisillon dont il faudrait prendre soin. Puis il l'a relâchée, *m'a* relâché, moi. Et son sourire, encore une fois, s'est épanoui.

— Viendras-tu samedi soir ? Dans deux semaines ?

— Où ?

— Je croyais que Brume t'en avait touché un mot.

— Il faut croire que non.

Il a ramené ses poings serrés contre sa figure.

— On appelle ça la Chasse. Distraction nocturne. (Ses mains s'ouvraient et se fermaient telles des étoiles.) La condition, la seule, c'est de venir masqué – les équipements sont fournis, au cas où. Tu peux être la proie, ou tu peux être le chasseur. Une fois ton choix établi, tu dois t'y tenir. En accepter les implications. Toi comprendre ?

— Samedi soir..., ai-je répété.

— Le rendez-vous, c'est à l'angle de la rue du Temple et de celle des Blancs-Manteaux : minuit moins le quart pour les proies, minuit et quart pour les chasseurs. On vient vêtu de blanc ou de noir, selon le camp choisi – tenue neutre exigée.

— Samedi soir, ce n'est pas possible pour moi.

Il s'est abstenu de répondre, et je lui en ai su gré. La dernière chose que je souhaitais, c'était lui parler d'Angélique.

— Tu sais l'essentiel.

J'avais ramené mes mains sur les genoux. La pièce était blanche, quasi nue, à l'exception de minuscules tableaux sombres auxquels je n'avais pas prêté attention jusqu'alors, et de deux statuettes oblongues tournées vers le mur, comme en pénitence.

Je ne me souviens plus de ce dont nous avons discuté après cela. À un moment, il s'est rassis, s'est tâté le front, a enfilé un tee-shirt pastel et s'est allumé un joint spectaculaire, prélevé dans un tiroir. Ses mots coulaient comme de l'eau sur une vitre, traçant des rigoles sur la buée. Je pensais à sa peau, à l'odeur de sa peau, à sa sœur, à ma main descendant sur le dos nu de Brume.

La nuit était noire quand je suis parti, bien au-delà de l'heure que je m'étais fixée – celle qui me permettrait d'échapper à une nouvelle explication avec Angélique.

Brume m'attendait dans la cuisine, assise au cœur de l'obscurité – elle s'est levée dès que je suis entré et nous sommes ressortis sans un mot.

— Je dois rentrer.

— Tu dois plein de choses, non ?

Elle m'a emboîté le pas. Elle non plus ne se souciait pas de mon autre vie, de mes cachotteries de banlieue.

Elle m'a pris la main et nous avons marché dans la bruine piquante jusqu'à la rue Saint-Denis, en passant par Beaubourg.

Des enseignes clignotaient, nous longions des vitrines de sex-shops, pour 10 francs des cabines promettaient des plaisirs d'outre-monde – dans la pénombre, hantées de transes paresseuses, des filles sauvages aux cheveux noirs ou crème se déhanchaient. Nous sommes entrés dans une boutique, nous nous sommes enfermés dans la première cabine qui se présentait, et Brume a déboutonné son jean. Elle a pris ma main, l'a collée sur sa fente. « Maintenant, fais ton choix. »

Mais non.

Non, ça ne s'est pas passé comme ça. Brume ne m'avait pas attendu dans la cuisine : elle avait mieux à faire.

Quand j'ai rouvert les yeux, j'étais assis, seul, dans un réduit puant la Javel et la sueur. Mon pantalon était baissé sur mes chevilles, un film américain passait au hasard et des actrices siliconées subissaient les assauts d'étalons aux membres hypertrophiés. Aucune joie dans leur regard, pas le moindre gramme d'espoir, rien que la vacuité d'un désir sur commande – le volume sonore réduit à zéro.

Mon rêve s'est rétracté dans l'ombre, écœuré de n'être rien d'autre. Je suis sorti, plus orphelin et déboussolé que jamais.

8

Le jeudi suivant, un *Donnerstag* froid et venteux, nous sommes allés au musée – au milieu de l'après-midi, le centre Georges-Pompidou était désert. Je ne me souviens plus qui avait eu l'idée ; il est possible que notre conversation nous ait guidés en boitillant jusqu'à Beaubourg avant de nous lâcher sur l'esplanade et que Brume, découvrant l'affiche du moment (une exposition baptisée « La ville, art et architecture en Europe, 1870-1993 »), ait sorti son portefeuille et en ait tiré 80 francs sans me demander mon avis. J'avais commis l'imprudence de la questionner sur sa vie amoureuse. Autant plonger la main dans la cendre. Ses gestes précédaient ses paroles. Poings serrés, gifles assénées au vent. Ma curiosité était irrépressible : je voulais savoir, percer le secret de cette armure, de cette indifférence. Enfin, il y avait bien dû y avoir d'autres garçons que moi ! Peut-être y en avait-il encore.

Nous avons pris l'escalator, et je me suis revu, avec Angélique, deux ou trois ans auparavant, tentant de lui extorquer quelque serment dément devant le tapis gris et hirsute des toits de Paris. « Serais-tu prête à sauter pour moi ? » Elle l'était, elle l'avait été. Brume était son reflet inversé, ai-je réalisé. Ses cheveux courts, sa morgue amusée. Elle voulait qu'on souffre pour elle. Elle me le répétait sans me quitter des yeux. C'était arrivé plusieurs fois et cela arriverait encore, prends garde, petit homme.

Je me perdais en conjectures, m'inventais des histoires. Elle avait été blessée. Bafouée, massacrée ; elle concoctait une vengeance. Et moi, j'étais là, arlequin et fantoche – un accroc dans la toile émeri.

Nous sommes arrivés au cinquième. Les billets, au bout de ses doigts, ne tremblaient pas. Une beauté tahitienne en tailleur et talons hauts les a déchirés sans nous faire l'aumône d'un regard, et nous nous sommes enfoncés dans le labyrinthe. Les salles portaient des noms qui disaient notre vie. « Transfigurations nocturnes » ; « Le culte de la frénésie » ; « Décomposition du paysage » ; « Première apocalypse ».

— J'ai rencontré un garçon, a chuchoté Brume, lèvres pincées, devant un tableau d'Atkinson Grimshaw (*Reflets sur la Tamise : Westminster*, 1880), que, le hasard n'existant pas, je connaissais déjà.

— Quand ?

— Il n'y a pas si longtemps. Dans le métro.

Elle avait sorti un paquet de cigarettes, impatience personnifiée. Je la suivais tel un chiot contrit. Ensor (*Le Triomphe de la mort*, 1896).

— Rien ne t'oblige à me raconter, ai-je plaidé sans y croire.

Elle a souri.

— Il était assis en face de moi. Il lisait du Barbey d'Aurevilly. Nous sommes en 1994. Qui lit encore du Barbey de nos jours ? Plus important : qu'est-ce qui nous empêche de considérer l'autre comme une proie ?

— J'ai étudié *L'Ensorcelée* pour le bac français.

— Monsieur réponse-à-tout, a-t-elle maugréé.

Elle m'a tiré par le bras. Nous nous sommes arrêtés devant une toile de Ludwig Meidner datée de 1913 : une cité contorsionnée, arrachée à la paix nocturne par la poigne d'un démon. Brume a fermé les yeux. J'ai lu le texte dans un murmure. « La ville crépite sur mon corps. Ses ricanements brûlent ma peau. Les maisons se rapprochent. La ville explose. L'asphalte se met à hurler. Effroyable vacarme. Les balles, les astronefs, les météores s'abattent sur des citadins angoissés. La puanteur enveloppe la ville. » Brume a repris le fil de son histoire, et sa voix s'est mêlée à la plainte.

— Il était blond-roux, adorable, calamiteux. Il avait, je ne sais pas, 20 ans ? Il m'a suffi d'un regard. Je devais réveiller en lui l'image de l'une de ses héroïnes scandaleuses. La transfiguration, puisqu'on en parle.

Je m'imaginais à la place de ce garçon.

— On peut avancer ?

Sa main a serré la mienne trop fort.

— Il se tortillait comme un ver au bout d'un hameçon. Il aurait préféré crever que m'adresser la parole. Je me suis penchée pour guigner son livre. C'était *Les Diaboliques*. Tu connais ?

J'ai soupiré. Guerres, bombardements, scènes d'apocalypse. Il n'y avait que ça, ici – et une joie sacrilège m'emplissait, de celles que l'on ressent quand on trouve plus ravagé que soi. Une toile de George Grosz, en particulier, retenait mon attention. *Explosion*, 1917. De vastes immeubles s'effondraient autour d'un vortex noir, aspirés, sans souci de perspective. Fragments de corps, visages découpés au couteau sur fond de flammes avides.

Brume s'était pendue à mon bras, comme pour me maintenir prisonnier.

— C'est un recueil. La première nouvelle s'appelle *Le Rideau cramoisi*. L'histoire d'un jeune sous-lieutenant hébergé chez un vieux couple. Ils ont une fille – Alberte. Elle ne dit rien, elle ne fait rien, le narrateur a la sensation de ne pas exister pour elle. Et puis, un soir, à table, *sous* la table, elle lui prend la main. Et la serre avec passion. Tu me suis ?

Nous avons fini par nous éloigner. La deuxième partie de l'exposition était moins sinistre. Des paysages de banlieue. Des usines. Des rues plongées dans l'obscurité. J'aurais aimé que Brume se taise, je me serais damné pour qu'elle continue.

— Au bout d'un certain temps, en pleine nuit, Alberte apparaît auprès du lit du jeune soldat. À tâtons, elle a traversé la chambre de ses parents.

— Elle couche avec lui ?

— Oui. Mais elle ne dit rien, jamais. Indéchiffrable demoiselle. Et le lecteur se débat avec mille questions. Que savent les parents ? Que ressent cette fille ? Pourquoi est-elle si glacée ? Que cache-t-elle – elles cachent toutes un truc. Est-elle folle ?

Nous regardions les tableaux sans nous attarder. Soudain, de nouveau la mort. Les camps. Cité en feu. Ville arasée. Squelettes noircis, vitrification nucléaire. Je n'avais pas lu la nouvelle dont elle parlait, et je n'avais pas l'intention de réparer cet oubli.

— Je présume que ça se termine mal.

— Notre histoire, ou celle de Barbey ?

— Je ne sache pas que tu m'aies conté votre histoire.

Nous ne faisions que passer, à présent, les œuvres – des photos, des plans, des installations vidéo – défilaient tels des paysages derrière une vitre. « Avec ces matériaux, expliquait un panneau, les artistes ébauchent un inventaire affectif de "morceaux choisis" accumulés, lacérés, détournés. »

— Qu'est-ce que tu veux que je te dise ? a lâché Brume. Je me sentais comme une mante religieuse. Nous allions chez lui, jamais chez moi. Il habitait un studio dans le XVIIIe, avec vue sur le Sacré-Cœur, je ne pourrais pas t'en dire plus. Je me rêvais en modèle fin de siècle. Modèle, ou créature ? Fille publique, comme l'écrivait Barbey. Il était servile. Il faisait place nette, allumait des bougies. Avait acheté des draps rouges exprès pour moi. (Elle a repris ma main dans la sienne, nous avons gagné la sortie.) Je restais dans ses draps, entortillée, un simulacre d'albâtre. Je le laissais embrasser mes épaules.

Mon pas, malgré moi, devenait plus pesant. Semelles de plomb, comme dans l'un de ces rêves où lever un pied devient impossible.

— On peut en rester là, ai-je objecté, mais elle me tirait en avant.

Elle ne m'épargnait aucun détail. Ses larmes à lui, le calme hostile dont elle faisait preuve, l'indifférence que lui inspirait sa douleur. Il ne comprenait rien, elle ne pouvait rien lui expliquer, elle se repaissait du gouffre qui les séparait.

— Il voulait qu'on mette un point final. Je disais oui à chaque fois. Le lendemain, il m'appelait. Et je ne te parle pas de ses lettres.

— Tu as couché avec lui ?

Nous nous dirigions vers l'escalator.

— J'ai vu de lui tout ce que je voulais voir. Je ne te rassurerais pas en te racontant qu'il avait une petite queue, c'était même le contraire, mais...

Était-elle réellement en train de prononcer ces mots ? Juste devant nous, sur l'escalier roulant, un vieux monsieur et sa femme aux cheveux blancs vaporeux avaient échangé un regard consterné. Les parents d'Alberte...

— Mais quoi ?

Au quatrième étage, nous avons contemplé Paris derrière la vitre sale. Flèches et coupoles, une mer grise d'ardoise. Nous aurions pu nous trouver un siècle plus tôt, suspendus au ciel par un fil invisible. Barbey d'Aurevilly était mort en 1889 et je me rappelais Mme Blomet, notre professeur de français, son profil austère de princesse espagnole devant la fenêtre mouchetée de pluie.

— Nous avions un contrat. Il pouvait m'embrasser, me toucher à certains endroits, mais pas à d'autres. Il y avait une limite stricte à ne pas franchir.

— Tu voulais le rendre fou.

— Un claquement de doigts m'aurait suffi.

J'ai pris son visage entre mes mains.

— Tu n'es pas cette personne.

Elle a fermé ses doigts sur mes poignets. *Aucune envie de ce genre de baiser mélo*, disaient ses yeux. *Respecte-toi.*

— Je suis bien pire. Je suis la fille qui a disparu de sa vie un beau jour sans sommation, et qui a glissé dans sa boîte à lettres un courrier sibyllin censément rédigé par ma cousine, lui annonçant ma mort.

Je me suis détourné. Pourquoi me sentais-je à bout de souffle ?

— Descendons, ai-je grommelé.

Sur l'escalator, accrochée à mon épaule, elle toisait l'infini, ailleurs.

— Parfois, je le suivais, qui sortait de chez lui pour faire les courses – abattu, mortifié. J'étais un fantôme. Lui aussi. Assez vite, j'ai compris qu'il avait laissé tomber la fac.

— Et tu ne lui as jamais rien dit.

— C'était trop tard. J'avais eu ce que je voulais. J'étais devenue mauvaise : sans recours et sans raison, sinon de faire écho à la douleur qui me rongeait.

— Quelle douleur ?

— S'il te plaît.

Les jours d'après, j'ai tenté de la relancer au sujet de cette histoire, mais l'envie lui était passée. Se souvenait-elle seulement de ce qu'elle m'avait confié ? Le portrait qu'elle avait esquissé d'elle avait été emporté, noir comme un café sans présage. Nous n'en avons plus parlé – avant longtemps.

9

Depuis quelques jours, j'écoutais le même CD en boucle, dans la rue, dans le RER, dans notre salon. La nuit, au casque, je montais le son au maximum, à m'en rendre dingue, parce qu'il me semblait que cet album avait été composé spécialement pour moi : chaque chanson me parlait, me blessait, me voulait, chaque chanson était ma vie. Je m'en étais ouvert à mon vieil ami Vincent, et il ne comprenait pas. Lui n'écoutait que les Pogues, rêvait de s'exiler, d'ouvrir un pub en Irlande.

2 heures du matin, ou 3, ou rien, et j'étais là, prostré dans mon fauteuil, tourné face à Paris et à ses lumières hors de portée, et des torrents de guitare ardente me submergeaient, les hurlements de rage du chanteur sortaient de ma gorge, les beats martiaux égrenaient le temps qu'il me restait à vivre, spasmes et soubresauts, une déclaration de guerre.

Cet album s'appelait *The Downward Spiral*, la spirale descendante. Nous étions des centaines de milliers, en ces jours, à ressentir la même angoisse mondiale, nous essayions de devenir sourds, dans l'espoir que la musique abolisse tout en nous.

Je n'ai pas souvenir qu'un disque m'ait autant possédé. Apparemment, il chroniquait la chute d'un homme tenté par le suicide. Apparemment, il avait été enregistré dans la maison où Sharon Tate avait été assassinée.

Le premier titre s'appelait *Hurt*.

I hurt myself today
To see if I still feel
I focus on the pain
The only thing that's real

« Dieu est mort, chantait aussi Trent Reznor. Et tout le monde s'en tape. Si l'enfer existe, je t'y retrouverai. »

Mâchoires serrées, je dodelinais de la tête. Une nuit – transie, somnolente –, Angélique a allumé la lumière du salon.

— Qu'est-ce que tu fabriques ?

J'ai ôté mon casque.

— Je patiente.

— Viens te coucher, s'il te plaît.

Comment lui dire ?

— Je n'ai pas sommeil.

— Il est 2 h 40. Je travaille, demain.

Dans mes écouteurs, Trent braillait encore – je n'avais même pas mis le CD en pause. Je me sentais déchiré, labouré, mes épuisants rêves d'ado étaient de retour. Comment le lui dire, le lui asséner ?

Je m'avançais dans les bas-fonds d'une ville tentaculaire, noire – écarlate, l'empire du kitsch et de la souillure. Des obèses enchaînés ricanaient et s'étouffaient sur mon passage, tout avait lieu la nuit, et le maître des Douleurs attendait, juché sur un tas d'ossements, des éphèbes défoncés gisaient à ses pieds, épandus, j'avais l'impression de tous les connaître.

Angélique est venue s'agenouiller devant moi. Elle a essayé d'écarter mes cuisses ; j'ai résisté.

— À quoi tu joues ?

L'éclat trop franc de son sourire. Sa poigne fermée sur mon entrejambe.

— C'est moi qui pose les questions.

— Arrête.

Elle s'est relevée. Elle respirait trop fort.

— Je sais ce qui se passe.

— Ah oui ?

Une barrette était restée sur le buffet. Elle l'a attrapée, s'est refait un chignon. Parfois, de pures bouffées de haine me submergeaient – sataniques.

— J'en ai parlé à un ami qui termine ses études de médecine. Pour lui, c'est limpide. Tu fais une dépression.

Je voulais rester seul avec ma musique. Je voulais qu'elle disparaisse. Jamais, ai-je réalisé, elle ne se manifestait dans mes rêves.

— Tu ne devrais pas te mettre une pince dans les cheveux.

— Tu as entendu ce que j'ai dit ?

— Tu serais mieux libre.

— Libre ?

— Sans moi.

Elle n'a pu s'empêcher de pouffer.

— Mince, est-ce que tu essaies de *rompre* ? (Elle s'est penchée sur moi, a reniflé ma bouche.) Tu as bu ? Tu as bu pour t'assurer pour la millième fois que tu ne méritais pas d'être ivre – que tu ne méritais rien ?

— Ne sois pas grotesque.

Elle s'est redressée.

— Tu as raison. Il faut que je prenne sur moi. Tu sais ce qu'en pense ma mère ?

— Je suis fatigué, Angélique.

— Elle pense que je me suis trompée. Elle pense que je suis allée trop vite, que je n'ai pas assez confiance en moi.

— Elle a raison.

Elle a éteint la lumière et est repartie vers notre chambre.

— Si tu veux me baiser, c'est maintenant.

J'ai remis mon casque en place. Indifférent au tumulte, indifférent à lui-même, Trent Reznor braillait comme un forcené.

10

Il a fallu que je trouve une excuse. J'allais dormir chez Estevan, lui ai-je expliqué, rue Gay-Lussac, « tu peux l'appeler si tu ne me crois pas ».

Estevan avait acheté une Super Nintendo. Un besoin de régression impossible à rassasier. Nous nous faisions livrer des pizzas.

« Je vois », a commenté Angélique. J'ai claqué la porte pour couper court.

Jean-Do m'avait donné rendez-vous devant la fontaine des Innocents à 23 heures. De nouveau, il avait été invité. Et, cette fois, il avait répondu oui.

Respectant la consigne, nous nous étions tous deux vêtus de noir. Rallier le camp des chasseurs paraissait l'option la plus raisonnable. Un chasseur peut rester en retrait, me disais-je. Un chasseur peut *ne pas* chasser. La proie, elle, n'a le choix de rien.

Dans un café miteux, en face du centre Georges-Pompidou, nous avons commandé une bière – lui pour se donner du courage, moi pour lui faire croire que je pouvais en trouver. La nuit était étonnamment douce et claire. Vêtu d'un long manteau de cuir, Jean-Do parlait trop fort et n'était pas loin de transpirer. De but en blanc, il a abordé le sujet de sa première expérience gay.

— L'année dernière. À Barcelone.

— Pendant le stage ?

— Le numéro 2 de la boîte. Un affûté, sec comme une liane. La cinquantaine, barbe poivre et sel.

Je lui ai posé des questions. De toute évidence, il en mourait d'envie. L'homme l'avait invité chez lui un soir « pour mieux faire connaissance », et Jean-Do avait accepté, sans trop réfléchir à ce que ça impliquait.

Ils n'avaient rien mangé, bu sans discontinuer – plusieurs bouteilles d'un empordà redoutablement capiteux. Ils s'étaient retrouvés « au pieu au bout d'une heure ».

— Ça paraissait normal. Inévitable. Il m'a dit qu'il me trouvait beau, que je l'excitais, je cite, « à un point inquiétant ». Il avait du poppers et du gel. Il voulait que je le prenne.

— Et tu l'as fait.

— Qu'est-ce que ça change ?

— Laisse-moi deviner : rien.

— Aucune femme ne peut te sucer comme un homme ; c'est un fait scientifique.

Il a vidé sa bière d'une traite. Bouffée nostalgique.

— Et vous vous êtes revus ?

— Quatre fois. Jamais prémédité. Ça se passait chez lui, invariablement. Je ne restais que le temps de la baise et de la douche. Une heure, en gros – on mettait les formes. Et puis il me commandait un taxi.

— Et c'est toujours toi qui…

— Au bout d'un moment, on a varié. Tu devrais tenter, mon vieux. Sans rire : ne serait-ce que prendre une queue *une fois* dans ta bouche, l'avaler en entier en levant les yeux. Tu n'imagines pas l'effet que ça fait. On se sent aimé. Ce n'est pas un rapport de force, c'est un don. Une connivence s'installe, un genre d'amitié complice. Quelle fille pourrait t'offrir un tel cadeau ?

Je l'écoutais, vaguement étonné. J'essayais de l'imaginer. Les mains de l'homme sec agrippées à ses hanches. Sa tête renversée. Barcelone

— Est-ce que tu t'es protégé ?

Il s'est gratté la nuque.

— Pas systématiquement. Mais ça va. C'est un type qui fait attention.

— Gros débile.

Il a souri.

— Tu te prends pour qui, *cabrón* ? Mon médecin ? Je le connais, putain. J'ai son numéro de téléphone, c'est un ami de mon père. (Il s'est étiré.) Sans déc, mon vieux, je n'aimerais pas être dans ta tête. Dépasser sa peur, ça s'apprend.

Il a plongé une main dans la poche de son manteau et en a sorti une petite boîte de métal, qu'il a posée devant moi.

— Des cachous ?

— Sois discret, s'il te plaît. Et joyeux Noël.

J'ai ouvert la boîte sous la table. Quatre comprimés multicolores tremblotaient – jaune, bleu, rouge, vert. J'ai relevé la tête.

— Jean-Do…

— Ce soir ou jamais, *compadre*. C'est si angoissant, pour toi, de se sentir bien ?

J'ai joué les effarouchés. Je ne voulais pas lui faire de peine.

— J'imagine qu'un seul suffit…

— Et comment ! Mêmes propriétés désinhibantes que l'alcool, vertus énergisantes en sus. Vibrations hyperpositives, effets secondaires spectaculairement minorés.

— Pourquoi tu carburais à l'empordà, dans ce cas ?

— Mon fournisseur ne livrait pas en Catalogne, petit malin. Et crois-moi, ça a changé la donne. Peut-être que je serais marié avec Pedro, à l'heure qu'il est.

— Pedro étant… ?

— Le mec qui m'a enculé.

J'ai glissé la boîte dans la poche de mon jean.

— Je ne suis pas certain que cette soirée soit une si merveilleuse idée.

— Allez, en route.

Il avait raison. Il fallait y aller. J'avais pris mes dispositions, j'étais venu exprès pour ça, une sale excitation m'envahissait et il était trop tard pour reculer.

Nous avons gagné le point de rendez-vous avec cinq minutes d'avance. Nous étions une vingtaine, à vue de nez, 30 ou 35 ans en moyenne, des garçons en majorité, mais pas exclusivement.

Deux ou trois types à peine sortis du bahut se tenaient à l'écart en se passant une Black Devil. Un homme s'est présenté, imposant, affublé d'un masque de lion en latex. Il était, lui aussi, tout de noir vêtu.

J'avais gobé une pilule ; ce crétin de Jean-Do paraissait sûr de son fait. J'avais choisi la bleue et, d'après ce qu'on m'avait raconté (la plupart des mecs de ma promo avaient déjà pris des ecstas, je devais être l'un des derniers à ne pas avoir sauté le pas), les effets ne se feraient sentir qu'au bout d'une heure, plus tôt si j'avais « de la chance ».

Jean-Do en avait avalé une aussi. Malgré ses airs de matamore, il dansait d'un pied sur l'autre, parlait très vite et à voix basse, en se mordant l'ongle du pouce.

Le cortège s'est mis en branle. Disciplinés, nous avons cheminé en silence jusqu'au Palais.

Dans la cour, quatre hommes en livrée – deux costumes noirs, deux blancs – tenaient haut des torches crépitantes.

On nous a rassemblés dans le vestibule, puis une porte a été ouverte, qui donnait sur une pièce exiguë. Au fond, une volée de marches plongeait vers le sous-sol. Rien à voir avec la cave où j'étais allé chercher l'échelle. Un vaste réseau, profondément enfoui.

L'homme-lion nous a exposé le déroulement des opérations avec des airs de Monsieur Loyal. J'ai songé à Oscar Wilde. « Donnez-lui un masque, et l'homme vous dira la vérité. »

Nous allions descendre un à un, dans la pénombre. À mi-chemin, quelqu'un nous confierait, si nous n'en portions pas déjà un, un masque d'animal. Il nous faudrait l'enfiler à l'aveugle avant de poursuivre.

Le cœur battant, j'ai pris ma place dans la file. Le type devant moi s'est raclé la gorge. Jean-Do avait disparu, le moment des encouragements était passé.

Du sous-sol nous parvenaient les échos d'une basse lourde, poisseuse : *boum, boum, boum*, rythme martial, directement obsédant. Les effets de l'ecsta, je le devinais, ne se manifesteraient jamais. Qu'étais-je venu chercher ici ?

Je n'avais rien d'un chasseur, je ne ressentais aucune attirance pour les garçons. Ce qui se tramait était d'une tout autre nature.

Le sacré. La terreur du sacré.

J'avais passé l'essentiel de mon enfance et de mon adolescence dans un cocon. Autant que possible, je m'étais fermé aux folies et aux poisons des autres.

Mais une partie de moi, je l'avais toujours su, réclamait du sang et de la douleur. Cette fois, nous y étions.

Le type de derrière m'a poussé dans le dos.

C'était mon tour. J'ai dégringolé trois marches. Un parfum inconnu me montait aux narines. Métal froid, sueur et moisissure. On pouvait imaginer n'importe quoi.

Un homme portant un masque rouge hurlant – souffrance humaine – m'a tendu mon accessoire. Je l'ai enfilé comme on me le demandait, sans savoir. Puis je suis descendu à la rencontre de moi-même.

Avoue-le, mon vieux. Tu es déjà venu ici. Ce frisson au bas de l'aine. Cette crispation, chaque fibre tendue. Tu es un tueur, et tout te menace. On te fuit, mais tes proies te possèdent.

Un labyrinthe. Je m'égarais, empli d'une joie antédiluvienne. Corridors à angles durs, plaques de métal réfléchissantes. Des lumières stroboscopiques me donnaient le tournis ; de baffles cyclopéens, une techno primitive s'échappait.

Devant un miroir, je suis tombé en arrêt : un guépard me dévisageait, comme s'il essayait de comprendre qui j'étais.

Non loin de là, un type affublé d'un masque de mouton, pantalon aux chevilles et tee-shirt remonté au-dessus des côtes, se faisait prendre à quatre pattes par un lynx grimaçant. Je suis reparti, bras tendus, en somnambule.

Ma bouche abritait un cri qui ne demandait qu'à éclore. J'étais une explosion en devenir, une palpitation, une sinuosité.

Ailleurs, on se caressait, des mains sur des figures hâves, des peaux de satin luisantes. Foutre séché, coulées de salive, de larmes – va savoir.

Le temps s'était délité. La peur m'avait traversé et je l'avais regardée me quitter, lestée de mon âme.

Des couples se formaient, s'imbriquaient, trios et quatuors, cris et cornes et crocs, conglomérats de chair. On se pressait, on se bousculait en haletant – des feulements se muaient en gémissements de douleur.

Le langage articulé n'avait plus sa place, en ce lieu. Contre les murs de béton brut, hors le labyrinthe, des gazelles reprenaient leur souffle.

Mâchoire serrée à s'en briser, je passais d'une alcôve à l'autre. Des proies détalaient à mon approche, m'adjurant, par leurs postures et attitudes, de les mettre en pièces. Il m'arrivait de les gratifier d'un coup de griffe. Puis je repartais, saisi. Les yeux dans le vague, derrière les minces interstices, je me cognais contre les parois avant de revenir sur mes pas, abasourdi et en nage, essayant de m'enfoncer au plus profond de cette nuit. La drogue, comprenais-je, remplaçait le sexe par l'épouvante, le rythme par l'hypnose, la conscience par un instinct vicié. Sauf que la drogue n'avait aucun effet sur moi. C'était autre chose. Une promesse. Un espoir maudit dont je n'aurais su préciser les contours.

Des culs étaient exhibés, offerts, des prédateurs empoignaient des chairs blanches, l'amour était banni, ne subsistait qu'un âpre désir de tuer et mourir, de feindre et de faiblir. J'y étais, ai-je songé, tourbillonnant en derviche, agité d'un sentiment de puissance inédit, une féroce plénitude descendait en moi, qui me donnait les pleins pouvoirs. Adieu, ma peur. Des corps désarticulés valdinguaient contre les parois, des chèvres tombaient à genoux, des antilopes quémandaient, tout un bétail éploré et fou.

Où était Jean-Do ? Et les autres ? Je cherchais Brume. Je cherchais Iago – Axël, même, à supposer que...

Comment savoir qui était qui, quels masques ils avaient enfilés ? Un corps longiligne, sans un gramme de graisse : là, devant un miroir, un tigre rugissant infligeait des coups de boutoir insensés à un chamois, qui subissait son traitement dans une extase d'abandon. Derrière le caoutchouc, j'en étais convaincu, la proie me lorgnait. Je discernais son sourire. Regarde, regarde ce qu'on peut nous faire.

J'ai posé une main sur l'épaule du tigre, qui s'est dégagé, m'a fixé de ses billes vides et noires, sans mettre un terme à ses coups de reins. Le chamois inerte appelait l'anéantissement de ses vœux. Il valait mieux que je m'en aille.

Plus loin, une biche m'a frôlé. Quelques femelles, au cœur de cette nuit. J'avais vu une martre courir seins nus, tee-shirt en lambeaux, secouée par un rire hystérique, et une autre, qu'un blaireau aux grosses paluches hirsutes labourait sans égards. Je souriais, je souriais et je sentais des larmes se mêler à ma morve.

L'angoisse arrivait, brutalement, en marée noire et visqueuse, ça n'avait pas duré longtemps. Ce que j'avais fait, ce que je pourrais faire. Sous la rumeur assourdissante, mes pensées s'agitaient en cacophonie dans le théâtre de ma boîte crânienne.

Tout va mal, tout est perdu : tu rêves. Des diffuseurs de brume sifflante enténèbrent le labyrinthe, est-ce moi, sont-ce les battements qui accélèrent ? On me suce les doigts, des meutes hantent les corridors, ululent.

Un néon bleu pendouillait, démembré, un furet suppliait pour m'entraîner dans sa traque, une chèvre coincée dans un recoin, des bêtes fauves se pressant autour d'elle, qui criait sa détresse mystique, moi dépassé, ravagé, livré aux démons de la confusion, seul au milieu d'une danse de mort que je n'étais pas prêt à danser.

11

J'ignore comment j'ai réussi à m'extirper de cette nasse, de cette cohue noire de corps et de colère. Je me sentais épuisé, au bord de l'étouffement.

Dans la cour, j'ai déambulé en titubant, incapable d'ôter mon masque, implorant je ne sais quoi.

Je pensais à ma sœur, ma pauvre âme sœur défaite, à ce petit corps ramené des profondeurs. Aux façons que nous avons de nous perdre, aux maigres stratégies que nous mettons en place pour échapper à l'horreur.

Je m'étais adossé à un mur. Lorsque j'ai rouvert les yeux, un loup à la gueule ouverte, ricanant, braquait sur moi un objectif photographique. J'ai bredouillé une protestation. Un flash a ébloui la nuit, et j'ai levé un bras pour me protéger. Qui était-il, pourquoi ?

J'ai essayé de lui courir après mais c'était comme marcher sous l'eau. Quand j'ai rouvert les yeux, il avait disparu.

Je suis entré dans la cuisine. Sous les lumières tamisées, de petits groupes s'étaient formés. Les gens ici ne portaient pas de masques. J'ai enfin ôté le mien et me suis servi un verre de bordeaux. Une fille brune s'est approchée, écartant sa frange, elle m'a demandé quelque chose, si ça allait, je crois. Mon regard était une réponse ;

elle a battu en retraite. À bout de force, Fabrice. J'étais venu pour me perdre, et j'avais eu ce que je désirais, mais c'était pire encore. Il n'y avait rien au cœur du labyrinthe. Juste moi-même.

Plus tard, je ne sais plus trop comment, je suis monté à l'étage, au milieu des ombres et du silence. Dans le salon principal, sur un canapé Louis XVI, Stanislas était là, entouré d'un gros mec barbu vêtu d'une chemise à jabot et d'une blonde très maquillée – tous avaient largement dépassé la cinquantaine.

Stanislas embrassait l'homme ou plutôt, main sur sa nuque, se laissait embrasser par lui. Le type lui tenait le visage à deux mains et le butinait avec avidité. M'apercevant, notre hôte l'a mollement repoussé. Il me surveillait, inquiet. Il a dit mon nom. « Pardon », ai-je murmuré. Et j'ai tourné les talons.

Dans l'escalier, il m'a rattrapé, me retenant par le poignet.

— Où cours-tu, allons, allons, mon petit…

Je me suis dégagé.

— Je voudrais monter sur le toit, ai-je grogné.

— Il n'est pas accessible. Qu'est-ce que tu fabriques ici ? Qui t'a invité ?

— Iago.

— Je lui parlerai. Viens, descends.

— Lui parler de quoi ?

— Tu n'as rien à faire ici. Tu devrais rentrer chez toi.

— Vous vous trompez à mon sujet. Tous.

— J'en suis convaincu.

Il me tirait en arrière. Je me suis laissé faire. Le parquet grinçait, mes dents aussi. Au bout d'un couloir, une vaste pièce nous attendait, portes grandes ouvertes, Stanislas a allumé une lampe sur un buffet et a refermé derrière nous.

Du plat de la main, je me suis essuyé le front. Des rayonnages de bibliothèque bourrés à craquer, éditions intégrales, couvertures de cuir. Une cheminée, des vases en verre soufflé, des plantes grasses, envahissantes, qui attendaient dans la pénombre. Stanislas m'a présenté un fauteuil à passementeries. Lui préférait rester debout. Il s'inquiétait, répétait-il, je n'étais pas arrivé au bon moment, il fallait, il fallait…

— J'adore Brume, a-t-il commencé. Rien n'est sa faute. J'éprouve une affection sans limite pour Iago, et Axël – Axël, chacun fait comme il peut. Mais ces deux garçons se comportent en vampires. Ils sont le centre de leur drame. Se repaissent des souffrances d'autrui, se baignent dans la tragédie.

Il pérorait, une nouvelle canne en main – un autre loup –, s'arrêtant pour me considérer, parfois, telle une équation à trois inconnues. Il parlait, mais je l'écoutais à peine, tout imprégné encore de ce qui venait de se passer.

Qui était ce type qui m'avait pris en photo ? Je songeais à Angélique. Dormait-elle, en cet instant ? Je pressentais que non. Je la voyais tenue en éveil par quelque intuition souterraine, puissamment terrienne. Sorcière…

Stanislas s'est affalé sur le canapé. Mains nouées sur son pommeau, il me détaillait avec mansuétude – une pointe d'effroi, aussi. Ils allaient se jouer de moi. Ils allaient m'utiliser, chacun dans un but particulier. « Moi, je suis trop vieux, je pourrais être leur père, je n'ai plus une goutte de sang frais. Mais toi… »

Une lugubre horloge de bois sombre a sonné quatre coups.

Stanislas s'est levé et, comme dans un songe, a abaissé un volume de sa bibliothèque. Un craquement sec a coupé le silence, et il s'est arc-bouté pour faire coulisser un pan.

Je me suis redressé. Des rumeurs couraient sur lui, Jean-Do m'avait raconté des choses. On disait qu'il possédait des toiles de peintres flamands, qu'il en brûlait une chaque fois que l'un de ses maris mourait. On disait qu'une salle SM se cachait quelque part dans les entrailles de l'hôtel, où il se faisait torturer par un bourreau assermenté. On parlait d'une étude sur les suicides au cyanure de dignitaires nazis au moment de l'effondrement du IIIe Reich, un livre somme auquel il travaillait depuis des décennies. Tout pouvait être vrai, rien ne permettait de dire que ça ne l'était pas. Mais ce qu'il me dévoilait à présent n'était ni un musée ni une salle de torture ni un cabinet d'écriture.

C'était une chapelle miniature, avec un autel modèle réduit et son napperon, une statue de la Vierge bleue et blanche, une autre drapée de noir, retranchée dans l'ombre, un encensoir et une coupelle à hostie.

Je me suis avancé. Il s'est signé.

— Stanislas ?

— Je prie pour toi. Je prie pour que tu t'en sortes.

— Je ne savais pas que tu étais croyant.

Il m'a souri.

— J'ai tous les vices. Pédé, malade et catholique. Sûrement trois fois la même chose.

Je lui ai effleuré le bras.

— Merci.

— De ?

— De m'accueillir. D'être là, simplement.

Hochement de menton.

— Ceci est la réplique d'une minuscule chapelle qui se trouve chez moi, dans le Jura. Je n'y ai pas mis les pieds depuis plus de cinquante ans, mais tout est là, intensément gravé. (Il se tapotait le crâne.) J'ai besoin de ce silence. J'en appelle à la grâce.

Je me suis frotté la bouche.

— Je ne sais pas si ta prière pourra changer quoi que ce soit.

— Nous verrons.

— Tu ne me connais pas.

— Personne ne connaît personne.

Il a passé un bras autour de mon épaule. Il ne savait rien. Il ne pouvait pas comprendre ce que je faisais ici.

Ses lèvres remuaient dans les ténèbres. Humectées de salive. Son regard fatigué, si perçant et si doux.

— Je sens une chaleur, ai-je fini par lâcher.

— Bien sûr.

— Est-ce que je dois m'inquiéter ?

— Idiot. C'est mon cœur. Mon cœur en holocauste. Il y a toujours quelque chose qui brûle en nous. Ne parle pas de ça aux autres, d'accord ? De cet endroit. *Les Essais*, de Montaigne – deux tomes : voilà les volumes qu'il faut abaisser.

J'ai acquiescé. Brume était au courant, a-t-il ajouté, mais il n'y avait qu'elle. Je pouvais venir, si je le souhaitais. Si j'y croyais. Uniquement si j'y croyais.

12

Rien de ce qui s'est passé cette nuit-là n'a été évoqué par la suite, par aucun de celles ou ceux avec qui j'aurais pu en parler. Cela ressemblait à un pacte. Quelle nuit ? Il n'y a pas eu de nuit. Redresse la tête, continue. N'en parle pas à Vincent – jamais.

Jean-Do est resté absent une semaine entière. La grippe, m'a confié Estevan sans conviction, qui lui téléphonait tous les soirs pour lui transmettre les devoirs à faire. Le jour de son retour, nous n'avons fait que nous croiser. Il avait un exposé à préparer, m'a-t-il expliqué, avec des « types ». Je n'avais pas essayé de l'appeler. Pour lui dire quoi ?

Le lendemain, à l'heure du déjeuner, avec trois autres étudiants, nous avons mis le cap sur un petit restaurant chinois où nous avions nos habitudes.

— Tu as l'air en forme, m'a glissé Jean-Do.

Il s'était fait couper les cheveux et il avait changé d'eau de toilette. Je le trouvais aminci, peut-être était-ce une vue de l'esprit.

Nous avons commandé du porc sauce aigre-douce, du bœuf aux oignons et un large plat de riz cantonais. Assis à côté de moi, mon ami se tenait bien droit, triturait sa serviette sur ses genoux. Faux, trouvais-je, changé, indélicat.

Il riait trop fort et me parlait comme s'il venait juste de faire ma connaissance. Je ne l'intéressais plus. Je me sentais désarmé. À quoi jouions-nous ?

Je n'avais revu ni Brume ni les autres. Je passais mes soirées à m'engueuler avec Angélique, qui s'enfermait dans la salle de bains, butée, je vidais des verres de mauvais chablis pour lui montrer que nous avions un problème et je fumais au balcon, ce à quoi elle feignait de n'accorder aucune importance. Tout était nouveau entre nous, et pas dans le bon sens. Je lui expliquais qu'elle ne m'aimait plus, elle prétendait ne plus dormir que deux heures par nuit. Moi non plus, je ne trouvais pas le sommeil. Je restais là, allongé auprès d'elle, retenant ma respiration, et mes rêves ressemblaient à des opérettes grand-guignolesques. Des hommes à tête de loup grinçaient des dents à l'orée de mon sommeil, et toutes les têtes se fondaient en une seule, qui devenait le pommeau de la canne de Stanislas, qui se transformait pour finir en un cri – *mon* cri.

— Qu'est-ce qui nous arrive ? demandait Angélique, qui se serrait contre moi en tremblant.

Hais-toi si tu veux être aimé. Un soir que je rentrais à la maison, casque vissé sur les oreilles, *In utero* à plein volume, je suis tombé sur Brume devant la fontaine des Innocents, assise sur une marche. Elle portait une parka blanche à capuche fourrée trop grande pour elle et tirait sur une Vogue en me regardant approcher. *Elle m'attend*, ai-je pensé.

Je me suis arrêté à un pas et, comme elle n'a pas bougé, j'ai décidé de m'asseoir. Pendant un long moment, nous n'avons pas prononcé un mot. Elle fumait en comtesse, méticuleuse, emplie d'une passion sage. La fumée s'attardait dans sa bouche, puis s'en échappait en cercles fragiles. Elle a jeté sa cigarette d'une chiquenaude, et un point rouge grésillant est parti se perdre dans la pénombre naissante.

— Il t'attend.

— Je lui ai dit ce que j'avais à lui dire.

Elle s'est tournée vers moi, avec une superbe indifférence.

— Tu es tout pâle.

— La fatigue.

— Ça te va plutôt bien.

Une main sur ma joue, elle a approché sa bouche, le fruit carmin de ses lèvres. J'aurais voulu quelque chose ressemblant à de l'amour, mais il n'était pas question de ça, disait son regard. Tout de suite, elle a repris sa pause : hermétique, hors d'atteinte.

— Qu'est-ce que j'ai fait de mal ? ai-je demandé.

Il m'a semblé la voir sourire.

— Il a besoin de toi, Fabrice. Il faudrait que tu l'entendes. Personne ne te demande de coucher avec lui, ce n'est même pas une chose qui nous concerne, mais il traverse une phase clairement particulière et…

— Il y a Axël, non ?

— Tout juste.

Elle a plongé son regard dans le mien. Une volonté puissante y brillait, une opale noire, lisse et inaltérable.

Un baiser, encore, mais, cette fois, tout mon être a frémi. Elle avait fermé les yeux, une main dans mes cheveux, et je ne comprenais pas comment sa langue pouvait être si fraîche et si chaude à la fois.

— S'il te plaît , a-t-elle murmuré en reprenant son souffle, avant de clore les paupières encore.

S'il te plaît quoi ? Elle voulait m'offrir à son frère. Pourquoi ? Pourquoi tenait-elle tant à me jeter dans ses bras, puisqu'elle semblait me vouloir dans les siens aussi ?

J'essayais de ne pas y penser et, à vrai dire, il n'était pas difficile, sous la pluie naissante, de laisser mes vaines questions s'éteindre. Tant qu'il y avait sa bouche...

Nous nous sommes levés, collés l'un à l'autre. Elle voulait que je lui promette. « Aide-moi », murmura-t-elle avant de mordiller mon oreille, mais, quand je lui demandai à quoi, elle ne me répondit pas.

Je ne sais plus trop comment j'ai réussi à la quitter. Une fois de plus, j'étais en retard – coupablement, outrageusement en retard. Je revois nos doigts entremêlés, puis se détachant, nos mains abandonnées, la sensualité mortelle de son regard. Qui laissait qui ?

Angélique, qui m'attendait dehors, sur un banc, ne pouvait plus ignorer que quelque chose se tramait. Depuis peu, nous faisions l'amour chaque nuit, sans nous parler, presque sans nous voir. Une rage froide nous animait. Elle se juchait sur moi, ses mains croisées sur mon torse, le fleuve noir de sa chevelure coulant sur son dos blanc, elle venait en se mordant les lèvres, tête renversée, puis basculait sur le côté, je n'avais pas joui et elle s'en moquait.

Le sexe était devenu un marché entre nous. J'achetais mon silence, elle me volait son plaisir, je me sentais inutile, lâchement complice.

13

L'affaire aurait pu durer jusqu'au printemps. Brume me retrouvait toujours, se pressait contre moi sous des porches, m'arrachait une promesse lambeau par lambeau. « J'ai envie de toi » lui répondais-je, et cela la faisait rire, parce que rien n'était plus clair et plus puissant que le désir que je lui montrais. À certains moments, sa langue était si insistante, ses caresses si impitoyablement précises que j'avais dû la repousser, tremblant de frustration. « Tu oseras ça pour moi ? » J'avais compris que nous ne coucherions pas ensemble tant que je n'aurais pas revu son frère, tant que je n'aurais pas fait « ce qu'il fallait ». Et que fallait-il ?

Sous la douche, un matin, je m'étais branlé en pensant à lui, à Iago – à la bouche de Iago, méditant les conseils de Jean-Dominique. Et quelle différence cela aurait-il fait ? Il était là, à genoux devant moi, mains crispées sur mes fesses, des mains puissantes qui ne me lâchaient pas, « laisse-toi faire » avait-il susurré et, tandis que le jet obstiné martelait mon crâne, comme pour me rappeler le monde, j'avais explosé dans un éblouissement sidéré.

Ce même matin, à 1 100 kilomètres de là, Kurt Cobain tentait une première fois de mettre fin à ses jours en s'infligeant un savant cocktail d'héroïne, de champagne et de Rohypnol.

Deux semaines plus tôt, à la faveur d'un coup de téléphone passé pour un concours, j'avais fait la connaissance de Patrick Key, un présentateur radio officiant le dimanche soir sur une fréquence parisienne bien connue, en lieu et place de Mélanie Bauer. Pendant une bonne demi-heure, nous avions parlé du *Giant Steps* des Boo Radleys et il m'avait proposé de passer dans les studios – ce que j'avais fait.

Dès que je le pouvais, désormais, je venais lui rendre visite. Patrick était américain, il travaillait seul : un grand type séduisant, à la mâchoire carrée, qui s'exprimait avec un accent californien prononcé et m'abandonnait parfois à mon sort (« tu choisis le disque comme ça, tu appuies ici et ici »), le temps, j'imagine, de s'envoyer un petit rail aux toilettes.

— Le bruit a couru que Kurt était mort, m'a-t-il expliqué le surlendemain – un dimanche, donc. C'est ce qu'ils ont dit. Ils ont démenti dans la foulée.

À toute vitesse, il faisait tourner le CD de *Nevermind* entre ses doigts.

— Qui ça, « ils » ?

— Des amis. Journalistes.

— Qui se trouvaient à Rome ?

Il a secoué la tête.

— Je ne comprends pas, a-t-il repris.

— Quoi ?

— Comment il a pu passer à côté de cette vérité élémentaire. On appartient au public, à la foule : c'est le deal. Les gens veulent du sang.

— Il devrait arrêter.

— Tu les as déjà vus en concert ?

Kurt et sa bande étaient passés au Zénith quelque temps plus tôt mais je l'avais appris trop tard, et Nirvana, pour être franc, n'avait jamais figuré parmi mes groupes favoris.

Angélique, elle, les détestait. Le metal et l'indus lui répugnaient, geignait-elle, les guitares la rendaient sourde, elle avait peur d'être emportée, de s'évanouir dans la fosse.

— Moi, quatre fois, a repris Patrick. La dernière, c'était à Seattle, en janvier. Et je peux te dire comment ça va se terminer.

— Ah oui ?

— Mal. Incroyablement mal.

Il a jeté le CD, s'est étiré, bâillant comme un lion. Quelque part sur un lit d'hôpital, Kurt s'est retourné en gémissant.

— Alors ?

Devant la vitrine d'un bijoutier, Brume venait de me souffler la fumée de sa cigarette à la figure. Tenant sa main levée, j'embrassais chacun de ses doigts, songeant à l'absurde bague de fiançailles que j'avais achetée à Angélique deux ans auparavant.

— Je ne peux pas cette semaine.

— Stanislas aimerait te voir aussi. Ils commencent à penser que tu les fuis.

J'aurais pu lui demander en foi de quoi j'étais tenu de me justifier et de leur donner des gages, à elle et aux autres ; je ne l'ai pas fait. Chaque fois que nous nous voyions, elle finissait par me laisser manger sa bouche et, en cet instant, je ne demandais rien d'autre. Pour le reste, inutile de me voiler la face. Même à distance, je me sentais, je me *savais* sous leur emprise. Si je ne me décidais pas à aller à eux, c'était écrit : tôt ou tard, ce serait eux qui viendraient à moi.

14

Un soir où de froids nuages se disputaient le ciel, où les larmes de mars laissaient sur les vitres des coulures cafardeuses, Brume m'a annoncé que nous partions en Italie. Nous étions rencognés dans le fond de notre repaire habituel, triturant nos tasses vides, elle rêvassait d'une voix à peine intelligible.

— Venise...

San Giorgio Maggiore, Santa Maria della Salute, Santa Maria di Nazareth. J'imaginais Iago et son vieux Marocain, leurs ombres tanguant sur les murs vérolés, les clapotis gris, la solitude des bas quartiers et, soudain, un plein soleil bleu, l'aveuglement et la fraîcheur, des arches impérieuses, du marbre noble, des mosaïques à fond d'or. Venise, puis le lac de Côme, continuait Brume, ses criques secrètes et ses galets moussus, la splendeur corrompue de ses villas, et nous pousserions jusqu'à Trieste, comment résister à l'appel ? Joyce et ses douleurs, « l'impression de n'être nulle part », etc., Dieu sait où nous nous arrêterions. Rien n'avait été précisément défini, mais que je sois associé à l'aventure paraissait ne faire aucun doute. Comment aurais-je pu deviner que, quelques années plus tard, contemplant les eaux sombres du rio de la Misericordia, des fantasmes de noyade bouillonnant au creux de ma poitrine, ce jour me reviendrait en mémoire, telle une flèche – une de plus – venue se ficher, vibrante, dans une chair née pour être meurtrie ?

Le projet devait s'affiner dès le lendemain après-midi. Cette fois, ma présence était requise. Impérativement. « Ne gâche pas tout, m'avait glissé Brume en me serrant le poignet. Pour eux, c'est primordial. »

Nous prendrions la voiture de Brume – une Renault Scenic.

Iago avait déplié une carte Michelin sur la table de la cuisine et suivait un trajet de son majeur. Il a accueilli mon arrivée d'un furtif hochement de tête. On aurait dit que je n'étais jamais parti.

Que faisaient ces gens ? Ils avaient mon âge. De quoi vivaient-ils ? J'avais fini par poser la question à Brume, la veille, au café, et elle m'avait dévisagé comme si j'avais lancé une blague salace, à oublier au plus vite. Bon, puisque j'y tenais, elle suivait des études de psycho à la Sorbonne, je l'ennuyais avec mes manières de gestapiste. J'avais plongé le nez dans mon café. La fac ? J'étais sceptique. Bien qu'elle habitât en théorie chez ses parents, où une dépendance lui était réservée, ces derniers lui versaient chaque mois une rente confortable, 4 000 ou 5 000 francs, qui lui permettait de faire plus que largement face aux dépenses de la vie courante. Axël, de son côté, avait reçu quelques années plus tôt une donation de l'un de ses oncles – un frère de sa mère – dont le motif restait un mystère (l'oncle en question était toujours vivant.) Il puisait dans ce pécule avec parcimonie, on ne lui connaissait pas d'autre ressource. Iago, enfin, dépensait l'argent d'autrui. Stanislas l'entretenait sans contrepartie, la chose paraissait entendue.

— Je suis content que tu te joignes à nous.

Le prince de céans m'avait bloqué le passage vers la sortie, ramenant ses cheveux en arrière. Il ne portait rien d'autre qu'une chemise noire Grand Siècle, manches évasées, boutonnée jusqu'au plexus.

— À ce propos... Ça risque d'être plus compliqué qu'attendu.

— Départ dimanche matin. On restera sept jours, ou dix – pas plus. Tu es déjà allé en Italie ?

— Là n'est pas la question. Il y a mon école. La semaine prochaine, on doit passer un examen blanc.

— Besoin d'un certificat médical ? Pourquoi tu ne demandes pas ?

J'ai secoué la tête.

— Et j'aurai des problèmes côté famille.

Il m'a pris par le bras, m'a ramené à la table, sans aménité.

— La famille *est* un problème. Quoi, tu es papa ? Ce qu'il te faut, c'est un café.

Je me suis juché sur un tabouret, en face de Brume. Nous étions vendredi, l'après-midi touchait à sa fin, j'allais devoir rentrer chez moi, chez nous. Qu'allais-je raconter à Angélique ? Que je partais en voyage avec des amis ?

— En tout cas, ai-je tenté, c'est gentil de proposer.

Il s'est retourné, amusé.

— Vas-y doucement avec le mot « gentil ». Choisis une valise pas trop grosse. 10 heures devant le Palais, Brume passera nous prendre. Le plus simple serait que tu dormes ici.

Ainsi était Iago : les difficultés des autres ne l'intéressaient en rien, il se plaçait au-dessus de ces contingences.

Comment aurais-je pu lui avouer que je vivais depuis trois ans avec une fille ?

Je suis rentré chez moi les entrailles nouées. Si je choisissais de partir (et, au fond de moi, la décision avait déjà été prise), je m'exposais à des complications potentiellement inextricables.

Nous avions prévu d'aller au restaurant, ce soir-là, puis au cinéma UGC – autrement dit, au centre commercial. Un couple d'amis était censé nous rejoindre, des copains du lycée que nous retrouvions une ou deux fois par mois. Longtemps pressenti, Vincent avait annulé le matin même. « Trop de boulot, mon vieux » – excuse bidon, il s'éloignait.

Angélique tenait absolument à voir *Philadelphia*. Pour ma part, j'aurais préféré me casser la cheville (la bande-annonce m'avait pétrifié, et je détestais la chanson titre de Springsteen qui tournait en boucle sur toutes les radios), mais je ne voyais pas comment lui dire non.

À la crêperie, tandis que nous attendions les autres, je me suis lancé.

— Je pars dimanche matin.

Sourire incrédule. Elle a reposé son bol de cidre.

— Tu quoi ?

J'ai essayé de prendre un air détaché – ennuyé.

— Un projet de l'école. Ils ont conclu un partenariat avec un établissement tiers, à Fontainebleau, on passera l'examen blanc là-bas.

— Mais quel est l'intérêt ?

Je caressai le rebord de mon assiette.

— C'est juste… un accord.

— Ils ne vous préviennent que maintenant ?

— Je sais.

— Et ça commence dimanche.

Elle me fixait avec insistance. Si je croisais son regard, j'étais fichu. Ma voix sonnait faux, mon mensonge ne tenait qu'à un fil. Devais-je l'étoffer ?

— En fait, il y a une soirée spéciale avec des profs qui enseignent dans des facs américaines, ils arrivent exprès de là-bas : Northwestern, McGill, Stanford…

— Une soirée.

— Tu vas répéter tout ce que je dis ? Fontainebleau. Ce n'est pas le bout du monde.

L'Italie. Je me voyais, assis à l'arrière de cette voiture, tête renversée. Des cyprès défilaient – main sur le cœur, un ténor d'opéra s'époumonait.

— Tu me trompes. S'il te plaît, arrête cette comédie. Délivre-moi. Délivre-nous.

Elle retournait sa fourchette entre ses doigts. Mâchoire vissée.

— Tu es cinglée.

Elle a posé sa main sur la mienne. Elle me sondait.

— Dis-moi oui ou non.

J'ai retiré ma main.

— Excuse-moi de faire des études. Et, au fait, j'ai pris une décision : l'année prochaine, je pars au Canada.

— Je viendrai avec toi.

Elle avait attrapé sa tresse, examinait ses cheveux – certains étaient bizarrement fourchus.

— Tu rigoles ?

Elle m'a attrapé le menton, m'a léché langoureusement la bouche. Ça aussi, c'était inédit. Et ça me rappelait les temps anciens, les premiers temps, où nous nous grimpions dessus, à Bourg-la-Reine, sur les bancs de la place Carnot.

— Est-ce que ça pose un problème ?

— Non.

Sa main s'attardait sur ma barbe naissante. Elle m'a flanqué une petite claque.

— Oui, avant que tu poses la question : oui, je suis prête à mourir pour toi, et toi aussi. Parce que nous avons juré.

— Je sais.

— Et, oui, je veux que tu me fasses des enfants, au moins quatre. N'est-ce pas ce que nous avons décidé ? Depuis le premier jour ?

J'ai hoché sentencieusement la tête.

— Je suis désolé.

— Désolé ?

— Pour dimanche. Je déteste ça. Je déteste être loin de toi.

Elle a repris sa tresse. Quand je la regardais, je l'imaginais derrière une fenêtre, à la campagne.

— Tu m'écriras ?

— De Fontainebleau ?

— Tu m'écrivais des lettres de dix pages, avant.

— D'accord. Je le ferai.

De son index, elle se tripotait la lèvre inférieure en parcourant le menu.

— Je t'aime plus que ma vie, a-t-elle susurré sans me regarder. Plus que mes parents, et toute ma famille. Je tuerais pour toi. Je sauterais dans le vide, et ça ne changera jamais, je te le jure sur la tête des enfants que nous aurons ensemble. Et toi ?

Elle me fixait, tout sourire. Sincèrement curieuse.

— Moi aussi, ai-je lâché sur un ton de défaite. Moi aussi, je te le jure.

15

À 9 h 45, deux jours plus tard, j'attendais sur le trottoir, mon sac en bandoulière. Je ne me sentais même pas coupable. C'était plus fort que moi, ça me dépassait.

À 9 h 55, la porte bleue a livré passage à un Iago précautionneux. Manteau à revers fourré, paupières rehaussées d'une touche de khôl discrète. Il a déposé un baiser sur mes lèvres, vif et chaste – il mâchonnait un chewing-gum à la réglisse.

— Ça va, mon chou ?

Axël est apparu trente secondes plus tard. Lunettes noires, malgré les nuages amoncelés, il tirait une valise bombée. Lui était vêtu d'un jean serré, d'une veste en cuir noir et d'un pull moulant. Muet, le front plissé – contrarié.

— Salut, ai-je dit.

Il ne m'a pas répondu. Iago l'a attrapé par l'épaule et a fait mine de glisser sa langue dans son oreille ; l'autre l'a repoussé.

— Arrête ton numéro.

Iago a pointé son index sur moi.

— Sois gentil avec mon petit amoureux.

Axël a remonté ses lunettes sur son nez, puis s'est détourné pour tousser. Il n'était pas du tout dans son assiette.

Adossé au mur, il a sorti un Discman de sa poche et a enfoncé des écouteurs dans ses oreilles.

Iago a cligné des yeux, stupéfié.

— À quel moment es-tu devenu un tel connard ?

L'autre lui a fait signe qu'il n'entendait pas. Iago, alors, l'a entraîné à l'écart et, sur le trottoir, ils ont discuté comme ils savaient faire : voix haute et injures pour l'un, murmures renfrognés pour l'autre.

Enfin, Brume est arrivée, garant la Renault à ma hauteur. Elle est descendue pour ouvrir le coffre. Je tenais mon sac serré contre moi.

— Scène de ménage ?

— Axël n'a pas l'air ravi que je vienne.

— Il devra faire avec.

Elle a attrapé mon sac, l'a calé bien au fond. Puis elle a pris ma main dans les siennes et l'a serrée en me regardant avec intensité. « Merci », ont mimé ses lèvres.

Une camionnette de livraison n'a pas tardé à se pointer. Par la fenêtre ouverte, le conducteur, irrité, battait la mesure sur sa portière.

Brume a fait signe aux garçons de se dépêcher. Ils continuaient à se disputer. Au troisième coup de klaxon de la camionnette, Iago est revenu seul vers nous.

— Il ne veut plus partir.

Brume a souri, mains jointes en prière.

— Parfait. Tous les deux : montez à l'arrière.

Iago m'a adressé un clin d'œil de collégien, et nous nous sommes installés. Derrière nous, le livreur râlait.

— Pourquoi ce type me déteste autant ? ai-je demandé.

— Il ne te déteste pas du tout. Il est jaloux. Et il a peur.

— Peur ?

— Il ne va pas bien, Fabrice.

Brume a rejoint Axël sur le trottoir, et l'a acculé contre un mur. L'autre détournait la tête, tel un enfant pris en faute.

— Mais moi, j'ai très envie de partir avec toi.

Il m'a embrassé l'épaule.

— Arrête.

Le chauffeur de la camionnette avait claqué sa portière. Il frappait à notre vitre. Iago a appuyé sur le bouton pour la faire descendre.

— Dites, ça va durer encore longtemps, votre comédie ?

— Quatre heures. Vous avez un rencard ?

Le type a reniflé.

— Tu sors ?

— Merci, sans façon. (Il m'a désigné du pouce.) Je suis déjà en couple.

Une moue de dégoût est apparue sur les lèvres du chauffeur. Il s'est écarté – nous a montrés du doigt.

— Le cancer pour vous, mes amis. Le cancer.

Iago a soufflé un baiser dans sa direction avant de remonter sa vitre. Puis il s'est tourné vers moi avec un sourire las.

— Désolé, chéri.

16

Nous ne sommes jamais arrivés en Italie. Peu avant Beaune, Axël a commencé à se sentir *réellement* mal. Nous avions fait halte à un relais d'autoroute pour acheter des canettes et quelques amuse-gueules. Il a filé droit aux toilettes, nous interdisant de le suivre.

Telles des âmes en peine, nous errions tous trois dans les allées du magasin, soupesant des paquets de chips, feuilletant des magazines.

Axël est sorti au bout d'un quart d'heure, ahuri, lunettes remontées. Il avait pleuré. Iago lui a touché le front.

— Tu es brûlant.

Nous sommes retournés à la voiture, et Brume a ouvert la trousse à pharmacie. Axël était allongé sur la banquette arrière, gémissant.

Iago inspectait les alentours en se grattant nerveusement les avant-bras.

— Il va falloir qu'on passe la soirée ici.

J'ai regardé les pompes à essence.

— Et où est « ici » ?

Brume a déplié la carte de France, a suivi une ligne.

— Beaune. On va se dégoter un hôtel. De là, on appellera le Marchand de sable.

Le quoi ? Nous sommes remontés. Moi à l'avant, en copilote. Iago à l'arrière, la tête d'Axël sur ses genoux.

Il était 15 heures. Un accident à la sortie de Paris nous avait fait perdre pas mal de temps et Iago nous avait imposé une pause aux abords du Morvan. Il pensait que les sous-bois feraient du bien à Axël. Nous avions marché trente minutes, tous les quatre, sur un sentier silencieux. Et puis la pluie était tombée. Et puis Axël avait insulté le ciel avant de partir vomir dans les fourrés.

— Qui est-ce, le Marchand de sable ?

— Un ami.

À présent, le soleil de mars brillait, arrogant, et je songeais à Angélique – au peu de cas que je faisais d'elle.

— Qu'est-ce que vous en pensez ?

Je me suis ébroué. Brume s'était garée devant un trois-étoiles : hôtel Saint-Aldebert. L'affiche promettait une « cour intérieure d'époque ».

— Tu veux que je demande ?

— Délicat de ta part.

Je suis entré, mains dans les poches. La réceptionniste était une vieille dame blonde à lunettes et aux cheveux frisottés. Un prodigieux matou noir faisait sa sieste sur le comptoir.

— Monsieur ?

— Nous... (Je me suis tourné vers la voiture.) Nous sommes quatre. Nous aurions besoin de... trois chambres ?

J'aurais pu dire deux. J'aurais pu dire quatre. La vieille dame a humecté son index avant de consulter son registre.

— Vous avez de la chance. Trois chambres, dites-vous. Dont une double.

— S'il vous plaît.
— Il nous reste la suite Séraphin. Elle est un tantinet plus chère, mais…
— Ça ira. Nous les prenons. Nous prenons les trois.
Elle a relevé la tête.
— Entendu, monsieur. Il me faudrait un nom, une pièce d'identité.
— Je reviens. Nous allons nous garer et je reviens.
— Je vous attends.
Quand je suis ressorti, Iago, penché sur Axël, lui épongeait le front avec une lingette. Brume a rajusté son rétroviseur.
— Alors ?
— Ils ont des chambres. Cherchons une place.
Cinq minutes plus tard, nous faisions notre entrée. Iago et Brume soutenaient Axël. La dame aux cheveux frisottés a rajusté ses lunettes.
— Votre ami a l'air mal en point.
— La grippe, a dit Brume.
Iago, qui gardait son manteau sous le bras, lui a décoché son sourire le plus lumineux.
— Magnifique, cet endroit. XVIIe siècle ?
— Oh, vous savez, c'est une maison qui a toute une histoire ! Mais je ne vais pas vous embêter. Pas tout de suite ! (Elle a ri, a déposé nos clés sur le comptoir.) Le petit déjeuner est compris. De 6 h 30 à 9 h 30. Les deux chambres sont au premier, la suite Séraphin au second. Désirez-vous que je vous accompagne ?
Brume a raflé les clés.
— Ça ira, merci.
Brinquebalant, nous nous sommes dirigés vers l'ascenseur. Iago a tendu la main vers le bouton.

— La suite pour nous deux ?

— Non, a cinglé Brume. Il a besoin d'être seul.

— Il a surtout besoin d'être surveillé.

— Je m'en chargerai.

— Brume, putain…

Il lui a arraché la clé des mains. Derrière son comptoir, la vieille dame tendait l'oreille.

— On devrait faire moins de bruit, ai-je suggéré.

Les portes de l'ascenseur se sont ouvertes, et Axël s'y est engouffré. Le dos collé au miroir, il m'a pointé du doigt.

— Cesse de me fixer comme une bête curieuse.

De sa poche, il a sorti ses lunettes noires et se les est collées sur le nez. Brume, elle, observait Iago, qui fredonnait en examinant un prospectus sur les Hospices.

L'ascenseur a soupiré, et nous sommes sortis tous les quatre en désordre. Axël se cognait aux murs, plus ou moins volontairement.

Brume a pris l'une des deux clés qui lui restaient et a ouvert la porte 22.

Elle m'a poussé à l'intérieur, est entrée après moi, a lancé la dernière clé à Iago et a claqué la porte derrière nous.

Elle s'est laissée choir sur le lit et a fermé les yeux.

— Prends-moi dans tes bras.

Je me suis assis à son côté. Une main sur sa cuisse, l'autre dans son dos, gauche et tremblant.

— Hey.

Elle s'est essuyé les paupières, m'a caressé la joue, ses doigts se sont courbés.

— Ça ne peut que mal finir, a-t-elle lâché, tournée vers la fenêtre.

Elle m'avait griffé : légèrement.

— Je vais prendre la troisième chambre, ai-je déclaré.

— Ne commence pas.

J'étais perdu. Je me suis relevé, faisant mine de gagner la porte. Cette fois, ses yeux se sont posés sur moi. Elle m'a retenu par la ceinture et m'a ramené à elle.

— Je ne sais pas ce que je fabrique ici, ai-je lâché.

— Mais nous, a-t-elle soufflé, métamorphosée, en dénouant la boucle métallique, nous, nous le savons.

Elle est tombée à genoux, a baissé mon jean et mon caleçon sur mes chevilles, a empoigné mon cul et…

Nous avions installé Axël dans la cour intérieure : sur un transat en bois, au bord d'un bassin constellé de nénuphars, une couverture remontée jusqu'au menton. Entre ses lèvres, une cigarette éteinte, qu'il mâchonnait en vieil acteur blasé. Iago et moi étions assis à une table de fer forgé, devant deux verres de bourgogne. Un Perrier attendait Brume, restée dans la chambre.

Elle est arrivée dix minutes plus tard, a tiré une chaise, et j'ai cherché son regard en vain. Iago m'a souri.

— Vas-tu épouser cette femme ?

— Le Marchand de sable sera là vers 20 heures, a énoncé Brume, éteinte. Il a dit d'arrêter l'aspirine.

— Axël est à 39,2°.

— Je ne suis que la messagère.

Le malade a toussé – une quinte cruelle, interminable, il se repliait sur lui-même. Nous ne pouvions qu'attendre, réduits à la peur, à l'aphasie. À un moment, sa cigarette est tombée par terre. Iago l'a ramassée et l'a rompue. Axël a tourné la tête vers Brume.

— Tu te rappelles que je veux être incinéré, au moins ?

Elle n'a pas daigné lui répondre. Elle semblait en vouloir à la terre entière. Je me revoyais, debout devant elle. Ses doigts refermés sur mes fesses. « Attends », avais-je supplié, ma main fourrageant dans ses cheveux. Elle avait relevé la tête. « Reste tranquille. Tu es capable de faire ça ? » À présent, elle m'ignorait.

— Brume ?

L'interpellée a sorti une Vogue de son paquet et l'a allumée en nous tournant ostensiblement le dos.

J'ai toussoté.

— Axël, tu veux un verre d'eau ou autre chose ?

D'un doigt, il a abaissé ses lunettes.

— À quoi tu sers ?

— Punaise… a lâché Brume.

— Non, c'est une vraie question. Visiblement, il s'intéresse à nous. Est-ce qu'à un moment, quelque chose a pu le pousser à croire que lui, il *nous* intéressait ?

— Fous-lui la paix…, a grommelé Iago qui, sur sa chaise, avait renversé la tête en arrière. Tu es jaloux de tout le monde.

Axël a tressailli. La lumière déclinante mangeait sa face.

— Tu sais exactement ce que tu fais, n'est-ce pas, Iago ? Chaque geste est précieusement réfléchi, chaque parole soupesée. Je n'ai pas votre talent pour l'hypocrisie et les faux-semblants, mes amours. Torturer votre protégé n'entre pas dans mes projets. Mais je trouve votre petit jeu incomparablement malsain.

— Je suis là, ai-je rappelé d'une voix sombre.

Il a souri.

— Et comment l'oublier ? Elle qui te veut pour lui, lui qui t'espère pour elle, toi qui ne comprends rien – moi qui regarde et te dis : va-t'en, chérubin de mes deux, dégage, mets les voiles. Loin, loin de notre trio maudit ! Merde, tu ne pourras pas prétendre que je ne t'ai pas prévenu. Tiens, je voudrais que ce soit toi qui te charges de mes cendres. À Jouy-en-Josas ? Une main innocente… (Il a toussé de nouveau, moins fort que la première fois. Redressé à demi, il récoltait des larmes au bout de ses doigts, les suçotait, comme étonné ; il est retombé comme une masse.) Je ne fais que passer, ne vous dérangez pas, vous êtes assez dérangés comme ça… Merde. Merdeux suprême. Ça te défrise, si je t'appelle comme ça ? Ou alors, tiens, choisis, puisque Del Dingo ne te plaît pas. Celui par qui le changement arrive ? Mais tu n'as pas une petite copine, Fabricimus le Discret ? Comme tout le monde, hé ho ! bien sûr que si. Une école de commerce, ô merveille. Que me dit ma boule cristalline, ma tumeur… Tu vas faire trois gosses à madame. Ou quatre ? Et bouffer pour oublier. Bâfrer, te boursoufler. Infarctus à cinquante-deux piges, signal d'applaudissements, rideau. (Il a fermé les yeux.) La volonté de vivre est l'essence intime de l'homme, mais cette volonté est aveugle, la connaissance lui est, à l'origine, un principe étranger, qui vient se surajouter plus tard – souvent *trop* tard. C'est Arthur qui dit ça. C'est si compliqué à piger ? Pitié, ne me dis pas que… ne me dis pas…

Il a tourné la tête sur le côté, et sa bouche est restée entrouverte. Iago s'est levé, inquiet. Brume s'est avancée, elle aussi, l'a entraîné.

— C'est la fièvre, tu sais bien. Viens…

Plus tard, comme il tremblait de tous ses membres, et comme la vieille dame frisottée – la veuve du propriétaire, avions-nous appris – nous jetait des regards inquisiteurs en arrosant ses anthuriums, nous avons reconduit le malade dans sa chambre.

Il voulait rester assis. Il exigeait des coussins, de la musique, des magazines avec Lady Di en couverture.

Je lui ai tendu un verre d'eau, qu'il a vidé sans me quitter des yeux.

— Je ne te demanderai jamais pardon, a-t-il sifflé.

— Je sais.

Une mèche soyeuse tombait sur son visage. Il l'a écartée. Ses yeux verts brillaient d'une fièvre impie.

— Tu es triste ?

J'ai reposé son verre sur la table de nuit.

17

Il a débarqué peu après 20 heures en poussant la porte du pied. Un long manteau en cuir noir s'ouvrait dans son sillage, un chapeau à large bord façon Far West ombrait son visage, qu'il n'a pas pris la peine d'ôter. La soixantaine, aurais-je dit. De longs cheveux gris emmêlés, une moustache épaisse, il promenait sur le décor un regard de conquérant.

Sa sacoche, il l'a jetée sur le lit, réveillant le malade qui somnolait. Il s'est assis à son côté et a commencé, des deux mains, à lui tâter le cou.

— Je vais mourir ? a demandé Axël, feignant le délire.

— Et comment.

Le Marchand de sable a roulé son tee-shirt jusqu'à ses épaules. De ses longs doigts de pianiste, il suivait les contours de son érythème. Axël s'était roulé en boule, petit mammifère frissonnant et rétif. L'homme au chapeau l'auscultait sans ménagement. Il lui a passé une main sur le ventre, puis lui a demandé de se retourner. De méchantes taches noires s'étendaient, des galaxies néfastes au niveau des omoplates.

— Vous dites qu'il a vomi…

— Trois fois, a répondu Iago, immobile devant la fenêtre.

— Diarrhées ?

Assise par terre, contre le mur, Brume m'a tendu une main pour que je la relève. Elle m'a entraîné dans le couloir.

— Ça ne sert à rien qu'on reste là. Tu viens ?

Nous sommes sortis nous promener en ville. Beaune était grise et déserte, le sceau de la lune comme une malédiction – nos pas sur les pavés, asynchrones.

— Qui est ce type ?

— Un ami de Stanislas. Ancien ponte de Cochin. Il travaillait au service des maladies infectieuses, mais il s'est fait virer. Et radier de l'ordre des médecins.

— Pourquoi ?

Nous allions main dans la main. Elle s'attardait devant les vitrines. Un intérêt marqué pour les bottes vulgaires.

— Il est l'un des premiers signataires de la déclaration de 1991 selon laquelle la science s'est fourvoyée. Pour ces gens, la chasse au rétrovirus est une ineptie : on ne se trouve tout simplement pas en présence d'une maladie infectieuse. Ce qui tue les patients, c'est l'AZT, point.

— Mais ça ne tient pas, si ?

Elle s'est arrêtée.

— Honnêtement, je ne sais plus ce que je dois croire. Axël, Iago… C'est une théorie qui semble leur donner de l'espoir – parfois. À d'autres moments, ils la rejettent avec vigueur, parce que, tu comprends, ils *veulent* être malades, ils *veulent* être maudits.

Une fleuriste baissait son rideau de fer. Pourquoi si tard ? Un fichu noir et blanc, une robe éclatée à la croupe. Juste devant nous, elle a lancé le contenu d'un seau, et nous avons regardé l'eau noire rejoindre le caniveau en rigoles.

Brume m'a mordillé la main. Elle avait peur de ce qui allait arriver. L'inéluctabilité de tout ça, répétait-elle. Le sens aigu du drame que ces deux-là avaient embrassé. Tout pointait vers l'avilissement, l'épuisement du sens. Tout pointait vers la mort.

Elle voulait que je l'étreigne, et je l'ai fait. Elle gémissait *mezzo piano*, de douleur, de soulagement ? J'aurais pu la briser en deux ; et puis elle me repoussa.

Nous avions rallié ce qui devait être le centre-ville. Nous détaillions les menus des restaurants, elle avait posé sa tête sur mon épaule.

— Je n'ai pas faim, ai-je lâché.

— Moi non plus.

Nous avons repris notre chemin, perdus dans nos rêveries. Des rues noires, des chats fuyants, une poubelle renversée.

Pour finir, et sans trop savoir comment, nous avons débouché sur l'hôtel. Iago somnolait dans la cour, assis, penché en avant – emmitouflé dans une couverture.

Il avait un casque sur les oreilles. Quand Brume lui a demandé ce qu'il écoutait, il a agité le fil, rigolard : il n'y avait rien au bout.

— Le Marchand de sable est encore avec lui.

— Son avis ?

Ses yeux étaient brillants de larmes.

— Il lui a fait une piqûre, des fortifiants. Il a rédigé une prescription, pas sûr que ça serve à quoi que ce soit. Il est très affaibli, tu sais. Et il ne se laisse pas faire.

Il a voulu prendre la main de Brume dans la sienne, mais elle l'a retirée vivement, comme si elle avait reçu une décharge électrique.

— Et maintenant ?

Iago a haussé un sourcil.

— L'avenir est un champ de ruines, sœurette. J'espère que je ne déflore pas le suspense.

Brume a pris le verre d'eau resté sur la petite table aux pieds de fer forgé, et l'a bu par brèves gorgées.

— Il est réveillé, là ?

— Il ne veut voir personne.

— Ça, ce sera à lui de me l'expliquer.

Elle a pivoté, et je l'ai suivie comme un chiot. De son poing, elle a écrasé le bouton de l'ascenseur.

— Foutus connards.

Elle est entrée dans la cabine en tournant le dos à son reflet, bras croisés. Un halo de colère vibrait autour. Je n'osais plus la toucher.

Dans le couloir, elle est partie d'un pas militaire. Elle a ouvert la porte de la chambre d'Axël et elle est entrée.

Il était assis en tailleur, une bouteille de vodka Absolut à côté de lui. À la télé, un jeu criard. Brume a pris la télécommande et l'a réduit au silence.

— Merci pour l'intimité.

— On peut connaître le verdict ?

— Tu lui poseras la question toi-même : il a pris la chambre qui restait.

Brume s'est avancée à la fenêtre et a tiré les rideaux. Axël m'a adressé un clin d'œil, a attrapé la bouteille et s'est mis à boire au goulot.

— J'imagine que c'est le traitement recommandé, a lâché Brume.

Elle s'est tournée vers nous. Par petits gestes secs, elle vérifiait sa coiffure. Axël a pointé la bouteille sur moi, du genre : « Intéressé ? » J'ai secoué la tête.

— Il paraît qu'il faut sucer la plaie, a-t-il déclaré sans me quitter des yeux.

Brume a fondu sur lui et lui a arraché la bouteille des mains, aspergeant le lit au passage.

— Hé, tout doux !

— Explique-moi ce que nous foutons ici, Axël.

Il a battu des paupières, théâtral.

— Ça ne se voit pas ? Je crève.

— Alors il faut t'hospitaliser.

— Allons, allons, point de hâte. (Du plat de la main, il s'est frotté la poitrine.) Il y a encore un peu de vie là-dedans. Comment dirait Iago ? « Vrai, j'ai trop pleuré, les aubes sont navrantes, toute lune est atroce et tout soleil amer, l'âcre amour m'a gonflé de torpeurs… »

Brume a rouvert la bouteille pour boire à son tour, plusieurs interminables gorgées. Après quoi elle l'a refermée et l'a laissée rouler sur la moquette.

Elle ne le quittait pas des yeux. Elle a ôté son pull, déboutonné son chemisier et dégrafé son soutien-gorge, libérant deux globes opalins.

Quelque chose en moi s'est déchiré. Rêve de dentelle sur le parquet, la trivialité abstruse de tout ça… Sur le lit, à quatre pattes, elle s'est avancée vers lui, a saisi son visage à pleines mains et lui a roulé une pelle de reine. Hypnotisé, je la regardais lui manger les lèvres. Il haletait, ne savait pas quoi faire de ses mains. Une goutte de sang est tombée sur le drap blanc, puis une autre. Axël a repoussé l'assaillante avec hargne. Elle s'est redressée, continuant de le fixer, radieuse en vampire barbouillé. D'un revers rageur, elle s'est essuyé la bouche.

— Tu es folle, a lâché Axël, dont la lèvre inférieure était ouverte.

Je me suis avancé vers elle, elle m'a repoussé sans égards. Ses yeux restaient rivés sur lui.

— Tu crois que j'ai demandé quelque chose, moi ? Tu crois que je vais regarder le film jusqu'au bout sans réagir ?

— Tu savais.

— Je ne savais rien du tout, a-t-elle sifflé en reculant. Vous avez plongé dans le gouffre sans vous soucier des autres. C'est une maladie, Axël. Plus qu'un combat, moins qu'une fatalité. Démerdez-vous !

Elle a filé vers la salle de bains, et a claqué la porte. J'ai ramassé la bouteille, l'ai considérée bêtement. Axël s'est blotti sous ses couvertures avec un maigre ricanement. J'ai avalé une gorgée de vodka, j'ai laissé la bouteille sur la table et je suis parti.

Le Marchand de sable, confortablement installé dans son fauteuil, lisait *Le Monde*, ouvert en grand devant lui. Il l'a replié avec soin, et l'a posé sur la table.

— Jeune homme, vous êtes dans ma chambre.

Il avait jeté son chapeau sur le lit. Il s'est passé une main dans les cheveux. Des mèches grises et épaisses.

J'ai allumé le plafonnier et il a levé ses paumes, comme pour se protéger.

— Je suis un ami de Brume, Axël et Iago, ai-je annoncé.

— Éteignez ce putain de truc.

J'ai ignoré la requête.

— Combien de temps lui reste-t-il ?

— Vous dites ?

Je me massais les tempes. *Calme-toi.*

— Axël. Il devrait être hospitalisé.

— Peut-être, mais pas pour la raison que vous croyez.
— Non ?
— Écoutez, soyez gentil. Convaincre les gens est devenu un travail de terrassier, et je doute que ça change quoi que ce soit pour lui.
— Précisez ?
— Vos amis – si c'est bien de cela qu'il s'agit – vos amis, admettons, sont habités par deux pulsions antagonistes. (Il a fermé ses poings, les a cognés l'un contre l'autre.) Vie et mort, ombre et lumière. L'honnêteté intellectuelle me commande de vous dire que vous faites certainement fausse route à leur sujet. Axël n'est *pas* atteint par le VIH. Le VIH est une fiction.
J'ai soupiré.
— Changez de disque.
Il a souri.
— Vous voyez ? Votre opinion est déjà établie. À quoi nous servirait-il de pousser la discussion plus avant ?
— Axël court un grand danger.
— Exact. L'ennui, c'est que vous confondez causalité et corrélation. Existe-t-il, quelque part dans le monde, une image fiable de ce virus observé au microscope électronique ?
— Vous êtes l'un de ces types qui nient son existence.
Il a joint le bout de ses doigts.
— Vous êtes l'un de ces types prêts à se soumettre sans sourciller à l'argument d'autorité le plus frivole. Qui a réfuté de façon incontestable les théories incriminant le stress oxydatif, qui s'est donné cette peine ? Personne. Le VIH exogène peut parfaitement être confondu avec un rétrovirus endogène *contenu* dans notre ADN. Lequel, oui, sous conditions spécifiques, est susceptible de déclencher

certaines pathologies – celles que l'on associe en général à la maladie à laquelle vous pensez.

— Pourquoi refusez-vous de la nommer ?

— Je le répète : parce qu'elle n'existe pas. Moi, j'essaie de soigner ces garçons. Vous connaissez Stanislas, n'est-ce pas.

— En effet.

— Vous pouvez convenir qu'il est en bonne santé.

— Il semble l'être.

— Alors demandez-lui pourquoi il n'a jamais été traité. Pourquoi il n'est jamais tombé malade.

J'ai vacillé. Voilà qui était nouveau.

— Vous... Vous vous rendez compte que ce que vous racontez est réfuté en long et en large par l'ensemble de la communauté scientifique ?

Il a tiré une montre à gousset de son gilet, et l'a examinée, mélancolique.

— Une *partie* de la communauté. Comme je vous le disais, rien ne vous oblige à me croire. Mais puisque la question a l'heur de vous intéresser, sachez que l'AZT a été développée dans les années 60-70 dans le cadre d'un programme de lutte contre le cancer initié par le président Nixon, à une époque où l'on pensait que ledit cancer était dû à des rétrovirus. Naturellement, on se fourvoyait, et ce poison a été jeté aux oubliettes. Jusqu'à ce qu'une occasion inespérée de rentabiliser les millions investis se présente. Je vous la fais courte : l'AZT fait partie de la classe des analogues de nucléosides, qui perturbe la constitution des brins d'ADN en cours de synthèse. Par conséquent, elle bloque la reproduction de *toutes* les cellules, y compris celles du système immunitaire. Autrement dit : au lieu de pallier l'immunodéficience, elle l'aggrave.

Il a refermé sa montre. Un sourire satisfait planait sur son visage.

— Je ne suis pas médecin, ai-je lâché.

— C'est bien de le reconnaître.

— Et vous non plus.

Il a rangé le bijou dans sa poche, et a rouvert son journal.

— On m'appelle et je viens : rien à ajouter. Ma science, je la mets au service des naufragés, des ballottés, des perdus. Nul n'est forcé de lui prêter crédit.

— Donc, selon vous, il n'est pas malade.

Il feignait de lire, à présent. Comme le vieil oncle érudit et redoutable que l'on aime déranger parce que l'on sait, en réalité, que c'est ce qu'il attend.

— Je n'ai jamais dit ça. Il *est* malade et, pour reprendre vos termes, il court même un grand danger. Mais c'est son âme, qui est en péril. Pas son corps.

18

Brume m'attendait dans le couloir. Pieds nus, chemisier déboutonné. Elle a tendu les mains vers moi, a voulu m'enlacer – je l'ai écartée.

— Hey…

Je me suis arrêté. Sans me retourner.

— Vous êtes cinglés.

— Oui.

Je l'ai laissée refermer ses bras sur mon torse.

— Vous n'avez pas besoin de moi.

Elle avait posé sa tête contre mon dos.

— Ton cœur bat trop vite. Viens au lit avec moi. Viens – il le faut.

J'ai fait volte-face. Elle était pâle comme un suaire, elle tremblait, je ne savais pas de quoi. Elle s'est blottie contre moi et, peu à peu, je me suis laissé envahir par son trouble.

À pas tanguant, entremêlés, nous avons regagné notre chambre. Je ne voulais plus qu'on évoque Axël, et Iago encore moins.

Nous nous sommes déshabillés sans bruit, glissés sous les draps frais. Jamais, depuis des années, je ne m'étais couché aussi tôt. Brume a passé une jambe sur les miennes, un bras sur ma poitrine, elle a niché son visage dans mon cou, silence.

Au plafond, des lumières dansaient. J'étais comme en surface, condamné à l'éveil tandis que sa respiration à elle, decrescendo, se faisait plus lourde et profonde.

Où chercher le sommeil ? Dans le désordre humide de ses rêves, Brume se pressait contre moi. Les autres la voulaient comme mère, comme sœur, comme amante, ils en appelaient à ses pouvoirs, espéraient un miracle, et quoi ? Ma guérisseuse pleurait, maintenant, au cœur de la nuit, petits soubresauts d'animal. Un trop-plein de tristesse quittait son être tout en fissures.

Je la revoyais, seins nus, féline, se coulant vers Axël. Jusqu'où était-elle capable d'aller pour distraire ces deux-là de leur douleur ?

Doucement, j'ai glissé dans les eaux sombres de cette dernière nuit d'hiver – le château, le lac, les sirènes, quoi de neuf ? – avant de me réveiller en sursaut, le cœur à cent à l'heure, alors que les chiffres 4 : 00 s'affichaient en rouge passé sur le réveil numérique.

Brume s'était détournée. La bouche sèche, je me suis faufilé hors du lit, ai rassemblé mes affaires, passé mon jean et empoigné mon sac avant de refermer la porte comme on quitte une messe noire.

Le couloir était vide, tout le monde dormait je ne sais où, je ne sais avec qui. J'imaginais le Marchand de sable, faisant tourner les pages du *Monde* encore. Sac à l'épaule, je suis descendu.

Un jeune homme rondouillard s'était endormi sur le comptoir de la réception. Il a chaussé ses lunettes, a grimacé un sourire – cheveux jaune paille en désordre, la même expression que sa mère.

— Monsieur ? Je peux vous aider ?

J'ai désigné la sortie.

— Je dois y aller. Les autres restent.

Dubitatif, il a consulté son registre. Il ne devait pas avoir 30 ans.

— Chambres 215, 216 et 321, c'est bien ça ?

— Oui.

— Vous ne trouverez aucun taxi à cette heure.

Il avait rajusté sa veste, recoiffé ses cheveux – grâce ou à cause de moi, sa journée commençait.

— Je sais, ai-je répondu. Ne vous inquiétez pas.

— La nuit est fraîche. (Il a montré les fauteuils turquoise du salon, disposés autour de la table basse.) Vous ne voulez pas vous reposer une heure ou deux en attendant l'aube ?

Ça ressemblait à un film. Je me suis avancé, lui ai tendu la main.

— Merci.

Il l'a serrée avec tristesse. Il fallait que je parte. Il fallait que je me retrouve.

Deux heures à errer dans la ville noire et sans cri, flageolant, cogné de solitude, à penser à ce que je laissais, au corps de Brume, à ses fragrances interdites, à ses lèvres entrouvertes.

Je me faisais l'effet d'une phalène. Il fallait que je me détourne de sa lumière, que je renonce à voleter.

Le premier train pour Paris partait à 6 h 15. J'ai rejoint la gare au dernier moment. Je craignais de la trouver là, à m'attendre, comme Angélique. Elle aurait marché droit sur moi et, à la merci de ses sortilèges, je n'aurais rien pu faire.

Mais elle n'était pas à la gare.

J'ai dormi dans le train filant à travers les plaines. Des secousses me forçaient à ouvrir les yeux, le jour enflait au loin, des forêts passaient, des blés livides, et Brume était dans chaque ombre.

Une main douce m'a secoué avec bonté. Une dame âgée, concernée – écharpe blanche, froufroutante.

— Monsieur ? Nous sommes arrivés.

Je suis sorti de la gare de Lyon, et rien n'avait changé. J'ai acheté un croissant, je n'ai mangé que les bouts. Les gens se hâtaient, tête basse. Quel jour étions-nous ? Hébété, j'ai déambulé quelque temps aux alentours de la Bastille. Le soleil était neuf comme un écu, une lumière de campagne nimbait les boulevards, une brunette à vélo s'est retournée pour me sourire, sa robe voletant.

Mes pas me menaient vers la place des Vosges – le Marais. Au détour d'une ruelle : deux rottweilers furibonds, tirant sur leur laisse, prêts à se déchiqueter. Plus loin, des enfants sautillaient sur place sans lâcher la main de leur mère, leur cartable brinquebalait.

Devant la porte du Palais, près de la rue de Rivoli, je suis resté longtemps à composer des codes absurdes, à attendre un miracle. J'ai songé à crier ; je ne l'ai pas fait. J'avais des aigreurs d'estomac.

Les cours commençaient à 11 heures, aujourd'hui. J'avais le temps d'y aller, le temps de réfléchir à un mensonge.

Dans une cabine téléphonique, j'ai composé un numéro gratuit, j'ai parlé à un homme, longuement. « Je n'appelle pas pour moi, ai-je expliqué. J'appelle pour une amie. Une amie qui s'est mise en danger, je crois. Ai-je raison d'avoir peur ? »

La voix de l'homme était chaude et grave, il devait être bien plus âgé que moi, que nous – je me suis demandé s'il était malade, lui aussi. « C'est votre amie qui devrait nous appeler, monsieur. De ce que j'entends, elle n'a peut-être pas conscience des risques. Vous a-t-elle affirmé qu'elle ne se protégeait pas ? »

La mort dans l'âme, j'ai fini par raccrocher. Il ne pouvait pas me rassurer, personne ne le pourrait, il fallait que je l'accepte. Je craignais le virus plus que tout au monde, mais je savais – ou croyais savoir – que lui seul pourrait me délivrer de la douleur d'être.

J'ai repensé à ce roman d'Hervé Guibert, lu quatre ans plus tôt, et qui m'avait saccagé. Je me revoyais tournant les pages dans le bureau de mon père : le fauteuil aurait pu m'engloutir. La cour de l'hôpital éclairée par le soleil de juin, cette « injure au malheur » pour le narrateur qui réalisait enfin, acceptait, la mort rampait vers lui comme une carcasse se traînant sur le sable… Iago allait mourir : longtemps tenue à distance, cette évidence me frappait désormais de plein fouet, et c'était elle qui me nouait les tripes.

Je suis allé en cours, je le sais, bien que je ne garde de cette journée qu'une poignée d'impressions fugaces, délavées, sans relief.

Jean-Do m'a prêté des affaires – un stylo, des feuilles, « tu t'es regardé dans un miroir, ce matin ? », et je me suis mis à griffonner en marge. Guidée par un esprit sombre, ma main traçait des mots sans vie, des pendus en cinq traits, des cercles incapables de se boucler.

Les professeurs se succédaient, et le ronronnement de leur péroraison me berçait jusqu'à la nausée : effets à l'escompte, balance des pouvoirs, pyramide de Maslow. Le prof de littérature anglo-saxonne passait entre les rangs en déclamant du Stephen Crane, *La Conquête du courage* – hélas, je me suis endormi. Et ce n'est pas sa voix qui m'a réveillé. C'est la mienne, une terreur sourde vagissant sous mon crâne et, quand il m'a obligeamment tapoté l'épaule en me recommandant de sortir, eh bien c'est ce que j'ai fait.

Le Forum des Halles, à cette heure, était quasi désert. Des petites bandes erraient, un type m'a abordé, qui s'est présenté comme un photographe de studio et m'a demandé si j'étais intéressé par une séance de nu ; j'ai levé une main, et je suis descendu. Au milieu du quai du RER B, un rasta jouait une musique douce. Je me suis vu me jeter sur les rails.

À la hauteur de Gentilly, je me suis pincé la peau du bras. Il fallait que je rassemble mes esprits. J'allais revoir Brume, éclaircir ce qui pouvait l'être, et nos chemins se sépareraient. Songeait-elle à moi, à cet instant ? Avaient-ils repris la route ?

Mes pensées sont revenues à Iago. Iago qui, tel un funambule, s'était discrètement éclipsé de la scène.

Il me souriait, torse nu sur son transat, il me souriait et m'attirait à lui. *De quoi as-tu peur ?* Je n'avais rien à répondre. Son regard plongeait dans le mien et je me laissais faire. *Aide-moi*, répétait-il dans un murmure. *Aide-moi.*

19

Il était 16 heures quand j'ai ouvert la porte de chez nous. Quelques jours auparavant, Angélique m'avait appris qu'elle *nous* avait trouvé un nouvel appartement : à Thiais, plus près de chez ses parents, beaucoup plus grand aussi, avec un bureau pour moi. Je n'avais pas pris la menace au sérieux. Des cartons, malgré tout, s'empilaient le long du couloir. Je n'avais pas commencé à m'occuper des miens – à peine trié quelques vêtements. Je ne voulais pas partir, je ne voulais pas rester non plus.

— Qu'est-ce que tu fais là ?

J'ai rouvert les yeux. Je m'étais endormi dans mon fauteuil, je ne l'avais pas entendue rentrer. Elle a lâché ses clés dans la coupelle et s'est plantée devant moi. Elle m'a tendu sa main. J'ai mordillé son majeur – un jeu ancien, que je n'ai pas joué jusqu'au bout.

— Je n'étais pas à Fontainebleau.

Une tristesse épuisée se peignait sur son visage.

— Il y a… quelqu'un ?

— Il y a mille personnes, si tu veux. J'étais… (J'ai baissé la tête, vaincu.) Je voulais aller en Italie.

Elle a posé un genou à terre, puis l'autre.

— En Italie.

Je pleurais, et je ne savais pas pourquoi.

Une période de calme est venue, je crois. J'ai le souvenir d'une promenade au Champ-de-Mars main dans la main avec elle – une semaine entière rien que nous deux.

La vie nous avait blessés, mais le printemps était suave, et un vague espoir de renouveau me gagnait. Soudain, la perspective d'un départ commun au Canada paraissait plausible. J'aurais 15 heures de cours par semaine, elle me nouerait mes cravates, nous disparaîtrions peu à peu sous la neige.

Le Marais scintillait. Dans les vitrines, mon reflet ne croisait jamais mon regard. J'évitais certaines rues, contournais soigneusement certains cafés. Je déjeunais dans la cour de mon école, d'une simple baguette de pain. Jean-Do me fuyait. Estevan me passait des mots pendant les heures de marketing et je jouais les occupés. J'avais acheté un casque neuf, je réécoutais le *Giant Steps* des Boo Radleys en boucle, une invocation, le retour de mes amours passées. Cette chanson chatoyante, *Best Lose the Fear*, n'avait-elle pas été écrite pour moi ?

You know you must go
But you're frightened to leave
You'd love to stay but...

J'en avais fini avec Iago. J'en avais fini avec les pas chassés de Brume et ses faux-semblants, la peur, le battement obsédant de la nuit. Les cours terminés, je rentrais chez moi. Nous faisions l'amour sagement, pleins d'attentions et de ferveur. Les cheveux d'Angélique caressaient son dos devenu plus large, une tresse puissante que ses chevauchements faisaient tressauter en cadence. Elle jouissait, ou feignait de jouir, avec sa grimace habituelle. Lui avais-je fait mal ? Elle souriait. Ses baisers étaient tièdes, sucrés comme le jour. Je fermais mon esprit au reste, barricadais mes rêves, évitais les miroirs.

Et puis, ainsi que je m'y attendais, Brume est revenue. Un lundi, elle m'a emmené déjeuner aux Étages, plus haut dans la rue. Le salon avant-guerre aux murs peints à l'éponge, où elle avait ses habitudes, était peuplé de meubles de récupération, et on passait commande en décrochant un téléphone en bakélite. Pensive devant son cocktail, qu'elle faisait tournoyer dans son verre bleu avec un bâtonnet plastifié – à ma connaissance, elle ne déjeunait jamais –, elle me regardait engloutir mon tartare avec voracité, tandis que nous parlions « de tout et de rien surtout ». Le voyage en Italie n'avait été évoqué qu'à la fin du repas. Axël venait de rentrer de l'hôpital. Il avait demandé de mes nouvelles. Voulais-je le voir ? J'ai fait non de la tête, et elle m'a saisi le poignet. « S'il te plaît. »

Je me détournai, obstiné.

— C'est parce que tu as quelqu'un ?

J'ai dégluti.

— Quoi ?

— Il a tenu à nous le dire, tu sais. Une fois que tu es parti.

— Lui qui ? Axël ?

— Oui.

— Et d'où est-ce qu'il tient cette information ?

— Oh, personnellement, il ne m'a rien appris. Je t'ai suivi, un soir. (J'ai posé mes mains sur les accoudoirs. J'étais prêt à me lever, à partir. Elle a secoué la tête. Je ne lui avais jamais vu ce regard suppliant.) C'est une beauté assez quelconque. Sage, classique, comme son prénom – on sait déjà comment ça se terminera. Mais je comprends, honnêtement. Il y a quelque chose de rassurant chez elle. Et elle a de beaux seins.

— Comment…

— Il semblerait qu'il te déteste un tout petit peu moins. Il y a néanmoins autre chose que je dois te dire. Avant que *lui* le fasse. Peut-être que tu as déjà deviné.

— Deviné quoi ?

— Iago. Moi. Dis-moi que tu le fais exprès.

Elle s'est étirée, a déposé un baiser sur mon front et est partie vers l'escalier sans rien ajouter – moi, reniflant les restes de son cocktail à la recherche de ses pensées.

20

Nous sommes allés reprendre un café. Le vent s'emportait contre on ne sait quoi et moi, je replongeais. La parenthèse domestique que je m'étais octroyée n'avait donc été que cela : un palier de décompression. La descente continuait.

J'étais de nouveau appelé à boire : pour en être, pour essayer de me faire du mal.

Verres de bourgogne, de bordeaux. Vodkas parfumées en série. Des bières, des shots de tequila, du mezcal avec scorpion, d'autres bières, des cocktails alambiqués, de la liqueur de café, de mûre, de framboise, du curaçao, du rhum arrangé rapporté des îles par tel ou tel, des gins tonic réfrigérés, de la Chartreuse, de la Bénédictine, de l'absinthe, liqueurs monastiques que j'avalais sans coup férir, ne savourant que la brûlure.

Le soir, Angélique humait mon haleine et me repoussait, écœurée. La vieille comédie avait repris.

Un samedi, nous sommes allés voir *La Liste de Schindler* et j'ai dû m'absenter pour vomir, mais ce n'était pas à cause de Rudolf Höss. Quand je suis revenu à ma place, Angélique avait quitté la salle. Je me suis endormi.

Pâques approchait. Chaque week-end ou presque, dorénavant, je me retrouvais seul. « Elle » partait dans le Berry. « Elle » devenait une étrangère. M'ignorait. Me laissait à mes CD, mes cours éparpillés.

Une nuit ou deux, cette femme qui partageait mon lit et que je connaissais si peu, si mal, cette femme et moi nous sommes cherchés à tâtons. Mains moites, bouches brûlantes, festin de larmes et de peaux griffées. Elle me demandait de lui faire mal. « Tu veux dire encore davantage ? »

Je ne lui mentais plus. J'avais recommencé à ne plus aller en cours. Le marketing me faisait rire. La publicité m'affligeait. Finance appliquée. International Business Law. Asset management. Programmation neurolinguistique. L'assommante irréalité de toutes ces conneries.

La plupart des garçons de quatrième année portaient maintenant des cravates sans fantaisie. Des filles arrivaient fringuées comme à la City. D'autres posaient à poil dans des magazines semi-pornos. Deux au moins couchaient avec des chefs d'entreprise du CAC 40, et la rumeur courait qu'elles se faisaient payer. Une fille jouait dans une série AB productions. Une autre avait filé en Indonésie au beau milieu de l'année, et rien n'indiquait qu'elle remettrait jamais les pieds en Europe. Jean-Do était reparti faire un stage à Barcelone, où il avait retrouvé Pedro, il parlait de s'installer là-bas. Le chauffeur de son amant, m'écrivait-il, lui proposait chaque matin de la blanche de première bourre.

Nos études touchaient à leur terme. Il y avait des modules à valider, des formulaires à remplir, je ne m'y intéressais pas. Un prof de marketing, à la fin d'un cours, me détaillant de la tête aux pieds : *« How comes I have never seen you in my class ? »* J'en suis resté muet ; il allait être dans « l'impossibilité légale » de valider mon unité.

Deux semaines plus tard, je l'ai surpris à la sortie d'un sex-shop de la rue Saint-Denis, un sac en plastique noir à la main. Il a ri, a bredouillé une explication, puis m'a flanqué une tape dans le dos, et l'unité en question a cessé d'être un problème.

Parfois je dormais au Palais. Parfois je ne dormais pas, ou n'importe où ailleurs, dans une rame de métro, sur une table de classe, sur un quai des Halles, sur un banc public, en marchant – ou en rêve.

Parfois je rentrais chez moi par le dernier RER.

Parfois je rentrais chez moi à pied par la nationale 20, d'un pas alerte, Discman hurlant, guitares barbelées. Je remontais vers L'Haÿ-les-Roses, longeais la Roseraie, les vieilles villas aux murs de vieille pierre, envisageant Paris et l'aqueduc d'Arcueil de leurs fenêtres myopes.

Rater le RER. Rester dans des bars, à regarder un rat traverser au petit trot la place des Innocents. Eaux gazeuses à 20 francs. *American Psycho*, *Le Maître des illusions*, *Baise-moi* : chaque titre parlait de ma vie, et je crois que c'est à cette époque que j'ai commencé à me demander le plus sérieusement du monde ce qui était réel et ce qui ne l'était pas.

Iago me hantait. L'idée de Iago. Me ramenant à lui tel un maître tirant sur sa chaîne. Il n'était nullement question de coucher avec lui (il en avait pris son parti, semblait-il, et c'était pourquoi il me poussait dans les bras de Brume, laquelle ne se pensait pas autorisée à être heureuse sans lui) mais de le regarder manger, dormir, de rester sur le seuil des toilettes quand il vomissait, de le bercer quand il pleurait, écrasé de ceci ou de cela. Prendre peur, céder au trouble : oui. Lui tenir la main en attendant les aubes, le laisser, à l'occasion, frôler mes cuisses de ses doigts, mon cul, mes joues, mon sexe sous la toile de mon jean – oui encore.

Sa vulnérabilité était un programme. Il était l'enfant que je n'avais su être, le dieu blême dont j'avais perdu la trace, il était n'importe quel rêve oublié et, quand d'aventure il posait ses lèvres sur ma bouche, inexplicablement, je me sentais le droit d'aimer.

Combien de fois ses paumes sur mon torse, nos ombres découpées, sa sueur dans mon cou, combien de fois ses yeux de chat brillants, combien de fois défoncé et vibrant de mille vies en réserve, combien de fois à le maudire aussi ?

21

Kurt Cobain s'est tiré une balle dans la bouche et j'ai cessé de rentrer chez moi. Avais-je encore un chez-moi ? Angélique était partie à Toulouse pour un stage de deux semaines. Une lumière chaude et dorée se déversait dans les rues. Dans des salles vides, aux heures de midi, j'écrivais. Des poèmes froissés, des débuts de romans, des dissertations optionnelles consacrées au *Mao II* de Don DeLillo ou au *Bellefleur* de Joyce Carol Oates.

Plus de nouvelles de Jean-Do. Des rumeurs couraient. Il avait été hospitalisé à Barcelone, il allait partir pour l'Argentine. Estevan, qui croisait sa mère aux abords du lycée Henri-IV, me racontait qu'elle se rongeait les sangs. Pas moi.

J'avançais à vue. J'attendais la nuit – Brume, Iago, le reste, la clameur.

Nous sortions chaque soir, en bandes hirsutes, escouades mouvantes. Il y avait de parfaits inconnus perfectibles. Des filles qui assuraient m'avoir vu dans des endroits où j'étais certain de n'avoir jamais mis les pieds. Des bars aux néons bleus, où des barbus à veste de cuir me lorgnaient en éclusant des ales. Des saunas puant le sperme et le désinfectant (je passais des heures au bar, au milieu d'une faune aux abois.) Les boîtes, aussi : des caves du Quartier latin et des Halles aux dancefloors géants des Champs sur deux étages, les salles de Pigalle, concerts flous et filles en cage. Au Queen, la file d'attente était un leurre, Iago avait ses entrées, les videurs relevaient le menton. Nous plongions dans la fosse, et des beats guerriers se substituaient à nos battements de cœur. Aucune chance, là-bas, d'entendre le *Girls and Boys* de Blur, mais ses paroles ne me quittaient plus.

Love in the nineties
Is paranoid
On sunny beaches
Take your chances

Un soir, Brume a dansé dos collé à une blonde oxygénée puis s'est retournée pour lui rouler une pelle irréelle au cœur d'un nuage de fumée vert pomme, et j'ai agité les doigts vers elle, hilare, avant que la houle m'emporte, huit cents personnes collées au plafond en trois secondes. Nos bras levés, nos pieds chassant le sol – écume et vapeur, doigts plongés dans des chevelures, baise sauvage dans les toilettes, pipes hâtives sur des banquettes, langues joyeuses, corps avachis, la moiteur fauve des quartiers VIP. Il y avait de la résille et du cuir, des peaux noires, blanches et hâlées, une main manucurée glissant sur mon bas-ventre, des regards vides, inoubliables et, au petit matin, tanguant sur les trottoirs, nous fumions compulsivement en hélant des taxis qui ne s'arrêtaient jamais.

Soudain, miracle : une portière ouverte, le saxo de FIP, le Steinway de Radio classique, Brume assoupie contre moi, fredonnant le *Parce que je t'aime* de Barbara, et Iago en larmes, tourné vers la ville effondrée.

Plusieurs fois, aussi, j'avais fait entrer ces deux-là dans

des soirées étudiantes, HEC, l'École vétérinaire, où, sur le coup de 1 heure du matin, la sauvagerie atteignait des niveaux invraisemblables. Des première année dansaient nues sur le comptoir, des mecs lapaient de la Zubrowska tiède dans des cendriers en verre, dehors, des couples affolés s'enfilaient du nitrite d'amyle à la chaîne.

Brume se remaquillait en ajustant le rétro d'une camionnette, Iago éclusait du gin orange dans des bouteilles d'Évian et, régulièrement, partait en chasse, louvoyait, se mêlait à la masse bourgeoise en quête de rencontres infernales. Plus tard, vautré sur le capot d'une 205 aux flancs rayés, une bouteille aux trois quarts vide entre les genoux, prisonnier d'une hébétude qui ne devait rien à l'alcool, je sentais venir la promesse de notre fin prochaine – bientôt le dernier été, nulle saison ne prendrait la relève.

Il y avait des moments plus paisibles aussi, des soirs mordorés au Palais, des crépuscules rosés, des verres de mazis-chambertin dégustés dans la cour sur des chaises en fer forgé.

Des inconnus se matérialisaient, certains passaient une fois, deux, et plus jamais ensuite. Deux étudiantes en psycho, des jumelles promptes aux larmes, une clique de philosophes adeptes de Debord et du *Jeu de la guerre*, un architecte franco-japonais, un spécialiste de physique quantique qui enseignait à Jussieu, un musicien brésilien affligé d'une jambe plâtrée jusqu'à l'aine, le propriétaire cancéreux d'une galerie d'art de la place des Vosges, le frère gravement amoindri d'un écrivain qui avait décroché le Femina l'année précédente, un économiste septuagénaire œuvrant pour un hebdomadaire satirique, une mère de famille dont le père, semble-t-il, avait été un grand ami de Stanislas, une chanteuse lesbienne des années 80 dont, aujourd'hui encore, je n'ai pas le droit de révéler le nom, un compositeur de ballets, puis une foule d'anonymes, entre 20 et 35 ans, amants de passage, malades en fin de vie, thaumaturges, punks, thésards et curieux. Antoine le rouquin lyrique fan de Céline, qui préparait médecine et me pressait le bras chaque fois qu'il me voyait (« Ça va ? Tu es sûr ? »), Muriel la grande gigue délurée, cuissardes et dents de cheval, qui militait chez Act Up avec Rudy et installait des présentoirs à capotes sur la desserte de l'entrée, Simon le Juif hassidique, un parano-blagueur dont la sœur, en cuisine, nous préparait des falafels à tomber, cette fille mystérieuse dont j'ai oublié le nom – Carole ? Caroline ? –, à la peau diaphane, constellée de taches de rousseur, qui avait perdu son père *et* son frère, et tant d'autres… Chacun était une histoire, chacun une douleur.

Les gens s'égaillaient sur les pavés, se rassemblaient dans la cuisine, trouvaient refuge au grand salon, au boudoir, dans la bibliothèque (je les épiais, vautrés en travers de fauteuils capitonnés, sirotant des whiskeys hors d'âge – qui connaissait l'existence de la chapelle secrète ?), dans le bureau de Stanislas aussi, avec ses lapins empaillés, son épée de polytechnicien, ses photos noir et blanc de Lou Reed ou de Patti Smith signées Mapplethorpe, ou, pour des moments plus intimes, dans les suites du dernier étage, de petites chambres au plafond bas et aux portes closes, le royaume des chats noirs et d'un hibou aveugle, m'avait confié un habitué – des soupirs sous les toits, le tambour de la pluie de printemps, et cette lune rousse discrètement voyeuse, dont les éclats laiteux embrunissaient le zinc.

22

Un soir, au pied de l'escalier, Stanislas m'a présenté Lilith von Sirius, prêtresse babylonienne et « artiste de l'érotisme » qui, à en croire la rumeur, orchestrait des bacchanales dans les cryptes du Père-Lachaise – mais peut-être n'était-ce qu'une blague destinée à épater les banlieusards dans mon genre. Diana Orlow (son vrai nom ?) était une splendeur brune aux fragilités de cristal, qui pratiquait un SM haut de gamme, vendait son corps à des occultistes fortunés et s'adonnait à des danses rituelles « magiques » cependant qu'Aiwass, son python domestique, s'enroulait autour de ses épaules laiteuses.

Iago l'adorait, lui achetait des robes à fleurs qu'elle découperait au ciseau, tentait de l'initier aux beautés de Chopin ou de Schubert. Axël la toisait d'un air dédaigneux, la suspectait d'être éprise de lui – mais il pensait peu ou prou que toutes les femmes l'étaient. Ange bleuté, âme meurtrie... Elle vibrait, à mes yeux, d'une pureté douloureuse, incarnait quelque chose de l'ordre du sacrifice fatal. Obsédée par son passé polonais, elle revenait un jour de Hong Kong, l'autre de Hambourg, de Stuttgart ou de l'Uttarakhand, frayait avec l'OTO, une société secrète fondée par Aleister Crowley, en sorte qu'une bande floue d'ésotéristes crasseux lui collait sans cesse aux basques. Brume, je le savais, s'était liée d'amitié avec elle, une relation intellectuelle, saphique à la marge – elle fourrait des billets de 100 francs dans ses poches. Il avait été question, un temps, qu'elle l'aide à publier ses poèmes, mais Diana ne voulait plus en entendre parler.

Une nuit, je les avais trouvées enlacées dans une chambre reculée, nues sous une couverture de survie. Je n'étais jamais entré dans cette pièce. Poussière scintillante, draps blancs jetés sur les meubles. Lové dans un coin, Aiwass le python s'adonnait à la digestion. J'ai fait mine de refermer la porte, mais Lilith a levé une main, et je me suis figé. « Approche », ont fait ses lèvres noires. J'ai risqué trois pas. Brume s'est levée, a ramassé une clé posée au pied du mur, et a verrouillé derrière moi.

Sur ma bouche, elle a déposé un baiser aussi léger qu'une plume, puis est retournée sous la couverture au côté de Diana et m'a fait signe de m'asseoir dans un coin – avec Aiwass, si le cœur m'en disait, « n'aie pas peur, c'est un trésor ».

Diana a souri, paupières mi-closes. Elles s'efforçaient, m'a-t-elle expliqué, d'entrer en contact avec l'occupant de cette chambre, un certain Daniel, l'un des grands amours de Stanislas, mort ici même en 1987 dans des conditions si pénibles qu'il était difficile d'imaginer qu'il puisse ne rien rester de lui en ces murs – de fait, nombre de visiteurs avaient déclaré avoir senti « une présence », une baisse très nette de température, un bourdonnement désagréable, une fille avait saigné du nez.

Je me suis adossé au mur ; non loin, l'énorme reptile déroulant sa sombre puissance. Diana soufflait des mots que je n'entendais pas, une magie nébuleuse s'échappait de sa bouche. Si une force se mouvait, en cet instant, si l'air s'était densifié au point de ressembler à une forme ou à une pensée, alors je n'en savais rien. J'avais plus froid, c'est vrai ; mais cela ne datait pas de ce soir. À un moment, Brume s'est levée, a ouvert, s'est retournée sur le seuil. « Retrouve-moi plus tard. Diana va prendre soin de toi. »

La porte s'est refermée et la gracile prêtresse s'est approchée, le drap rêche de la commode noué autour de ses hanches. De son index, elle a souligné le contour de mes lèvres, puis s'est assise en tailleur et s'est mise à chantonner. Il a été question de moi, de ce qu'il restait de moi. Je m'étais étendu sur le parquet, torse nu, le serpent me frôlait pesamment, porteur, me semblait-il, d'une sagesse immémoriale. Diana psalmodiait des chants impénétrables. Je parlais aussi mais nos monologues, pareils aux brins d'une hélice ADN, tournaient l'un autour de l'autre sans se rencontrer. Elle m'a confié des choses sur mon passé, mon avenir – au diable le présent. « Ouvre-toi, reçois tout dans la pureté. » Elle m'a demandé pourquoi j'avais « choisi cette famille », et je n'ai pas immédiatement compris ce qu'elle entendait par là. Elle parlait de mes parents, de ma sœur. « Mais ma famille est ici », disais-je, et cela la faisait rire, un rire soyeux, dépourvu de toute méchanceté. « Vraiment ? Fais-moi rêver. »

Je me suis passé une main sur le visage. « Iago, Brume. Ils m'entourent, ils… » Elle s'est perchée sur moi, ses cheveux effleurant mes joues, je bandais, ça devait se voir, mais elle n'en avait cure. « Tu sais qu'ils ne sont pas frère et sœur, n'est-ce pas ? Tu le sais depuis le commencement. »

Je me suis redressé, gagné par un semblant de panique, une angoisse primitive. C'était elle, à présent, qui était allongée, et moi agenouillé auprès d'elle. Quand avions-nous échangé nos rôles ? Sa poitrine se soulevait si lentement. Elle me parlait de la Suisse, du champ des elfes ; elle voulait me tirer les cartes. « Pluton en transit », me répétait-elle. « Le centre ne peut plus tenir. » Elle avait rêvé de « l'après » : de la mort révélée, de moi à Venise, brasse coulée à la place d'un autre. « Et tu nages, et tu nages… » Elle s'endormait. Je me suis penché sur son visage. De sa bouche humide, une mélopée à peine audible continuait de sourdre.

Il devait être 2 heures lorsque je suis redescendu, en proie à un redoutable mal de crâne. J'avais abandonné Lilith à son python, entortillée dans son drap, je m'étais rhabillé dans le couloir – quelque part, un violon jouait seul. Au fond de la cuisine, au creux de la pénombre, des gens discutaient, des bouteilles d'alcool de toutes sortes alignées sur la table. Axël est passé, appuyé sur une béquille. Il n'allait pas bien, plus personne ne l'ignorait. Il était devenu aveugle de l'œil droit, et les allers-retours à l'hôpital se multipliaient. Il n'y restait jamais longtemps. « Tu ne le connais pas, me répétait Iago. Il se relève toujours. Prêt au combat contre lui-même. Le Marchand de sable prétend que… »

Axël écoutait les discussions, mais s'en mêlait rarement. Son visage se creusait, ses sourires devenaient rictus, le peu de joie qui lui avait été accordé s'essoufflait. Un épuisement d'airain le maintenait cloué au lit, une paluche de géant goudronné.

J'avais cru qu'il me haïssait ; je m'étais fourvoyé. Il avait voulu m'épargner le jeu maniéré de ses deux comparses. « La nature ne peut atteindre son but qu'en faisant naître chez l'individu une certaine illusion », m'avait-il glissé un jour, tandis que je l'aidais à monter l'escalier. Schopenhauer, très bien. Cette nuit-là, j'avais des questions à lui poser. En avais-je ? Il m'a rejoint, un verre à la main. De l'eau.

— À quoi ça rime ?

Il s'est juché sur un fauteuil avec mon aide, et a porté le verre à ses lèvres. Son eau sentait le whisky.

— Si tu fais allusion à cette fable grotesque de fratrie, je n'ai pas de réponse. Tu penses bien que l'idée n'est pas de moi.

— Ils racontent ce truc à tout le monde ?

— Pas à tout le monde.

— Et Stanislas est au courant.

— Évidemment. Mais ce n'est pas à lui que tu dois en vouloir. Par principe, il ne se mêle jamais de leurs combines.

J'ai opiné, hagard. Quelqu'un avait monté le volume de la musique, une techno abrutissante, les têtes dodelinaient, le troupeau avait sa dose.

— Tu connais Diana ?

J'étais obligé de crier. Il m'a fait un signe de la main. « Comme ci, comme ça. »

— C'est toi qui lui as demandé de lâcher le morceau ?

Il a souri, a vidé son verre et s'est penché à mon oreille pour émettre un rot sonore. Dans son regard, une flamme s'était éteinte. Un filon épuisé, raclé jusqu'à la dernière paillette d'or.

J'ai essayé d'amener la conversation sur Iago, mais il m'ignorait. Il cherchait une autre bouteille. Il ne me fuyait plus, il n'était plus mon ennemi, ça n'augurait rien de bon.

Lui et Iago s'éloignaient, proton et électron. La vie d'un côté, ardeur déréglée, grande foi sans loi – un soleil comme un derviche ; l'autre baigné d'obscur, la finitude, sage désespoir de l'acceptation.

— Tu as la comprenette difficile, trouduc. Elle voulait que tu ailles avec lui, il voulait que tu partes avec elle, ils essayaient de se sauver l'un l'autre – ils n'ont d'ailleurs jamais renoncé à cette lubie. Et maintenant, quoi ? Brume s'obstine. Elle croit qu'elle peut te convertir. Moi ? L'élément surnuméraire, l'ombre au tableau, le grain de sable dans la machine. Elle veut m'éjecter, depuis le début.

— Tu délires.

— On s'est joué de toi. Je peux me mettre cinq minutes à ta place, mais pas plus. Tu veux te mettre à la mienne ?

Je suis parti chercher refuge dans ma chambre – une pièce qui, au fil du temps, m'avait été attribuée de façon plus ou moins officielle. La porte fermait à clé, je disposais d'un coin toilette, j'avais apporté quelques livres et une brosse à dents.

J'ai allumé ma lampe de chevet et me suis couché, tout habillé, sachant que le sommeil ne me cueillerait pas avant l'aube. Pourquoi avais-je tant bu ? Loin d'obscurcir mes pensées, l'alcool les aiguisait. Un mal inéluctable était attaché à mon nom, à ma présence. D'ici peu, un drame épouvantable surviendrait. D'ici peu, je cesserais d'être moi-même. J'avais un rôle à jouer, on me l'avait fait comprendre en m'affublant d'un masque. À présent, j'attendais qu'on me hurle le texte dans les tympans.

Pourquoi Brume ne me voulait-elle pas pour elle, pourquoi me poussait-elle sans répit vers les bras de Iago ? « Il lui faut un but, me répétait-elle, il sent que le fluide lui échappe. À ton avis, de quoi sa futilité est-elle le nom ? Il a besoin de toi. » Sans but, il l'était en effet, mais fallait-il pour autant lui jeter la réalité crue au visage ? « Ton amour va mourir… »

Quant à moi, je ne voulais pas dire oui, je ne savais pas dire non, mais les moments que je passais avec Iago tournaient invariablement au désastre. Étais-je certain de faire la différence entre le désir et la peur ? Il me demandait si je l'aimais, posait un doigt sur sa bouche. « Tu n'as pas idée de ce que je saurais te faire. » Je l'évitais, me claquemurais, mais il était là, niché dans chaque recoin, prêt à surgir, nu parfois – et pourquoi pas ? Un jour, il m'a demandé si je croyais assez en lui pour le baiser, ne serait-ce qu'une fois, « qu'on en finisse avec cette farce ». J'ai ri ; j'aurais aimé être ivre. Il m'a giflé et s'est roulé en boule. « Je déteste les gens comme toi, putain. Les indécis, les obsédés de la perfection. » Il était persuadé que nous nous retrouverions un jour. Il lisait le livre que j'étais. Pages craquelées, mots en flammes, « moi, je n'ai peur de rien ».

Je lui parlais d'Axël, les larmes lui venaient aux yeux, alors il me demandait pardon. « Toi et moi », murmurait-il. Allongé à son côté, je lui parlais dans son sommeil. Il perdait du poids, il était soûl, il ronflottait, exhalait une haleine aigre, de plus en plus proche de la terre. Je pouvais happer chaque molécule de ses rêves. « Je veux bien t'embrasser », soufflais-je, dévoré d'impuissance. Dans sa torpeur, béat, il secouait la tête. Un jour, il a pris mon visage entre ses mains et sa langue s'est promenée sur mes lèvres avant d'en forcer onctueusement le passage. Très vite, ses doigts se sont refermés sur mon entrejambe, et je l'ai intercepté. Il a souri, je ne me suis pas débattu. Tout était devenu primordial et sans importance.

23

Axël, désormais, passait l'essentiel de son temps alité, les miroirs avaient été bannis de la chambre pour éteindre la misère. Une troisième statuette dogon leur avait été offerte, à Iago et à lui, qui veillait sur ses engourdissements. Je n'avais pas quitté Angélique encore – pas officiellement du moins. Les cours continuaient. On m'y croisait, certains jours, mais sans Jean-Do et Estevan. Eux étaient partis définitivement.

En mai, Iago, Stanislas et moi sommes allés voir Daniel Darc à l'Entrepôt. Un set aux airs de messe noire. Le chanteur ? Un autre genre de squelette, qui s'agrippait à son micro comme à un partenaire de baise, se tordait sur scène en exhibant des tatouages charbonneux, hurlant tandis que son guitariste, tête baissée et cheveux dans les yeux, ciselait ses larsens chirurgicaux. « À quand ce murmure », demandait une chanson, « qui t'annoncera / le point de rupture / Qui mène à l'au-delà ? » Sous la fumée des cigarettes et des joints, nous attendions qu'il s'évanouisse, qu'il entre en transe, qu'il nous convertisse. Il chantait sans nous regarder, sans se soucier de notre assentiment. Il chantait parce que c'était vrai. Des années plus tôt, il avait failli devenir célèbre et mettre le pays à ses pieds – mais il était trop foutrement honnête et camé pour laisser un tel désastre se produire.

Iago le dévorait des yeux. Après le set, parce que Stanislas était un ami du gérant des lieux, nous sommes allés le rejoindre dans sa loge. Une fille vêtue d'un haut en résille – mineure, *a priori* – se pressait contre le guitariste, qui cherchait un cendrier en maugréant. « Georges », s'est-il présenté, avec une voix douce et un accent inidentifiable.

Nous avons fini la soirée dans le bar d'en face. L'attachée de presse de la maison de disques, une rouquine de mon âge avec une cicatrice au coin des lèvres, éclusait des vodkas avec un entrain désabusé. Darc était perdu pour la cause, a-t-elle fini par me confier : junkie forcené, il sortait de prison et, inévitablement, y retournerait sous peu. Le tableau était sombre. Son « Dan » se nourrissait de 8.6 glanées chez l'Arabe du coin, la boîte n'avait plus un sou pour assurer la promo minimale, ces branleurs des *Inrocks* avaient à peine mentionné l'album dans les pages de clôture, tout était foutu. Cécile (c'était son nom) voulait que je vienne fumer chez elle. Son pied remontait le long de mon mollet.

Mains crispées au rebord de la table, Stanislas s'est brusquement levé. Est-ce qu'il se sentait mal ? À l'autre bout, Iago était en grande conversation avec un antique plumitif de *Libé* qui, malgré la chaleur, avait enroulé une écharpe de laine autour de son cou de dindon fripé, et tirait entre chaque phrase sur un douteux cigare cubain. Je me suis coulé auprès du vieil homme.

— Tu veux que je te raccompagne ?

— Reste avec tes amis.

— Mes quoi ?

La rouquine ne me quittait pas des yeux.

— Quelle douce vulgarité, a susurré Stanislas à mon oreille. Elle ne te tente pas ?

— Foutons le camp, ai-je sifflé.

Je lui ai tendu sa canne. Nous sommes rentrés à pied, longeant le cimetière du Montparnasse et le jardin du Luxembourg. L'air de mai était sec, étrangement chaud, des scooters passaient au loin en pétaradant, j'étais accablé.

— Le concert t'a plu ?

— Techniquement, non. Oui pour le reste.

— Il y a quelque chose d'assez inatteignable, chez ce garçon, tu ne trouves pas ? Les astres lui ont donné la beauté et, en échange, se sont ligués contre lui. Triste comme un ange gardien dans un camp de la mort.

Nous étions arrivés aux abords de l'église Saint-Sulpice. Stanislas a choisi de s'asseoir sur le rebord de la fontaine. Sa canne entre les jambes, il a courbé l'échine. L'eau bruissait, apaisante.

— J'ai connu un certain Jacques Wolfsohn, jadis. Un producteur – c'est Françoise qui nous a présentés.

— Françoise Hardy ?

Il a approuvé.

— Il se trouve que son fils – le fils de Jacques – était le batteur de Taxi Girl, je ne me rappelle plus son nom, Peter ? Il est mort d'une overdose de cocaïne. Il avait 20 ans. Qui meurt à 20 ans ?

— Raymond Radiguet.

Il a hoché la tête.

— Tout menace un jeune homme de ruine, prétendait Nizan : l'amour, les idées… Quant au reste…

(Il a rouvert les yeux, souriant, une main posée sur mon genou.) Et toi ? Où en es-tu donc ?

— Si je le savais.

— Il faut pardonner à Iago.

— Quoi ?

— Ce qu'il attendait de toi.

— Je ne crois pas qu'il ait eu le temps d'être déçu. Je lui ai dit tout de suite que je n'étais pas gay.

Il m'a pressé le genou plus fort.

— La perfection n'est pas de ce monde, mais tu comptes beaucoup à ses yeux.

— Il a besoin qu'on souffre pour lui. Je me défends pas mal à ce petit jeu.

— Et Brume ?

J'ai grimacé.

— Je suis amoureux, Stanislas. Ne le répète pas. Ou bien répète-le. Elle est fantastique. Elle est intenable. Ça ne nous mènera nulle part. L'idée initiale – *leur* idée –, c'était que je couche avec Iago. Brume pensait que je le sauverais. Putain. (Je me suis levé, me massant les hanches.) Je vais rentrer. Je vais prendre un taxi.

— Tu ne dors pas au Palais ?

Un sourire forcé – je n'avais rien d'autre à lui offrir.

— Je ne dors plus tout court, ces derniers temps. J'ai des affaires à régler.

— Tu m'en diras tant.

Je lui ai tendu la main pour l'aider à se relever, et nous sommes partis vers la Seine. Aurais-je été seul que j'aurais pu m'y balancer. Se noyer, je savais ce que c'était.

24

C'est à cette époque que j'ai commencé à quitter Angélique pour de bon ; que l'idée a pris corps. Nous venions de déménager à Thiais, dans cet appartement absurde, à deux pas de chez ses parents – un cauchemar flambant neuf, impitoyablement fonctionnel. Je n'avais jamais eu mon mot à dire, ou plutôt : je ne m'étais jamais autorisé à faire entendre ma voix, parce qu'il m'était plus aisé d'être malheureux. Embrasser ce lieu, cette nouvelle vie, et les détester.

Le matin, Angélique partait travailler à l'hôpital, et je restais seul entre les murs blancs. Le week-end : centre commercial, dîner au fast-food ou à la crêperie, films du moment – *La Reine Margot*, *Grosse Fatigue*. Les amis du lycée n'avaient pas totalement disparu. Certains travaillaient déjà, ou s'acquittaient de leurs obligations militaires. Existences étriquées, condamnées à la concorde, à la sérénité. *Imagine une vie sans Brume. Imagine-toi à Thiais dans dix ans. Le tombeau.*

La nuit, j'écrivais « à l'autre » de longues missives enragées que, je le savais, je ne lui remettrais jamais. Je ne lui disais pas que je l'aimais, ni que je la haïssais de m'avoir menti sur Iago. Je ne lui disais pas qu'elle était tout pour moi, parce que « tout » n'existait pas. Chaque matin, devant le miroir de la salle de bains, je me branlais en nous imaginant. Qui était ce type qui me regardait ? Ce Fabrice si conquérant qui la baisait en sauvage ? Il pleuvait autour de nous, elle me léchait le visage, ses jambes refermées sur mon bassin, ses ongles labourant mon crâne.

Angélique parlait enfants, évoquait un départ à la campagne. Un hôpital, près de Châtellerault, était prêt à l'embaucher. Nous aurions des petits, des chéris, des lapins, un rêve. Quatre filles, comme le docteur. Nous achèterions une maison à réinventer. « Tire-toi, me répétait Vincent, le seul ami qui semblait désireux de m'extirper de ce piège et qui, selon ses propres termes, me voyait "dépérir". Tu n'es pas heureux avec elle, tu ne l'as jamais été, tu ne le seras jamais. »

La nuit, allongé auprès d'elle, je rêvais au château maudit, non loin de l'étang. Des flammes sortaient par les fenêtres et léchaient le ciel peureux.

Un soir, Vincent et moi sommes allés boire une bière et puis une autre au Central, un rade pourri de La Croix de Berny où tous les *misfits* du coin avaient leurs habitudes. « Putain, ça m'avait manqué ! » s'est-il écrié en faisant tourner les manettes du baby-foot.

J'allais le quitter, lui aussi. Dire adieu à cette merde. Mais il fallait que je lui parle de Brume, avant. Pour qu'il raconte tout à Angélique ? Non, je savais qu'il ne ferait rien ; je l'ai su dès que j'ai vu son regard briller.

— Génial ! Et tu as couché avec elle ?

J'ai fait claquer une balle de caoutchouc dans ses buts. Ça l'a calmé une minute. Il plissait le front.

— Une fille spéciale, lui ai-je expliqué. Elle est assise, tu discutes avec elle, tout va bien, et d'un coup elle prend la porte.

— Sans prévenir ?

— Quand elle s'ennuie. Elle ne fait pas semblant, tel est le principe. Avec elle, c'est oui ou non. Et c'est souvent non.

— Ça doit être épuisant.

J'ai pris mon verre sur la table de derrière, et nous avons trinqué.

— D'autant qu'un secret résiste en elle. Je te le dis, mon pote. Tout est larvé – clandestin.

D'un mouvement de poignet bien sec, je lui ai flanqué un nouveau but. Il a juré. Il n'avait pas l'habitude d'être mené.

— Elle crèche à Paris ?

— Dans le XVIe. Jamais mis les pieds chez elle, jamais rencontré ses parents ou qui que ce soit. Je crois que son père est avocat d'affaires. Il connaît Mitterrand.

Soudain, j'éprouvais un besoin impérieux de parler d'elle : comme si, en faisant son portrait pour un autre, j'avais pu approcher de plus près son mystère. Mais n'était-ce pas ce mystère, aussi, qui la définissait ?

Un jour, à la terrasse d'un café donnant sur la tour Saint-Jacques, elle m'avait expliqué qu'elle ne voulait laisser personne endosser la responsabilité de son malheur. Le sous-pull en acrylique noire qui moulait ses seins conférait à ses gestes une qualité électrique. *Danger*, pensais-je. Et elle, me soufflant sa nicotine à la figure : « L'avis des autres, je m'en moque. Ils ne vivent pas à ma place. »

Vincent m'écoutait, chafouin, avalant des gorgées de bière avec une régularité excédée. La balle claquait au fond de ses buts selon des angles impossibles. J'aurais voulu lui dire que j'étais désolé, que ça n'avait rien à voir avec lui. À un moment, le patron est venu nous demander de laisser la place. Mon ami m'a pris par l'épaule, et nous sommes sortis en faisant semblant de tituber. Pluie froide, fine surprise. Des phares jaunâtres trouaient la bruine. « Merde, où est-ce que je me suis garé ? » Nous flanquions des coups de pied dans les lampadaires pour les éteindre, comme lorsque nous avions 15 ans, aux abords du lycée Lakanal. « Je ne peux pas te recommander de la larguer », a-t-il ajouté et, tandis que nous traversions au vert, salués par un coup de klaxon, je me suis demandé de qui il parlait. « Mais je ne crois pas que ce serait une bonne idée de rester avec elle. »

Devant sa vieille 4L, il m'a tendu une bouteille de vodka tiède. Une herbe de bison flottait, j'ai bu en fermant les yeux – du courage, bon Dieu. Il a desserré le frein à main en sifflotant les premières mesures du *Here Comes Your Man* des Pixies et nous nous sommes promis de nous rappeler au plus vite, il voulait la suite de l'histoire, « je serai toujours là pour toi », etc. Devant le restaurant chinois, au carrefour du Petit Robinson, nous avons failli emboutir une ambulance à l'arrêt. « À refaire », a maugréé Vincent. Nous ne nous reverrions pas avant vingt ans.

Je sortais, de plus en plus. Ce que je n'avais pas le cran de dire à Angélique, je pouvais au moins essayer de le lui faire comprendre.

Je sortais avec des gens de l'école, avec Brume et les autres. Je découchais régulièrement ; les récriminations d'Angélique ne manquaient jamais. Son air courroucé, ses doigts noués, interminables arguties… « Où as-tu passé la nuit ? — Dans un café, marmonnais-je.

Dehors, je n'avais pas de carte de téléphone, ou plus d'argent pour le taxi. » Main sur la bouche, regard embué, elle secouait la tête. « Non, s'il te plaît. » Chaque excuse mise à mal. « De l'argent ? Mais tu pouvais m'en demander ! » Haussement d'épaules ; je ne voulais rien lui devoir. Il fallait que je trouve la force de la mépriser, que l'injustice qui la frappait se révèle à la mesure de son amour. Elle *méritait* ce qui lui arrivait. Elle le méritait, parce qu'elle n'était pas assez forte pour se déprendre de moi. Prisonnière de son conte de fées en guenilles, comme j'étais captif de la pitié que notre triste attelage m'inspirait.

Je rentrais à pied, au petit matin. Sans musique, tête basse, frénétique, je suivais la RN 305, Ivry, Vitry, Choisy-le-Roi. On me hélait, parfois, aux abords de la cité Balzac, des types encapuchonnés s'approchaient. J'aurais pu m'éloigner, hâter le pas. Je ne le faisais pas. Chaque fois, mystérieusement, mes belliqueux s'arrêtaient à quelques mètres. Aussi déçus que moi, sans doute.

Un matin, avisant une cabine au coin d'une butte, j'ai appelé Brume au Palais. Nous avions passé une nuit entière au sous-sol de la Loco, éberlués, barrés de lumières stroboscopiques. J'avais besoin qu'elle me dise d'arrêter : de mettre un terme à cette pantalonnade. De ne plus lui téléphoner, de ne plus rentrer chez moi – peu importe. Elle n'a fait ni l'un ni l'autre. Sa voix était claire, elle n'avait pas dormi une minute et elle n'avait pas l'intention d'y consentir aujourd'hui.

Cramponné à mon combiné, j'essuyais des larmes d'enfant, reniflant dans le froid du printemps.

Elle m'a demandé de lui décrire l'endroit où je me trouvais. J'ai relevé la tête.

— Derrière la grille d'un parc. Qu'est-ce que tu veux que je te dise ? De l'autre côté, un petit immeuble – deux étages, miteux. L'été se fait attendre, mais l'herbe est déjà pelée.

— Des oiseaux ?

— Je ne connais pas grand-chose aux oiseaux.

— Pourquoi tu m'appelles, alors ? Il est 8 heures, Fabrice. Le soleil va entrer dans ma chambre et je suis là, à t'écouter, avec une gueule de bois d'enfer. Dis-moi au moins que *tu* as dessoûlé.

— Je ne suis jamais ivre.

Elle a ri, d'un rire qui ne me paraissait pas destiné.

— Pardon, ce n'est pas contre toi. Simplement j'ai du mal à comprendre pourquoi tu perds ton temps. Au fait, il y avait un truc dont je voulais te parler cette nuit. Mais je ne pouvais pas, à cause de la musique – Primal Scream de mes fesses.

— Je suis tout ouïe.

— J'avais un oiseau, chez moi.

— Tu « avais » ?

— Un canari. Offert par ma tante pour ma mention au bac. Il s'appelait Martin – comme dans *Candide*. Sa cage était dans ma chambre mais, comme je suis rarement chez moi, c'est ma mère qui s'en occupait.

Je me suis laissé glisser sur le sol de la cabine. Dehors, les feuilles d'un arbre monumental frissonnaient. Un séquoia ? Je ne connaissais rien à ma ville.

— *Candide*, je l'ai eu aussi au bac.

Elle s'est raclé la gorge.

— C'était un mâle : un schimmel jaune. Il chantait à longueur de journée. Tout de même, il me faisait de la peine. Ma tante et moi, ce n'est pas le grand amour.

Je la soupçonne de me l'avoir acheté uniquement pour m'emmerder.

— À ce point-là ?

— Elle sait ce que j'en pense. Bref. Le week-end dernier, je l'ai libéré. Je l'ai emmené au bois de Boulogne et je l'ai relâché.

— Bravo, ai-je commenté d'une voix morne.

Main sur le front. Rage de dents en approche. Qu'est-ce que je foutais ici, à cette heure, planqué, perdu ?

— Moi aussi, j'étais tentée de me féliciter. Sauf que le soir même, il est revenu.

Prenant appui sur la desserte, je me suis relevé. Il fallait que je rentre chez moi. Il fallait que j'affronte le dragon et que je lui explique que c'était terminé.

— Revenu ?

— Il a retrouvé le chemin. Je ne sais pas comment il s'y est pris, mais il l'a fait. Et il est mort.

Brouillé, mon reflet – vague, indéterminé. Bientôt, cette ville allait compter un fantôme de plus. Depuis quand n'avais-je pas avalé quelque chose de solide ?

— Mort, ai-je répété.

— Fracassé contre la vitre.

— Oh.

— Il y avait du sang. Un fouillis de plumes jaunes, recroquevillé sur le rebord. Une chance que le verre ne se soit pas étoilé. Délicatement, je l'ai recueilli. Tu as déjà tenu un oiseau mourant entre tes mains ? C'est doux. C'est tiède. Ça s'accroche.

— Je peux revenir.

— De quoi tu parles ?

— C'est le matin. Il y a des RER. Je peux être là dans quarante minutes.

Un silence. Un soupir.

— Je n'ai pas besoin de toi.

— Mais moi si. Comment vont les autres ?

— Ils dorment je suppose, et tu devrais en faire autant. Il ne se passera rien de plus.

25

L'avenir qui m'attendait à Paris – Brume, Iago, la terreur exaltée de ne plus exister que par ou pour eux – me paraissait, désormais, l'unique horizon. Dans le royaume de mes nuits, je me voyais me lever en somnambule, monter dans une voiture, conduire jusqu'à une falaise et lâcher le volant.

Bien entendu, ç'a été terrible. J'avais 21 ans, nous nous étions connus à 16, elle avait été ma première, mon absolu. Tout ce qu'il était possible de mal faire, nous l'avions mal fait.

Couché à côté d'elle, qui dormait sur le flanc, tournée vers moi, comme pour s'assurer que je ne m'enfuirais pas aux aurores, je perforais mes nuits tel un vaisseau en flammes.

Depuis quelques semaines, à présent, je lui faisais part de mon désir de partir – pas de la quitter, elle, mais de disparaître. Non, je ne voulais pas mettre fin à mes jours et, non, elle n'y était pour rien : je voulais être seul, voilà tout.

Un jour, tandis qu'une fois de plus elle était partie dans sa campagne afin de reprendre des forces, elle avait laissé traîner un carnet, ostensiblement, sur le rebord de cette cheminée dont nous ne nous servirions jamais.

J'avais eu la faiblesse de le feuilleter. Elle y parlait de moi, d'une plaine pulvérulente, sans arbres – sans même un brin d'herbe. Une chouette geignait sous les combles, la nuit, et elle pensait que quelqu'un, quelque part, essayait de lui dire quelque chose. Il fallait que je la délivre au plus vite de cette mascarade. Il fallait que je cesse de nous mentir.

Un soir, je lui ai annoncé que j'allais emporter mes affaires. Demain, quand elle rentrerait de l'hôpital, je ne serais plus là.

Sans un mot, elle est partie dans la cuisine chercher des ciseaux et a fait mine de se taillader les veines devant moi. Je lui ai arraché l'outil des mains. Chacun avait bien répété son rôle.

Plus tard, dans la nuit, elle a ouvert en grand la fenêtre de notre chambre et a enjambé le garde-fou. Nous habitions au troisième étage, donnions sur une cour arborée. Je l'ai rattrapée et j'ai refermé.

Il était près de 5 heures lorsque nous nous sommes recouchés, vaincus. Elle ne se tuerait pas.

Elle avait attrapé mon poignet. Elle le serrait de ses deux mains.

Nous nous sommes réveillés et nous sommes levés chacun de son côté. Elle buvait de la chicorée, depuis le printemps. Moi, un demi-verre d'eau.

J'avais appelé un déménageur. Il devait passer en début d'après-midi – la veille, il m'avait laissé une quinzaine de cartons, charge à moi de faire tenir toute ma vie dedans.

Elle m'a embrassé, puis elle est partie. Je ne lui ai pas dit au revoir ni adieu, je n'ai pas esquissé le moindre geste. Quand la porte s'est refermée, j'ai collé mon œil à l'œilleton. Elle se tenait là, de l'autre côté, sonnée. Je n'avais aimé que moi à travers elle, et ça ne pesait pas lourd.

Enfin, elle a appelé l'ascenseur, et je me suis posté derrière les rideaux pour m'assurer qu'elle partait bien, que c'était terminé.

J'ai appelé chez Stanislas. Quelqu'un a répondu, dont, sans surprise, je n'ai pas reconnu la voix. Est-ce que Brume était là ? « Un instant », m'a-t-on répondu. Personne, au Palais, ne vous demandait jamais *qui* vous étiez. Je me suis assis par terre.

— Oui ?

Mon sang s'est glacé ; une parfaite étrangère. J'ai regardé autour de moi.

— J'ai quitté Angélique.

— Bon.

Rien ne pouvait étonner cette fille, rien ne lui faisait peur : son indifférence blindée renvoyait toutes les balles.

— Le déménageur arrive.

— Et ?

Le cordon du téléphone s'était coincé entre mes jambes. J'aurais pu l'enrouler autour de mon cou et tirer.

— Je vais appeler mes parents.

— Tu devrais venir ici.

J'ai fermé les yeux.

— Je ne suis pas sûr que ce soit la meilleure idée.

— Moi non plus. Mais je ne crois pas qu'il en existe mille autres.

Je me suis relevé, le combiné à la main. Les arbres, dans la rue triste et vide, agitaient leurs bras feuillus.

Je songeais à Paris. Aux vieilles pierres. Aux nuits atroces et délicieuses.

— Je ne sais pas…, ai-je soufflé.
— Tu es attendu.
— Par qui ?
Rire léger. Elle a éternué.
— Désolée. C'est quoi, le nom de l'entreprise de déménagement ?
— Qu'est-ce que tu vas faire ?
— Donne-moi le nom, et finis d'emballer tes trucs.
Les deux types sont arrivés sur le coup de 14 heures. Je venais d'en terminer avec les cartons.
Le chef, un grand gaillard moustachu vêtu d'une parka jaune, a balayé le salon du regard.
— C'est tout ?
C'était tout, oui. Je laissais à Angélique l'essentiel de mes livres et de mes CD. Je ne voulais pas lui faire davantage de peine. Pas donner à mon départ des allures d'apocalypse. Je partais, rien de plus. Elle allait s'en remettre, et mieux que ça encore.
Le mec s'est retroussé les manches. Son second était un petit Asiatique au regard vif et au crâne rasé. En cinq minutes, le camion était chargé. J'ai été invité à prendre place à l'avant, entre eux deux. Une pluie fine zébrait le pare-brise mais là-bas, au-dessus de Paris, les nuages s'étaient écartés.
Nous avons mis le cap sur Choisy-le-Roi et la RN 305. Je ne regrettais rien. Ni les voyages en bus, ni les dîners chez mes beaux-parents, ni les interminables dimanches de pluie passés le nez plongé dans mes bouquins de civilisation américaine. Ma délaissée, ma sacrifiée, ma victime. Plantée sur le pas de la porte. Tombant à genoux, qui sait ?

Le camion s'est arrêté à l'entrée de la rue Vieille-du-Temple. Des voitures klaxonnaient, mais le déménageur leur a fait signe que c'était comme ça, qu'il n'y avait qu'à prendre son mal en patience.

La grande porte bleue était déjà ouverte. Stanislas m'attendait, sanglé dans une improbable robe de chambre rouge serrée à la taille. Il s'est effacé pour laisser passer les déménageurs. Les chiens me flairaient, joyeux, excités. Je les ai cajolés tour à tour. Le maître des lieux nous a suivis en claudiquant.

— Coquet, chez vous, a commenté le patron.

Il s'est engagé dans le grand escalier de marbre. Premier étage gauche, dernière chambre à gauche au fond du couloir, avait indiqué Stanislas.

Ma chambre.

Je me suis retourné vers lui.

— Je ne vois pas comment je pourrais te remercier.

Il a eu ce signe las de la main, qui voulait dire « t'occupe ». Le lit était fait, la fenêtre béait sur le printemps délavé – ah, les arbustes de la cour frissonnant dans les ors du soleil. Je me suis laissé tomber sur le lit.

— Où sont les autres ? ai-je demandé.

Appuyé sur sa canne, Stanislas s'est avancé jusqu'au garde-fou.

— Tu peux rester ici aussi longtemps que tu le désires. Tes études s'achèvent cette année, non ?

— Je croise les doigts.

— Eh bien, voilà. Je vais te donner le code. Tu es chez toi.

Les lévriers nous avaient suivis, toujours curieux. Je me suis assis sur le grand lit queen size. Simon a déboulé, tortillant sa kipa.

— Alors tu t'installes.

— On dirait bien.

— *Mazel tov.*

Les déménageurs empilaient les cartons le long du mur. Un placard de bois sombre était ouvert, attendant d'être garni. Sur les étagères, au-dessus de l'oreiller, des rangées de romans. Écrits par des femmes, pour la plupart : Brontë, Duras, Mme de Sévigné. Des éditions plus ou moins anciennes, brunies, parfumées à la poussière. Stanislas a souri.

J'avais envie de me lever et de le serrer dans mes bras, mais je savais que cela nous embarrasserait l'un et l'autre. Il était un homme de mots, pas de tendresse – pas de cette tendresse-là.

Le type à la parka jaune s'est frotté les mains et m'a répété le prix. Stanislas était prêt à sortir son portefeuille mais j'avais prérempli un chèque. Le déménageur l'a plié en deux et l'a fourré dans sa poche, avec un regard pour les moulures.

— C'est quoi, ici ?

Il a ri, tout seul. Son collègue attendait, bras croisés, jambes légèrement écartées – en sentinelle. Je les ai raccompagnés jusqu'au camion.

26

Brume est arrivée une heure plus tard. A déposé un baiser sur mes lèvres. S'est assise sur mon lit, effleurant l'édredon.

— Aux petits oignons, dis-moi.

Elle s'est allongée, étirements de jeune chatte. Elle portait un pull gris très fin, à col roulé. Je me suis installé à son côté.

— Et Iago ?

— Il dort – seul. Lui et Axël font chambre à part.

— Depuis quand ?

— Tu n'as pas cours, là ?

— En théorie.

J'avais appelé mes parents pour les prévenir. Sans surprise, mon père avait accueilli la nouvelle avec indifférence. Est-ce que je savais ce que je faisais ? J'ai répondu oui. « Dans ce cas » Il avait rayé Angélique de son présent plus vite que moi encore.

La fin de mes études l'intéressait davantage. Quel était le programme, *in fine* ? Allais-je partir aux États-Unis ou au Canada, comme j'en avais longtemps eu le projet ? Je suis resté évasif. Certes, mon score au GMAT me permettait d'envisager une admission à McGill, Montréal, mais les études coûtaient 50 000 francs par an, une somme qu'il me faudrait en grande partie emprunter, et que je ne pourrais rembourser qu'en choisissant *réellement* une carrière dans le marketing. Avais-je envie de cette carrière ? Au vrai, j'avais prévu de m'octroyer une année sabbatique. 50 000 francs, c'était à peu près la somme qu'il me restait de l'héritage de ma grand-mère.

— Ce soir, fit Brume en se redressant, c'est Queen.

— Ah oui ?

Une main sur mon dos, elle sondait le vide. Machinalement, elle a glissé sa langue entre mes lèvres. Je respirais à peine. Sourire absent.

— Je suis contente que tu sois venu. C'est ta place. Ta place est parmi nous.

Elle m'a embrassé encore, cette fois en pleine conscience. Je mourais d'envie de passer ma main sous son soutien-gorge mais elle s'est levée et m'a caressé les cheveux comme on ébouriffe un chien. Puis elle est partie. J'ai ouvert la fenêtre. Quelque part, dans une autre chambre, le *Creep* de Radiohead.

I want you to notice
When I'm not around

Rue Ferdinand-Duval, à deux pas de chez nous – puisque j'étais « chez nous » désormais –, un message avait été tracé à la bombe noire sur un mur bistre. *Voici venu l'été de notre mécontentement.* Ce temps-là. Cette saison, la dernière de ma vie d'avant. La sensation de liberté était suffocante.

Brume restait à mes yeux une énigme, mais elle me laissait, je crois, l'approcher davantage. Le fait que je sois devenu un résident « officiel » du Palais ne pouvait y être étranger. Peut-être, par ma seule présence, lui avais-je offert les gages que sa patience réclamait.

Fragment par fragment, un portrait sortait de l'ombre, dont je m'efforçais de fixer les contours. « Une fille spéciale », avais-je maladroitement confié à Vincent. Mais ça ne signifiait rien, ce n'était pas elle. J'aurais pu en dire autant à Estevan ou à Jean-Do les premiers temps, mais la seule chose qui les aurait intéressés, c'était de savoir comment ça se passait au lit. Or tout se passait ailleurs.

Un jour, je l'avais vu donner 100 francs à un clochard, un antique habitué de la rue des Archives vêtu été comme hiver d'un imperméable à capuche : elle avait refermé l'un après l'autre ses doigts sur le billet et elle était repartie en courant, ignorant ses appels et les mines ahuries des témoins. Le soir même, sur la margelle du Pont-Neuf, à cinq ou six mètres de là où nous nous trouvions, un jeune homme habillé d'un seul short s'était hissé pour esquisser une série de pas de danse. En équilibre fragile, il soufflait des baisers à la mort, guignant le serpent d'eau vert-de-gris qui, en contrebas, déroulait ses flots ridés. Brume avait cherché ma main et m'avait tiré en arrière. « Laisse-le, m'avait-elle glissé à l'oreille, ce ne sont pas tes affaires. » Estomaqué, je protestai mollement. « Mais s'il tombe ? » Déjà, elle lui tournait le dos. « Il l'aura bien cherché. »

Brume était douce avec les oiseaux, les déshérités et les vieilles personnes ; le reste du temps, elle demeurait d'un calme de pierre, indifférente aux douleurs, à tout ce qui relevait de la peur et des atermoiements. À Stanislas, elle réservait sa mansuétude, ses attentions de petite fille, ses gestes mesurés de nurse anglaise. Iago et

Axël, eux, restaient les partenaires d'un jeu antédiluvien et hautement inflammable dont les règles, pour l'essentiel, m'échappaient, bien qu'il me concernât en partie. Le reste ? Jardin muré.

Il y avait d'autres présences, à l'évidence, des hommes dont elle ne me parlait pas mais dont je devinais l'existence. Des amis, des amants d'un soir aussi, du moins l'imaginais-je, comme ce pauvre idéaliste sous sa mansarde. Mais de ces ombres elle ne me disait rien, pas plus que de ses désirs ou des tortueux entrelacs de son monde intérieur. Le refuge de la croyance, l'oubli de soi dans l'autre, les sempiternelles tractations de l'ego ? Autant d'expédients qui lui étaient étrangers. Devant les drames, les comédies, elle s'endormait. La musique classique l'ennuyait, le jazz était une porte close. Quant aux rages abrasives du grunge – cet amour obstiné du désenchantement –, elles étaient poliment dédaignées : les passions la rebutaient.

Je ne l'avais jamais vue ouvrir un livre – jamais un roman en tout cas. Elle avait lu, *avant* ; ce n'était plus un *besoin*. Voltaire et Pascal restaient les piliers de son temple, elle y avait fait plusieurs fois allusion. Elle chérissait la pensée libre, aiguisée, celle qui fouille les hypocrisies et les chairs, elle méprisait les accommodements de l'imagination, fustigeait les stratégies d'évitement auxquels, selon elle, se résumaient nos divertissements perpétuels. Cela ne l'empêchait nullement d'y prendre part : elle dansait sans se faire prier, riait comme s'il y avait toujours de quoi rire, embrassait en vorace – entreprenait des inconnus et s'enivrait sans demander son reste. Mais elle n'était pas dupe de ce qui se tramait ; elle s'avilissait en voyante.

Un jour, discutant avec Stanislas, qui considérait ses facéties pernicieuses avec un mélange de crainte et d'admiration, je découvris qu'elle avait organisé ses propres funérailles. Un document l'attestait, qui attendait dans un coffre sous scellés, et elle lui en avait dévoilé les grandes lignes : pas de musique, une liste d'invités drastiquement restreinte (en faisais-je partie ? je ne lui ai jamais posé la question), des cendres à disperser au-dessus de la Seine, « je ne crois en rien sinon au vent qui s'oublie ». Le bonheur, répétait-elle, n'était qu'une illusion consentie, il fallait prendre ce qu'il y avait à prendre, espérer plutôt qu'attendre. Dans l'état de vacuité où je me trouvais, j'étais plus que prêt à embrasser cette doctrine.

Une semaine après mon arrivée au Palais, sans sommation, je me suis décidé à pousser sa porte.

— Je veux que tu saches que je ne l'ai pas fait pour toi.

Elle se recueillait dans sa chambre – au dernier étage, une exception. La salle de bains était verrouillée. Lilith von Sirius prenait un bain, m'a-t-elle expliqué, elle avait passé une nuit « difficile ».

— Je ne l'ai pas fait pour toi, ai-je répété.

En débardeur, les cheveux en bataille, elle était occupée à se tirer les tarots. Son bureau, entre deux fenêtres, faisait face au mur.

— Pas fait quoi ?

— Quitté ma fiancée.

— J'ignore de quoi tu parles.

Je me suis avancé. Sans lever les yeux de ses cartes, elle m'a tendu une main. Je l'ai serrée entre les miennes, et un sourire a paru sur ses lèvres. La vérité, c'est que la possibilité d'une histoire avec elle m'angoissait au plus haut point. Je vivais dans une sainte terreur des évidences.

— Et je sais, pour toi et Iago.

— Papesse à l'envers, a-t-elle susurré. Le pape aussi.

— Tu m'écoutes ? ai-je insisté. Je sais que vous n'êtes pas frère et sœur.

Ses joues se sont gonflées.

— Très bien, qu'est-ce qui te ferait plaisir ? Des excuses ? Un bonbon à la menthe ?

— Tu as cru que je pourrais sauver Iago ; quand *lui* a compris que ce ne serait pas possible, il a voulu que je te répare, toi. Merde, et mon libre arbitre, là-dedans ?

— Pas aujourd'hui, Fabrice.

— Alors quand ?

Elle venait de tirer l'ultime arcane.

— Le diable… Tu sais ce que ça signale, en troisième position ? Problème de surmoi, d'éducation reçue. Répression excessive des affects – *damned.*

— J'ai le droit de connaître la vraie histoire.

Elle a lâché ses cartes et s'est tournée vers moi.

— Sûr. Tu me raconteras ?

27

Une semaine plus tard, en cette même chambre, j'ai trouvé Iago alangui dans un fauteuil en osier, occupé à cloper, les pieds posés sur la balustrade. Il accueillait, selon ses termes, « la fumée bleue de la nuit ».

Brume dormait sur le dos, les bras posés en travers du visage. Je me suis allongé à côté d'elle, surveillant sa respiration. Iago a ricané.

— Cette volonté impétueuse d'être quelqu'un que tu n'es pas.

Brume s'est frotté les yeux sans les ouvrir.

— Arrête ça.

Il fallait que nous parlions, me répétait Iago. Il y avait ce recueil de poésie soufie que je devais découvrir *séance tenante*. « Voici que paraissent les feux de Laila / À perdre la raison, ami prépare-toi. » Sa main au-dessus de la langue souple du briquet, ses aphorismes dédaigneux (« Je n'échangerais pas ta vie contre la mienne : je ne me hais pas à ce point »), ses étreintes trompeuses, ses bouderies équivoques et, bien sûr, tout le drame hystérique de sa vie avec Axël.

Combien de fois les avions-nous séparés parce qu'ils se battaient, parce que nous en trouvions un juché sur l'autre – Iago, la plupart du temps –, le poing serré, et l'autre la lèvre meurtrie ou l'arcade éclatée, l'autre qui bredouillait des bulles de sang, l'autre si faible qui riait, secouait la tête, et tendait les bras pour que nous le délivrions ?

À mon sens il ne s'agissait, depuis le début, que d'un jeu, un saccage rituel conçu pour repousser les assauts atrocement explicites de l'avenir. Car malgré les prédictions du Marchand de sable, à qui il arrivait encore de leur rendre visite (mais jamais, avais-je noté, en présence de Stanislas), l'issue paraissait inéluctable. Nous dépouillions les journaux, décryptions des romans, interrogions des médecins (Antoine, le rouquin, en connaissait des dizaines, et tous finissaient par en convenir : on pouvait batailler, en appeler aux miracles, on pouvait injecter du sommeil, un engourdissement compassionnel, on en arrivait invariablement à la même nuit), il n'y avait pas à aller bien loin, il suffisait de sortir, toujours, on finissait par en croiser un, un de ceux de « l'après », comme les avait baptisés Iago – spectral, accablé de lenteur. Brume relevait bravement la tête quand cela nous arrivait. Elle souriait, parce que c'était l'offrande la plus charitable à consentir, mais le sourire atteignait rarement sa cible. L'ombre nous dévisageait, comme de l'autre côté d'un voile. « Je ne suis déjà plus là », disait son souffle, et il n'était pas rare que je me retourne pour vérifier. Était-ce cela qui attendait Axël et Iago ? Les rideaux tirés, les chuchotis navrés, le mensonge enfin mis en pièces ?

Ils ne prononçaient jamais le mot. Jamais ne parlaient de la fin. Parfois le vent emportait un ami, un frère, un amant, et c'était tout : le vent. Ils se battaient contre un ennemi plus fort que leur volonté.

Comment faisaient-ils, quelles forces déployaient-ils pour se garder du gouffre ? Tout criait le néant, le silence, la paralysie. Leur insouciance finirait déchiquetée, leurs serments dans le caniveau.

Axël était assis sur la rambarde de son balcon, ce soir-là, au premier étage, le vent rabattait ce qu'il restait de ses cheveux sur son visage, il respirait avec peine, il regardait ailleurs.

Je me tenais sur le seuil de son sépulcre. Tétanisé, la main agrippée au chambranle. Ses épaules se soulevaient – un squelette d'ange, des arceaux prêts à rompre.

Je n'ai rien oublié de cette heure. Ni ce tee-shirt Pet Shop Boys, *PSB* en noir sur fond vert, ni ces annulaires bagués d'argent, deux têtes de mort mexicaines qui n'avaient jamais vu le soleil.

Des gens criaient, dehors, dans la cour, exhortaient l'imprudent à la raison. La voix de Brume, parmi les autres. « Arrête ! Mais qu'est-ce que tu veux, arrête ! » Simon s'est pointé dans mon dos, affolé, marmonnant des prières en yiddish. Il n'allait nous être d'aucune utilité ; je l'ai repoussé dans le couloir.

— Redescends.

— Qu'est-ce qu'il a ?

Nous parlions à voix très basse.

— Ça lui arrive de temps en temps. Tout ira bien. Redescends.

— Tu ne crois pas qu'on devrait…

— Que dalle. Ils discutent avec lui, dans la cour, c'est le plus important : maintenir un contact.

Simon s'éloignait à reculons. Du bout des doigts, je lui ai fait signe de déguerpir, allez, tu devrais déjà être parti.

Puis, de nouveau, j'ai passé la tête dans l'entrebâillement.

Axël était toujours assis, mais ses mains ne tenaient plus la rambarde. Il les avait croisées derrière sa nuque.

Je suis ressorti et j'ai frappé à la porte d'à côté. Personne. J'ai ouvert. La chambre n'était plus occupée depuis peu. Si j'ouvrais la fenêtre et m'avançais, il risquait de me voir, et je le soupçonnais d'être capable de sauter rien que pour me faire chier. Du premier étage, il y avait peu de risques qu'il se tue. Mais au vrai qu'en savais-je ?

J'ai dévalé les marches, et j'ai rejoint les autres dans la cour. Iago n'était pas là, personne ne savait où il était passé, et Axël, apparemment, le réclamait. Brume m'a entraîné dans la cuisine.

— Antoine est parti chercher un Dunlopillo, a-t-elle déclaré.

— C'est une blague ?

— Je vais monter. Je vais lui parler.

J'ai acquiescé, incapable de réfléchir. Il n'y avait pas de bonne façon de procéder et si quelqu'un pouvait encore raisonner ce garçon, c'était bien elle. Deux minutes plus tard, Antoine est arrivé, avec un autre type – traînant un matelas derrière eux. Ils l'ont installé au pied de la fenêtre, à un mètre du mur. Les autres émettaient des objections ; difficile d'apprécier la trajectoire. Axël s'est mis à glousser. Puis nous l'avons vu se retourner.

Brume devait avoir entamé les négociations. Je suis remonté quatre à quatre. Elle se tenait là, au milieu de la chambre, et lui avait quitté son perchoir : adossé à la rambarde, son tee-shirt à ses pieds, il nous toisait d'un air de défi.

Il souriait – ses côtes saillantes, mon Dieu ! ses omoplates prêtes à lui crever la peau. Je me suis baissé, j'ai ramassé son tee-shirt, j'ai ouvert l'autre fenêtre. Stanislas était arrivé dans la cour. Je lui ai fait signe que la situation était stabilisée, et j'ai refermé.

— Combien de temps tu vas nous infliger ça ? a demandé Brume, glissant une cigarette entre ses incisives. Arrête de torturer les gens : tu vois bien que ça ne te procure même plus de plaisir.

Il s'est avancé.

— Ma si belle…

Il levait une main vers sa joue elle l'a écartée méchamment.

— Admirez-moi, a-t-elle craché. Axël la grenade, le joujou à fragmentation cruelle. À tout instant, je peux vous péter entre les doigts, et il est absolument fondamental que cette pensée ne vous quitte jamais.

Il a ricané.

— Brume la sainte déchiffreuse. Sage, docteure et martyre. Celle qui vous comprend tellement, tellement, tellement.

— Et je dois m'excuser pour ça ? Pour t'avoir laissé entrer dans *ma* vie ? Tu veux qu'on redéroule le fil de l'histoire ?

Axël s'est agenouillé et a joint les mains.

— Accorde-moi ton pardon, ô sibylle. Moi qui ai entraîné ton homme sur la voie du stupre et de la concupiscence ! Moi qui ai fait de lui le dégénéré qu'il n'aurait jamais dû être !

Je les observais tour à tour. Écœurée, Brume a secoué la tête. Elle lui a montré son majeur et elle est sortie. Je l'ai rattrapée dans le couloir.

— Hey, attends !

— Plus tard, le mélodrame, a-t-elle sifflé en gagnant l'escalier.

Elle hâtait le pas, allumant sa cigarette. Décontenancé, je l'ai laissée filer. Et je suis revenu vers Axël qui, main plaquée sur la bouche, mimait la consternation.

— Mince, la bourde ! J'étais certain qu'elle t'avait tout raconté.

J'ai voulu répondre, mais une quinte de toux l'a saisi, caverneuse à souhait, et de ses doigts papillotants il m'a fait signe de dégager.

Tout le monde voulait que je parte.

— Je peux…, ai-je commencé.

— Non, tu *dois*. Tu dois disparaître, Fabrice. Je te le répète depuis le début. (Il a relevé la tête, féroce, étincelant.) Je suis ton seul ami ici, tu ne l'as pas encore compris ? Tous les autres se servent de toi, s'amusent, tricotent. Je suis ton Lucifer, le porteur de lumière. Oui, Iago était le fiancé de Brume – putain, quelle idée débile d'avoir voulu te cacher ça ! Et, oui, nous sommes en train de crever, lui et moi, comme mille autres ici. Cet endroit n'est pas un refuge, c'est un mouroir. Chiens perdus sans collier, présents !

Il a raflé son tee-shirt posé sur le lit, et l'a enfilé en se détournant. Sur sa peau, dans le bas du dos, les taches s'étaient élargies.

— Qu'est-ce que tu zieutes ?

— Rien.

Il s'est campé devant moi, a abattu ses mains sur mes épaules.

— Ouvre la bouche, s'il te plaît.

— Non.

— Tu es bien comme les autres.

Il a raffermi sa prise, s'est raclé la gorge, puis m'a jaugé – un vrai regard de meurtrier – et m'a craché à la figure : un glaviot épais et tiédasse. Je l'ai repoussé, il a valdingué contre le mur, et j'ai fondu sur lui. Je lui ai balancé un coup de poing dans le ventre.

Je n'avais jamais frappé personne. Il riait – des borborygmes tombaient de ses lèvres, des fragments de rage noire, il me rendait cinglé. J'ai frappé encore, sans me retenir, une fois, deux, trois. Il encaissait, il se marrait toujours, j'aurais pu le tuer. « Encore ! implorait-il, encore… – oh, God ! mon amour, on dirait que tu as fait ça toute ta vie ! »

Pour finir, il s'est laissé glisser le long du mur, privé de ressources. Il s'est agrippé à la table de nuit pour essayer de se redresser mais l'a entraînée dans sa chute et s'est affalé à côté d'elle – des bulles de salive sanglante moussaient à ses lèvres.

J'ai entrepris de le relever. Il bredouillait, inerte, tout m'échappait. J'ai crié pour appeler à l'aide, des gens sont entrés, Stanislas se trouvait parmi eux. Ensuite ? Je ne sais plus. Je me souviens qu'ils l'ont emmené, à peine conscient, l'attrapant par les aisselles, ses pieds traînaient au sol, Christ au tombeau.

Brume est venue constater les dégâts. J'étais assis au bord du lit, face à la table de nuit renversée. Nous nous sommes regardés un moment, et elle a pirouetté.

Une triste hébétude m'envahissait. Je me suis levé et j'ai remis la table sur ses pieds. Un tiroir se fermait mal – quelque chose coinçait. J'ai insisté ; deux, trois secousses légères, et il a fini par céder.

À l'intérieur reposait un carnet de notes à couverture souple. Je l'ai feuilleté. Un journal. *Son* journal. Avec des dates. De longues lettres effilées, aristocratiques, la boucle folâtre des *f*, l'élégant délié des *l*, la fière préciosité des *h*…

Je l'ai glissé sous ma chemise, coincé dans mon jean, j'ai replacé la table de nuit contre le mur et j'ai fait un tour complet sur moi-même – personne.

28

Ce soir-là, par la porte entrouverte, un chat est entré dans ma chambre. Un jeune mâle noir, racé, poil lustré.

Il s'est frotté contre moi. Je ne l'avais jamais vu auparavant.

Assis sur le parquet, jambes écartées, je feuilletais le journal d'Axël Lebel de Sarney (son nom complet, ainsi que l'annonçait la page de garde, comme en ouverture d'un cahier d'écolier).

Je me forçais à lire en diagonale – maigre tentative de disculpation. *Volume XII*, signalait une étiquette. Apparemment, il s'adonnait à cette activité depuis un bon bout de temps.

— *Meaow.*

Le matou insistait. J'ai pris sa gueule menue entre mes doigts et j'ai commencé à lui gratter le cou. Il clignait des paupières.

— Tu veux me dire un truc ?

Il m'a fixé intensément et, au bout d'une dizaine de secondes, m'a fait comprendre qu'il en avait assez, que ma stupidité le blessait. Je l'ai libéré. Il a sauté sur mon lit et s'est installé en boule. Il m'observait – placide, miséricordieux.

— Ce n'est pas ce que tu crois, ai-je murmuré d'un air navré.

Mon cul, oui.

Un jour, peu après mon dix-septième anniversaire, ma mère avait découvert mon journal intime sous mon lit, et l'avait lu de la première à la dernière page. Quand je m'en étais rendu compte, j'étais allé la trouver. Elle avait nié, pour commencer, alors j'avais élevé la voix, et nous avions manqué en venir aux mains. Jamais le souvenir de cette humiliation ne m'avait quitté. Plusieurs pages étaient consacrées à mes aventures intimes : le goût d'Angélique, l'odeur de sa mouille sur mes doigts... Ce jour-là, j'ai inventé de nouvelles insultes pour celle qui m'avait mis au monde.

Je n'avais pas dérobé le journal d'Axël pour en apprendre plus sur lui ; je voulais simplement savoir s'il parlait de moi. Le volume commençait peu de temps après notre rencontre – une entrée par jour, parfois deux.

Je tournais les pages en hâte, sans prêter attention aux détails. Et puis je suis tombé sur mon nom.

Il figurait dans le chapitre consacré à la Chasse. Il m'avait pris en photo, racontait-il. Pour m'« écarter du tableau ». Il avait prévu d'envoyer le cliché « à qui de droit » : Angélique, selon toute vraisemblance, bien qu'elle ne fût nommée nulle part. Comment avait-il appris son existence ? J'en avais froid dans le dos.

J'ai repensé à ce loup. Ce loup avec son appareil photo. En définitive, il n'était jamais passé à l'acte. Sans doute avait-il appris notre séparation.

Sous mes doigts, les pages défilaient. J'étais cité en d'autres occasions. « L'importun ». « L'emmerdeur ». L'auteur, toutefois, ne s'étendait pas. Au fond, le portrait qu'il brossait de moi était assez conforme à ce qu'il me répétait depuis notre première rencontre. Son hostilité tenait moins du mépris que d'une irritation profonde : *nihil novi sub sole*.

J'ai poursuivi ma lecture. Le sexe. L'incrédulité. Une sourde colère.

À la date du 8 juin, je me suis arrêté. Une page à part. Je l'ai parcourue une première fois à la va-vite, j'ai pris une grande inspiration, je me suis levé, et je me suis replongé dans la lecture en faisant les cent pas. Le chat s'était posté devant la porte ; mes mains tremblaient. Avais-je mal compris ? Un pacte ? Un suicide à deux ?

Une fois encore, je me suis assis. Les mots ne laissaient guère de place au doute. Une bouffée de haine m'a saisi.

Je suis monté au dernier étage, j'ai avisé un réduit, une vieille armoire en fer, j'ai glissé le carnet derrière. Quel salopard. Il fallait que j'en parle à quelqu'un. Mais à qui ? Le Palais était silencieux, je ne me voyais pas déclencher un scandale à cette heure, et Brume dormait chez ses parents cette nuit, une « angine », m'avait-elle dit – une angine qui m'inquiétait beaucoup.

Pieds nus, chemise blanche à demi boutonnée, je suis descendu. Le chat a filé devant moi, il m'attendait au bas des marches, d'un air de dire « tu en mets, du temps ! ». Dans l'encadrement de la porte, la grande fille brune avec les dents en avant clopait en profitant de la fraîcheur. Un parfum de cannabis l'enveloppait de fumerolles. Nous nous étions plusieurs fois croisés mais son nom, en cet instant, m'échappait.

— Salut.

Elle m'a tendu son joint.

— Non merci.

— Comment tu t'appelles, déjà ?
— Fabrice.
— Moi, c'est Muriel.
— Je sais.

Nous sommes sortis dans la cour, côte à côte, devisant à voix basse. Muriel était plus grande que moi. Nous avons levé les yeux au ciel. Je ne pensais qu'à ce que j'avais lu. Le pacte. Iago et Axël, Axël et Iago.

— On ne voit plus les étoiles.
— Les a-t-on jamais vues ?
— Fut un temps, a dit Muriel. Donne-moi ta main. (J'ai obéi.) Attendons. Ça peut revenir.
— Tu es sûre ?

Elle a souri.

— Mon père a une cirrhose, a-t-elle lâché.
— Désolé.

Elle m'a pressé la main.

— Tu parles. Il est en prison depuis quatorze ans, maintenant. Il en a 60, il était prévu qu'il soit libéré l'année prochaine. Il a foutu le feu à la maison où dormaient mes grands-parents et ma mère. Ça ne te dit rien ? Au Pays basque ? (J'ai fait signe que non. Elle a continué.) Mes grands-parents sont morts asphyxiés. Ma mère s'en est tirée. Elle était insomniaque – le coup de bol. Elle m'en a parlé une fois, une seule. Elle n'a jamais pigé pourquoi ses parents et pas elle. L'idée que son ex-mari puisse sortir bientôt, ça la bouffait, mais elle s'y était préparée, elle allait lui poser des questions. L'un dans l'autre…

Elle a lâché ma main et a sorti un petit flacon en plastique de la poche de sa veste en cuir, qu'elle a agité entre ses doigts.

— C'est quoi ?

— J'ai acheté ça, à tout hasard. Digitaline. À faible dose, tu vois la vie en vert et jaune, comme Van Gogh. Vide le flacon, et ton cœur s'arrête.

Elle l'a débouché, en a humé le contenu.

— Ce n'est pas ce qu'a essayé Hervé Guibert ? ai-je demandé.

Elle m'a jeté un regard soupçonneux.

— Hervé n'a pas eu de chance. Les secours ont été prévenus. Pourtant, il avait pris les soixante-dix gouttes. Louper sa sortie de façon aussi conne quand on s'est tant projeté… Il a dû être rudement déçu. Enfin, pas dix ans non plus. (Adossée au bac à arbuste, elle s'est écarté les paupières et a fait pleuvoir quelques gouttes sur sa cornée.) Allez, ne fais pas cette tête : c'est du collyre. Je suis chez Act Up, moi, on n'encourage pas le suicide. Même si on défend les libertés de chacun.

— Chez Act Up… avec Cleews Vellay ?

Elle a refermé son flacon.

— Lui et les autres, oui. La capote sur l'obélisque, tout le tralala. Tu as déjà croisé Cleews, ici ?

— Une fois.

— Ils se ressemblent, Axël et lui, tu ne trouves pas ? Je parle du physique, bien sûr, parce que pour le reste… Cleews est si fabuleusement chou.

— Ça fait longtemps que tu milites ?

— Deux ans. Je suis arrivée en même temps que lui et Rudy. Tu connais Rudy, je crois.

— Sans plus.

Elle a ri, je n'ai pas très bien compris pourquoi.

— Chez Act Up, on apprend à avancer. Un jour, tu

fais un test, des fois, tu ne sais même pas pourquoi. Et tout à coup, ça y est : c'est pour ta gueule.

— Est-ce que tu…

Haussement d'épaules.

— Plombée ? Même pas. C'est pour ça que je suis avec eux. Parce que je ne comprends pas ma chance. Comme ma maman.

— Ta mère milite aussi ?

Muriel a opiné.

— Elle s'occupe de l'administratif.

Les étoiles ne venaient pas. Au deuxième étage, une lumière s'est allumée, et un chien a aboyé. Je me suis frictionné les bras.

— Tu connais l'histoire de Ronald Opus ?

— Vas-y.

J'ai pris une inspiration.

— Un type grimpe sur le toit d'un immeuble de dix étages. Il s'avance, il saute, il a laissé une note, aucun doute : c'est un suicide. Sauf qu'arrivé au niveau du neuvième étage, le gars se prend une balle dans la tête et meurt sur le coup.

— Euh, *lucky man* ? a lâché Muriel, reprenant son collyre pour s'attaquer à l'autre œil.

— Pas tant que ça. *Primo*, cette balle ne lui était pas destinée. *Secundo*, un filet de sécurité avait été tendu au premier étage. Techniquement, on a donc affaire à un meurtre : si Ronald n'avait pas pris cette balle, il ne serait pas mort.

— Qui a tiré ?

— Un vieil homme. Un taré qui se disputait avec sa femme et qui la menaçait, flingue à la main. La balle est partie – elle a raté madame, elle a eu Ronald.

Muriel a rangé son flacon.

— Cocasse.

J'ai approuvé. C'était l'histoire que notre prof de droit nous avait racontée au matin de son arrivée.

— Une enquête a été ouverte. Le vieux allait-il véritablement tuer son épouse ? Lui jure que non, il pensait que le flingue n'était pas chargé. Et pour cause : ce n'était pas la première fois qu'il menaçait sa moitié avec. C'était même devenu un jeu, entre eux. Ils savaient qu'il ne se passerait rien.

— Raté.

— Raté, oui. Apparemment, quelqu'un a chargé l'arme à son insu. L'enquête se poursuit. On finit par découvrir que le « quelqu'un » en question est le propre fils du couple. Un homme en conflit avec sa mère, qui avait pris la résolution de se débarrasser d'elle, mais n'avait pas le cran de faire le boulot lui-même.

— Tu veux dire qu'il avait tout prévu ?

— Jusqu'à un certain point. Il savait que son père menaçait sa mère. Il savait qu'il finissait toujours par appuyer sur la détente.

Elle a ricané.

— De mieux en mieux. Le fils a été arrêté ?

— Non.

— Pourquoi ?

Dans la cuisine, une lumière venait de s'allumer.

— La suite au prochain épisode, ai-je dit, et j'ai ouvert la porte.

— *Pourquoi* ? a répété Muriel, seule dans la cour.

Stanislas était là, assis à la grande table, un verre d'eau devant lui. Il était vêtu d'une chemise rouge froufroutante, et sa canne était posée sur la table. Je suis allé mettre la bouilloire en route.

— Insomnie ?

Avec sa bonhomie habituelle, il me guettait du coin de l'œil.

— Appelons ça ainsi.

— La vie au Palais doit commencer à te peser. Qui pourrait t'en vouloir ?

Le sifflement allait s'amplifiant. J'ai sorti une tasse, descendu la boîte à tisanes. J'ai pris un sachet au hasard et je me suis retourné.

— Je me suis souvent demandé pourquoi tu faisais ça.

— Ça quoi ?

Dans la cour, derrière la vitre, Muriel était occupée à rallumer son joint. Nos regards se sont croisés, et elle m'a tiré la langue.

— Pourquoi tu accueillais tous ces gens. Je suppose qu'il s'est passé quelque chose de grave dans ta vie.

Son sourire s'est élargi.

— J'ai eu ma part. On ne peut rien pour ceux qui souffrent, sinon leur offrir un toit, une assiette et une forme d'écoute. C'est dérisoire, mais ce lieu n'aurait pas de sens sans ça.

Tisane à la main, je suis revenu m'asseoir en face de lui.

— Axël va mal.

— Je sais. (Il a chassé une mouche invisible.) Quelle tragédie. Nul n'a idée de ce qu'endurent ces jeunes. C'est l'être le plus sensé que je connaisse, et les circonstances sont un défi permanent à sa rationalité. Il est dévasté. Il craignait par-dessus tout le bonheur, et je dois reconnaître qu'il a réussi avec talent à s'en préserver. Ne t'a-t-il jamais parlé de Schopenhauer ?

— Si.

— Il a commencé ses études de philosophie à 16 ans, et les a arrêtées à 19 parce que les professeurs étaient, je cite, « trop obtus ». Je ne vais pas te faire l'article sur la volonté. Comment disait ce brave Arthur ? « Une poussée aveugle, végétant sans but, se déchirant elle-même. » Axël a embrassé le concept. Le réel dominé non par la raison, mais par une force primale dont le but nous échappe. C'est un garçon courageux, tu peux me croire. En dépit des dénégations de notre fier aréopage, je crains hélas qu'il n'en ait plus pour très longtemps.

J'ai porté la tasse à mes lèvres. Trop chaud encore.

J'aurais pu interroger Stanislas sur cette histoire de pacte. Lui demander pourquoi les garçons jouaient à ce jeu, pourquoi ils s'obstinaient à vivre comme si demain n'existait pas. Ah, je connaissais la réponse : qui aurait voulu de ce demain-là ? Ils avaient brûlé tout ce qui pouvait l'être et, à présent, ils soufflaient sur les braises. Et c'est parce qu'il savait que ces braises étaient en passe de s'éteindre qu'Axël menaçait de sauter par la fenêtre. Un jour, pressentais-je, il le ferait vraiment. Mais Iago ? Iago n'était pas aussi malade que lui, pas encore. Peut-être lui restait-il un sursis. Vouloir l'entraîner dans la mort était, à mes yeux, un outrage révoltant, l'expression d'un égotisme sans limite.

— Tu penses qu'ils s'aiment autant que Brume le prétend ? Iago et Axël ?

Le regard de Stanislas cherchait à accrocher un détail. Sa poitrine s'est gonflée de dépit. D'une tape étonnamment vive, il a écrasé un moustique sur son avant-bras.

— Que Iago soit fou d'Axël, cela ne fait guère de doute, pour la raison, entre autres, que ses sentiments ne sont pas pleinement payés de retour. Axël se défie de toute sensiblerie. « L'amour, c'est l'ennemi. Faites-en, si cela vous agrée, un luxe et un passe-temps, traitez-le en artiste. » Combien de fois m'a-t-il répété ça ? La vie est misère, la vie est souffrance, que veux-tu. Il s'en protège – ou s'en protégeait. Il détruit tout ce qui le menace. Et je pense deviner ce qui l'exaspère en toi.

— Oui ?

Il a vidé son verre et ses doigts se sont crispés sur le pommeau de sa canne.

— Ta croyance obstinée au Bien. (Il s'est levé, a fait quelques pas.) Voici que tu lui offres le plus douloureux des spectacles : celui de l'espoir. Oh, tu peux tiquer. Le fait est que tu aimes sans retenue, en pleine inconscience. Et lui est fatigué de la douleur des autres. Il a déjà tant à faire avec la sienne.

29

Ma colère enflait – une tumescence. Je repensais à mon enfance, au château : à ce qui s'était passé au château. Ma jeunesse entière avait été une occasion manquée. Pouvais-je me racheter ?

Il m'a fallu attendre longtemps avant de me retrouver seul avec Axël, mais l'occasion a fini par se présenter. Stanislas était sorti, un concert à Saint-Merri avec Iago (du Stravinsky, m'avait confié ce dernier, heureux pour une fois, du Ravel, du Ysaÿe), et Brume était rentrée chez elle, ou ailleurs.

Dans la cour, l'ombre du soir mangeait les pavés, mais il faisait chaud encore. Des odeurs de peinture fraîche stagnaient dans le vestibule, des ouvriers étaient venus pour procéder à des retouches, des grands Turcs en salopette, émoi général chez les locataires.

Depuis quelques jours, Axël ne quittait plus sa chambre. Je suis monté. J'ai frappé deux coups à sa porte et je suis entré.

Comme d'habitude, au Palais, la loi du silence prévalait. Il était souffrant, il fallait qu'il se repose : c'était tout.

Adossé à une montagne d'oreillers, torse nu et paumes offertes, il dormait la bouche grande ouverte. On voyait ses côtes, la fine peau tendue dessus, sèche, presque jaunie. C'est en refermant que je l'ai réveillé. Il s'est tourné vers moi, confus.

J'ai ouvert la fenêtre. Il a fait non de la tête, mais j'ai ouvert quand même. Quelque chose avait changé dans la consistance de l'air.

Le fauteuil était tourné vers le lit. Sans qu'il m'y invite, je me suis assis. Le soupir qu'il a poussé ressemblait à un râle.

— Alors ? La lecture t'a plu ?

— La lecture ?

Il a trouvé la force de sourire.

— De mon journal. Quelqu'un me l'a emprunté. Qui à part toi ?

— Il faut qu'on parle.

— On est en train de le faire.

— Je me fous de ce que tu penses de mon cas personnel, Axël. Je me fous de ce que tu avais en tête avec Angélique, même s'il faudra *aussi* qu'on ait une conversation à ce sujet. Ce qui m'intéresse, c'est le pacte : cette foutue histoire de pacte. Tu m'expliques ?

— C'est un beau roman..., a-t-il commencé sur un ton plaintif.

Il s'est redressé comme il pouvait, s'est mis sur le flanc, a ramassé une bouteille de rhum Compagnie des Indes.

— Tu es sûr de ton coup, là ?

Il a bu, paupières closes. Sa pomme d'Adam, à chaque gorgée, semblait prête à éclater. Il s'est essuyé la bouche d'un revers de main.

— C'est Marcus qui me l'a rapporté de Jamaïque.

J'ignorais qui était Marcus.

— Alors ?

Il a rebouché sa bouteille.

— Qu'est-ce que tu veux savoir ? Le pacte ? Tu as lu le passage, non ? (Il a porté une main à son front.) Merde, je brûle. Tu sais quoi faire, en cas de combustion spontanée ?

— Axël ?

— Quoi ! a-t-il aboyé. Il te manque quoi ? Fils de pute. Tu ne comprendras jamais rien à rien.

— Tu ne peux pas faire ça. Tu ne peux pas le forcer à te suivre dans la mort.

— Je le force à rien. C'est *lui* qui s'oblige.

— Vous en avez déjà parlé ?

— Bien sûr.

Je secouais la tête, éberlué.

— Et la suite ? Il doit signer un contrat avec son sang ?

Axël a fermé les yeux.

— Nous n'en sommes pas encore là, Del Dingo. Les tractations suivent leur cours.

Mes poings étaient deux pierres obstinées. J'ai déplié mes doigts un à un.

— Tu sais ce que je crois ? ai-je clamé. Je crois que l'idée de mourir seul t'est insupportable. Tu invoques un acte d'amour – sans doute est-ce ainsi que tu lui as vendu l'affaire – mais l'amour, tu ignores ce que c'est. Tu rejettes l'amour, tu le méprises. Parce que tu es malheureux, que tu as mal lu Schopenhauer, et que ça t'arrange.

Son regard s'est braqué sur moi comme un projecteur.

— Enfin. Enfin, tu te rebiffes. Résumons l'affaire – ça peut te faire gagner du temps. Brume voulait que tu l'aides à se débarrasser de mon encombrante présence en couchant avec Iago. Mauvais calcul : le petit hétéro regimbe, il a des sentiments. Maintenant, elle ne sait plus quoi faire de toi. (J'ai secoué la tête. *Ta gueule*, ai-je songé.) Il a repoussé sa bouteille au bout du lit, s'est réfugié sous ses draps en petit garçon.

— Ça ira, ou tu veux d'autres éléments ? Allez, fous le camp.

Je m'étais levé. J'ai marché vers le lit, ai empoigné un oreiller – une rage inconnue bouillonnait dans mes veines.

— Il faut que tu comprennes un truc, Axël.

Il a joint les mains en prière.

— Maman j'ai peur.

— Je ne te laisserai jamais faire ça. Je ne te laisserai pas l'emmener.

— Tu…

Sans sommation, j'ai plaqué l'oreiller sur son visage, je me suis juché sur lui à califourchon, et j'ai appuyé de toutes mes forces.

Je pensais à mon frère, à mon petit frère inerte, à mon insuffisance congénitale. Pendant une poignée de secondes, Axël est resté bras ballants, comme curieux de la suite. Puis il a paru comprendre, et il a commencé à se débattre. Il était faible, bien plus faible que je l'avais soupçonné – si mourant et si maigre. Ses doigts crochetaient l'air, rester en place était si horriblement aisé.

Je ne voulais pas le tuer. Je voulais l'effrayer, lui montrer que la mort était plus qu'un mot et moins qu'une dimension, mais il ne comprenait pas. Ses mains cherchaient d'autres réponses, une panique irrépressible le débordait.

Buste en arrière, évitant ses coups de patte, je quêtais un miroir. Mais il n'y en avait pas, et ça changeait tant de choses. Il était impuissant, à ma merci, et ma fureur l'écrasait, je le sentais s'arc-bouter, ses jambes battant une mesure affolée, *calme-toi, putain, à quoi tu joues, arrête de…*

Soubresaut interminable ; relâchement brusque. Quoi, déjà ? Il se tenait calme à présent, calme et affreusement reconnaissant. Paumes offertes, regard vitreux.

J'ai ôté l'oreiller, je l'ai jeté sur le parquet. J'ai posé une main sur son cou, à la recherche d'une pulsation. Je ne demandais pas grand-chose. Qu'il se redresse, qu'il crache encore – un juron m'aurait suffi, une gifle.

Je lui ai tapoté la joue. Sa bouche de travers, son rictus d'adieu. Axël ?

Je suis descendu de son lit. J'étais en nage, endolori – irrémédiablement sonné. Mes parents étaient là, dans la pièce, ils me contemplaient, qu'est-ce que tu as encore fait ? J'ai rajusté ma chemise, je suis allé à la fenêtre. Des gens parlementaient, en bas. Muriel était parmi eux. Personne ne levait les yeux.

Il me fallait une cigarette. Je crois que rien, jamais, n'a été plus difficile pour moi que de revenir vers lui.

Devais-je retoucher le tableau ? Mettre le feu ? J'ai ramassé l'oreiller. Je voulais le glisser sous sa tête, mais le corps a manqué basculer sur le côté et j'ai dû me précipiter pour le retenir. Il était lourd, soudain, si bigrement dense.

Je l'ai tiré par les pieds, j'ai redisposé les deux oreillers, j'ai remis les draps en place, ça n'avait absolument pas l'air naturel, mais que pouvais-je y faire ?

Une rumeur obsédante pulsait à mes oreilles. Quelque chose était advenu, que j'étais incapable de nommer. Une fois encore, je me suis penché vers sa bouche, ses lèvres craquelées, l'ironie de son silence. Calme et tranquille, calme et tranquille. Plus personne n'habitait ici.

J'ai jeté un œil à ma montre. 23 h 10. Devais-je attendre que les autres rentrent ? Devais-je appeler au secours ? J'étais là, collé au mur, la nuit était tiède et je n'avais jamais eu aussi froid de toute ma vie.

À peine formulées, mes pensées se désagrégeaient – un cerveau à nu, attirant les mouches, Maupassant en camisole. Des flashs me labouraient. Mon frère… Son petit corps tourné vers l'abîme. Les arbres gris, un fouillis de branchages. Un cerf s'était arrêté pour observer la scène. Échine fuyante, torse profond, une ramure d'empereur. Ses prunelles : deux brasiers. Ma mère criait. Ma sœur n'était pas encore née. C'était à qui rugirait le plus fort, n'est-ce pas ? Angélique, ailleurs. Assise au milieu d'un salon vide. Notes de clavecin détachées. Moi, dans l'embrasure. Moi nu comme un ver de pêche, grelottant de toute mon âme. Un cimetière, des pierres descellées, des grands qui m'évitent, une main que personne ne tient. Le château, ses longues fenêtres jaunes écarquillées, il avait tout vu. La pluie qui tombait, hachurant le halo bleu oblitéré des sirènes, le camion des pompiers, un brancard, une femme à genoux, qui m'avait sorti de ses cuisses, et moi, toujours, incurable moi, petit que dalle au milieu des herbes hautes. Le monde s'agitait et nul ne me prêtait plus attention. Le regard de ma mère, brûlé et lointain, sa tendresse fossilisée, ses mains qui plus jamais ne me toucheraient de la même façon.

J'aurais dû m'en aller ce soir-là. Doucement, un pas après l'autre, reculer vers la forêt et la laisser m'absorber.

Rejoindre l'Innommé et me fondre dans l'absence.

30

J'ai sursauté.

Combien de temps ?

J'ai consulté ma montre : six minutes avaient passé – des heures. J'avais été précipité dans un monde insoluble.

J'ai fait trois pas vers lui. Il criait que je l'avais tué mais j'étais le seul à l'entendre.

Je suis descendu. Tout allait se jouer maintenant. Une histoire simple – les meilleures : je suis entré, il était mort.

Au bas des marches, Muriel, qui discutait avec une autre fille, m'a retenu par le bras.

— Mec, tu es tout pâle.

J'ai essayé de sourire. Son front s'est plissé. *Tu veux savoir pourquoi le fils n'a pas été arrêté, après que son père a tué le type qui avait voulu se suicider ?* ai-je pensé.

Parce que le type, c'était lui.

— Je pense qu'il y a un problème, là-haut.

— Un problème ?

— Axël. Je crois que c'est fini.

L'autre fille, une brunette plus âgée que nous, m'a regardé comme si elle savait. Elle savait.

— Comment ça ? a fait Muriel.

— Je m'inquiétais. Je voulais m'assurer que tout allait bien.

— Non, attends, quoi ?

Elle a gravi les marches au pas de course, sa copine lui a emboîté le pas. Je les ai suivies. Leurs talons alarmés maltraitaient le parquet.

J'avais refermé la porte.

Elle a ouvert sans frapper, s'est précipitée – l'autre est entrée aussi.

Je restai sur le seuil. Muriel s'est penchée sur le corps, puis est allée ouvrir la fenêtre en grand.

— Il faut appeler quelqu'un, a déclaré la brunette, après avoir jeté un coup d'œil au corps. (Elle avisa son amie.) Qu'est-ce que tu fous à la fenêtre ?

— C'est pour… Tu sais…

Muriel a joint ses mains devant son visage.

— C'est pour son âme, a-t-elle bredouillé. Pour qu'elle s'en aille.

La copine de Muriel m'a fait sortir. « Je m'appelle Grazia. Reste dehors. » Elle travaillait pour Aides. Sur le bout des doigts, elle connaissait la procédure : qui contacter, les démarches à accomplir. « S'il vous plaît. S'il vous plaît, allez prendre l'air, tous les deux. »

Un imposant collier de jade rebondissait sur son décolleté. Gestes de praticienne, le sourire de Mona Lisa.

Muriel m'a pris la main et nous sommes allés nous asseoir dans le couloir, sur le vieux divan Louis-Philippe près de la porte, une chose mauve et dorée, tendue de tissu italien. Elle a pris mes mains dans les siennes.

— C'était ton copain.

— Oui. Non.

— Je le connaissais mal. C'est mieux. C'est mieux que mourir à l'hôpital.

Elle a raconté un truc à propos de son cœur. Affaibli. Ça n'avait pas dû durer longtemps. Est-ce que…

— Est-ce que tu as entendu quelque chose ?

Que dire ? J'inspectai ma paume droite, me rappelai Angélique, ses prédictions. « Une ligne de tête tronçonnée indique une tendance à l'amnésie. » De force, Muriel a posé ma tête contre son épaule et m'a caressé les cheveux.

— J'ai enterré trente-trois garçons, cette année. Des amis, des amis d'amis. On ne s'habitue jamais. Il ne faut *jamais* s'habituer.

Grazia était redescendue. Elle avait appelé SOS médecins, « *save our souls* ». J'aurais pu éclater de rire. Elle m'a pris par le bras.

— Ça va ? Tu arrives à marcher ?

Elle me soutenait, nous progressions pas à pas. À mi-chemin, une halte.

— Tu es si… si bonne.

Elle n'a rien répondu. Elle ne devait pas avoir loin de 50 ans. Taches de rousseur, bouche amarante, et ces boucles canailles.

Elle m'a serré plus fort contre elle. C'est à cet instant précis qu'un cri a retenti, se répercutant à travers tout le Palais.

— Hey…, a murmuré Grazia.

Je m'étais détaché d'elle. Je tremblais. Stanislas est passé en tempête, avalant les marches deux à deux, suivi d'une petite cour empressée : sans canne, ses chiens sur les talons. Il ne m'a pas regardé. Il est entré, et quelqu'un a fermé la porte.

Je me laissai glisser contre le mur.

— Il faudrait que je rentre chez moi, ai-je protesté.

Elle a fini par me lâcher.

— Chez toi ?

Je me suis recroquevillé au sol. Elle avait raison. Il n'y avait plus de chez-moi.

Ne me demande pas comment j'ai regagné ma chambre, pourquoi je me suis penché vers la cour : les cris, les pleurs, le tumulte.

Les chiens jappaient, sautaient en tous sens, une fille s'était écroulée sur les pavés ; plus loin, dans un coin, un type ceinturait Iago, en pleine révolte. J'ai reculé dans l'ombre, jusqu'à buter contre mon lit.

Assis, Del Dingo. Pas bouger.

On y était : la douleur, l'araignée noire, repliée sur elle-même. Cette volonté farouche de disparaître. Était-ce à ça, dorénavant, que « vivre » allait ressembler ?

Adossé au mur, hors d'atteinte, j'ai ramené les jambes contre mon torse, attendant que l'ombre m'engloutisse.

31

Personne n'est venu me chercher, cette nuit-là. Brume ne se trouvait pas chez elle, ai-je appris par la suite, elle était partie à Oxford, chez l'une de ses tantes ; Stanislas était parvenu à la joindre. Elle avait sauté dans le premier avion ; il ne m'en avait pas dit davantage.

À l'étage, dans la cour, à la cave, partout les gens allaient et venaient, se croisaient sans se voir – aveugles fusées de détresse. J'ai vu le Marchand de sable faire son entrée, sacoche en main. Qui l'avait appelé ? Hurlements, dans la cuisine. Mouchoirs à terre, griffures au mur. Dans mon esprit, peut-être, le monstrueux rugissement d'un chœur antique.

Au petit matin, tout était redevenu calme.

Le Samu était arrivé dix minutes après avoir été appelé. Il ne restait rien à sauver.

Je suis descendu me mêler aux autres. Muriel m'a offert une cigarette – la plus insipide que j'aie jamais fumée. Le soleil matinal éclaboussait la cour.

La chose qui avait été Axël avait été emportée à l'institut médico-légal sur un brancard, couverte d'un drap blanc.

Depuis quelque temps, a commenté un gars, ce n'étaient plus que des diarrhées. Il se vidait, il a vécu l'enfer.

Le chœur avide ; les voix entremêlées.

À la fin, il ne pesait plus que 43 kilos.
Étouffer. Tu sais à quoi ça ressemble – tu *imagines* ?
Je ne veux plus parler de ça.
Et cette odeur. Cette odeur quand je suis entrée.
À un moment, il faut savoir se taire.
Sarcome dans le bas du dos. Candidose invasive.
Parce que tu crois qu'il n'y a pas pensé, à se flinguer ?
« le processus de détérioration amorcé dans mon sang se poursuit de jour en jour », je cite.
Pas d'AZT. Des anti-inflammatoires.
Non, non, je ne le connaissais pas très bien, mais il était…

Antoine avait prié : c'est ce qu'il est venu me raconter, derrière ses verres embrumés. Il m'a serré contre lui. Sueur de roux, déodorant de supermarché. « Ça va aller », répétait-il en me frottant le dos. Il a ôté ses lunettes, s'est pincé l'arête du nez. Sanglots frissonnants.

Des ombres se pressaient, brumeuses, épaississant l'air de leur douleur.

J'ai quitté le Palais. J'ai erré dans le Marais, une heure ou deux ; le matin était un feu de rien. « Il faudra s'y faire », répétait une voix.

Des moineaux se battaient pour un quignon de pain. Un couple valsait au milieu de la rue. La fille portait une robe blanche à pois rouges, elle devait avoir mon âge, ses cheveux bruns voletaient. Lutter avec ses larmes.

Je suis entré dans une boulangerie et j'en suis ressorti aussitôt : l'odeur des croissants me donnait la nausée.

J'ai pensé aller me dénoncer au commissariat ; je savais que je ne trouverais jamais le courage de le faire. Et puis il y avait pire : on ne me croirait pas.

Une église sur ma gauche, un mirage – *disparaître ici*, répétait une voix en moi. Je suis entré dans un parc de quartier. J'ai levé les yeux. Frémissement, feuilles duveteuses. « Noisetier de Byzance », disait un cartouche. Ma main sur l'écorce beige. *Respire. Respire.*

Courbé sur un banc, un vieil homme à béret balançait des morceaux de baguette viennoise à des pigeons. Quand il a vu que je le regardais, il m'a salué. Main levée. *Je sais qui tu es. Je sais ce que tu as fait.*

Les musées n'étaient pas encore ouverts, ni les boutiques. Mes pas m'ont ramené devant mon établissement, rue des Blancs-Manteaux.

Les imbéciles heureux. Ceux qui n'ont tué personne.

L'accueil était ouvert, mais il n'y avait pas âme qui vive, à part une secrétaire stagiaire et ce prof d'espagnol portoricain, veste en lamé et sourire Colgate, venu chercher des dossiers. Il m'a demandé ce que j'avais prévu pour cet été. Tout le monde était parti en Californie, à Los Angeles ou à San Diego, lui-même, début août, allait rejoindre un groupe d'anciens élèves. Il me détaillait, rajustant sa cravate vert pomme.

— Et toi ? a-t-il répété. Tu profites de Paris, oui ?

Il ignorait que je n'avais pas validé mon année. Je le soupçonnais de ne pas savoir qui j'étais.

J'ai marmonné une réponse. Il a tiré une feuille de l'imprimante, l'a pliée en deux et a inscrit son nom complet dessus : Alvaro Lambroi. Il espérait sincèrement que je l'appellerais. Nous pourrions aller boire un verre, non ? Je n'étais plus un élève, à présent, et il n'était plus prof. « Allez, on se fait la bise. »

Au milieu des marches, je me suis arrêté, doigts étoilés sur le mur. J'avais dû dormir vingt ou trente minutes en tout et pour tout, par fragments. Des étourdissements me venaient. Ma bouche était un désert.

Je suis ressorti, titubant sur le trottoir, comme Iago six mois plus tôt. La lumière de juillet m'éblouissait.

Dans une cabine téléphonique, rue du Renard, j'ai composé le numéro de mes parents. Les touches s'enfonçaient mal, j'ai dû m'y reprendre à trois fois. Les tonalités s'égrenaient, assourdissantes. Personne. D'ordinaire, je ne laissais pas de message.

— Salut, c'est moi ; c'est... c'est Fabrice. Je voulais juste savoir comment vous alliez. Je rappellerai plus tard.

Il ne devait pas être loin de midi quand je suis retourné au Palais. Mille ans s'étaient écoulés. Je ne pensais à rien, et ne m'attendais à guère davantage.

Ils étaient là. À la table de la cuisine, tous les trois.

Stanislas, chemise rouge col Mao.

Brume, lunettes noires, un débardeur *Heart of Glass*, dont elle venait de couper l'étiquette.

Iago, tête baissée, coudes sur la table, doigts croisés sur la nuque, pas un regard.

Je me suis juché sur un tabouret.

Stanislas, tout en douleur rentrée, manipulait un verre vide.

Brume fixait un point droit devant elle.

— Où étais-tu passé ?

Le ton était glacial. Un inconnu : voilà ce que j'étais devenu.

— Et comment vas-tu ? a murmuré Stanislas.

Brume s'est mordu la langue.

— On s'en fout de comment il va. (Elle s'est tournée vers moi.) On a failli appeler les flics, putain.

— Les flics ?

Iago a secoué la tête.

— Honnêtement, a-t-il déclaré, finissons-en.

— On pensait que tu avais fait une connerie, a lâché Brume.

J'ai cligné des yeux.

— Rudy nous a parlé, a repris Stanislas.

J'ai senti les muscles de ma mâchoire se contracter.

— Et ?

Brume déchirait son étiquette en petits morceaux.

— Axël lui a dit que vous aviez couché ensemble. À trois reprises au cours de ces dernières semaines. Tu vas nous expliquer que ce n'est pas vrai.

Iago se labourait le crâne comme un allergique. L'air me manquait.

— Ça rime à quoi, ces conneries ? Où est Rudy ?

— Dehors, a cinglé Brume, avec ses acolytes d'Act Up. Ça change quoi ?

— J'aimerais lui dire deux mots.

Iago a redressé la tête. Ses yeux étaient rougis, ses pommettes plus aiguisées que jamais. Il avait perdu son air de chérubin ténébreux. Il était devenu quelconque, épuisé. Une croûte de morve brillait sous son nez. Il a quitté la cuisine et est revenu avec Rudy, qui s'est avancé en traînant des pieds. Pantalon de cuir, débardeur. Il avait des cernes sous les yeux, et il avait maigri encore.

Stanislas lui a tiré un tabouret. J'ai posé mes mains à plat sur la table.

— Quand est-ce que tu as parlé à Axël ?

Il regardait ailleurs.

— Hier matin.

— Et il t'a raconté que nous avions baisé.

Il a levé trois doigts. Je me suis tourné vers Brume.

— Pose tes rames.

— Une minute. Je peux savoir comment le sujet est arrivé dans la conversation ?

Rudy s'est levé.

— Il pleurait. Il pleurait en se confiant. Il m'a dit qu'il avait accepté parce qu'il pensait que tu en avais, euh, besoin. Mais qu'il avait fini par comprendre que c'était une erreur.

J'ai souri à la cantonade.

— Pardon, mais vous vous rendez compte à quel point on nage en plein délire ?

Iago a émis un genre de croassement.

— Axël demandait toujours à quoi tu servais, et je me disais que tu te le demandais aussi. Apparemment, vous avez fini par trouver.

— Connerie. Connerie absolue, ne me dites pas que vous croyez un mot de… de…

Rudy a voulu savoir si nous avions encore besoin de lui, et Brume lui a fait signe qu'il pouvait y aller. Derrière son poing, Stanislas s'est éclairci la gorge.

— Bien. Je crois que nous devrions prendre cette affaire avec le recul qui s'impose. De toute évidence, les versions divergent. Et quand bien même Axël aurait dit vrai, lui et toi ne vous étiez pas juré fidélité, Iago.

L'intéressé dardait sur moi un regard plein de hargne.

— Mon petit hétéro en sucre candi. Putain, tu cachais joliment ton jeu. J'espère qu'il t'a enculé à sec, au moins, *bareback*. J'espère que tu l'as senti bien profond.

— Iago, a soupiré Brume.

— Quoi ? Ça ne se voit pas, qu'il veut faire partie du club ? Pourquoi tu ne m'as pas demandé à moi, hein ? Je pouvais, moi aussi, c'était le deal, au départ, je suis aussi contaminant que n'importe qui ! Merde, je n'arrive pas à y croire.

Il s'est levé, a ramené ses cheveux en arrière, s'est campé devant la fenêtre.

— Trésor, a repris Stanislas, nous sommes tous bouleversés, mais nous devons rester soudés dans l'épreuve. Nous étions en train de discuter des dispositions à prendre.

— Faites ce que vous voulez, a lâché Iago. Pour ce que j'en ai à branler.

Il se frottait le crâne de ses poings. Il a quitté la cuisine. Stanislas caressait le pommeau de sa canne. Assis dans un coin, les chiens haletaient. Brume avait repris sa pause statuesque. La tête droite, elle a raflé le paquet de cigarettes sur la table, en a coincé une entre ses lèvres et l'a allumée.

— C'est moi ou c'est la merde ?

32

Les funérailles ont eu lieu quatre jours plus tard, au Père-Lachaise. Une crémation, comme prévu. Et, comme prévu, Axël avait laissé des instructions. « Je voudrais que ce soit toi qui te charges de mes cendres », avait-il dit un jour. Ce n'était plus d'actualité.

Nous étions deux cents au moins, massés dans une salle de cathédrale, avec estrade, micro et haut-parleurs. Des éplorés, des frères de douleur, un quarteron de revenants. Simon, qui n'avait pas ôté sa kippa mais marchait maintenant avec une canne. Muriel, qui arborait un tee-shirt *Silence = mort* et distribuait des tracts Act Up à la cantonade. Antoine, lunettes à la main, tremblant de quoi ? Et tant d'autres, que je ne connaissais pas. Jeunes et vieux, filles et garçons, gay mais pas seulement. Une fille prétendant être sa petite amie de collège. L'un de ses profs de philosophie fugaces. Un rasta au bord de la retraite avec qui il avait jonglé aux Halles. Le patron d'un café du Sentier où il se rendait sans nous. Deux barbus en cuir intégral, qui se prêtaient un mouchoir.

Iago s'est avancé derrière le pupitre et a balayé l'assistance du regard. J'ai senti ses yeux se poser sur moi et glisser – je n'existais plus. Mains enfoncées dans les poches de sa veste, il se perdait dans la contemplation du plafond.

— Ceux qui nous connaissent, ceux qui nous ont vus vivre ensemble savent que nous nous engueulions sans arrêt. Pas un mystère : je lui en voulais de m'être à ce point indispensable. L'amour que je lui portais me rappelait combien mon bonheur dépendait de lui. Nos amis camés connaissent ça. Les choses sont rarement réciproques. Bien sûr, si Axël est parti, c'est que *lui* pouvait se passer de moi. C'est un drôle de cadeau qu'il me fait là. Apprendre la vie sans lui. Je vais être franc avec vous : l'aventure ne m'émoustille pas. Les docteurs disent que je ne ferai pas de vieux os, ou alors des moches. Pour l'heure, je suis là. Il est possible que vous me voyiez sourire, dans les semaines à venir. Rire, même, ou danser, ou jouir sur votre ventre. Ne vous y trompez pas : ça ne sera pas moi. Je ferai semblant. Même si je vous jure le contraire, au fond de moi je ferai semblant. Personne n'a envie de me voir jouer cette comédie interminablement, pas vrai ? Personne n'a envie que quelqu'un déclame un texte aussi pathétique à son enterrement. (Il a ri. Il était le seul.) Aussi, considérez, s'il vous plaît, que ces funérailles sont également les miennes. Il n'y aura pas de second service. Je suis mort aujourd'hui. Je vous attends au bar.

Il est descendu dans un silence absolu, a trébuché – un garçon s'est avancé à sa rencontre et l'a aidé à disparaître dans la foule.

Brume est montée à son tour, un petit livre à la main.

— Chaque souffle repousse la mort qui nous pénètre constamment, a-t-elle commencé, ainsi luttons-nous à chaque instant : à chaque repas, à chaque sommeil, *et cetera*. Car, à la naissance, nous sommes déjà voués à la mort et toute notre vie n'est rien qu'une remise à plus tard.

Entre chaque intervention, un morceau de musique bourdonnait dans les enceintes. Philip Glass, Steve Reich, Pierre Henry, tout avait été choisi par Axël. Des reniflements troublaient les pauses. Moi ? Livré à la stupeur, anesthésié jusqu'à la moelle.

J'avais passé le week-end avec mes parents – je les avais rappelés –, trois jours dans le Sud, chez un ami à eux, François, un ex-ingénieur spécialisé dans la physique des particules qui vivait en ermite dans une masure au cœur de la Drôme. Ma sœur était à l'hôpital pour quelques jours. J'avais passé mon temps à lire le journal d'un psychotique, *Les Farfadets ou Tous les démons ne sont pas de l'autre monde*, de Berbiguier de Terre-Neuve du Thym, et des vieux Agatha Christie tout cornés.

François avait fait de la prison pour « activisme politique ». Il était aimable, il racontait des blagues. Il m'avait préparé de grandes tartines de beurre et ne m'avait pas posé une seule question. Son épouse, Martine, était une paysanne aux longs cheveux gris et secs, vêtue, malgré la chaleur, d'un pull tricoté par ses soins. Elle nous avait servi des soupes d'ortie parfaitement fades et du gâteau à la carotte avec du pain maison.

Mes parents, eux, s'étaient montrés égaux à eux-mêmes. Ils ne s'étaient pas occupés de moi, s'étaient gardés de mes silences. Ils devaient sentir quelque chose… Ma mère était très forte pour donner le change.

Les gens quittaient les lieux en rangs serrés – mutiques, assommés. Brume me conduisait vers la sortie comme elle aurait mené un aveugle.

La musique s'était réduite à deux violons plaintifs et suppliants ; plus personne ne voulait rester.

Iago n'était pas au bar encore. Il peinait à marcher. Des amis le soutenaient. Si frêle, un spectre à lunettes de soleil.

Nous n'avions pas reparlé depuis le lendemain de la mort d'Axël.

Je ne dormais plus, ne mangeais guère davantage. J'étais pris au piège. La seule personne qui aurait pu revenir sur ses assertions à mon endroit n'était plus de ce monde. Il y avait bien son journal intime, que j'avais caché derrière l'armoire sous les combles, mais il aurait fallu que j'avoue mon larcin, et avais-je quelque chose à y gagner ? L'absence de passage concernant une coucherie ne constituait pas une preuve en soi.

Une pensée me hantait, qui annihilait toutes les autres, m'empêchait de former le moindre projet : j'étais un meurtrier. J'avais beau retourner le problème dans tous les sens, le fait était là. Si je n'avais pas plaqué un oreiller sur son visage, Axël serait encore en vie.

Sur le chemin du retour, la veille, à l'arrière de la voiture de mes parents, j'avais relu une partie de *Crime et Châtiment*, « emprunté » à la bibliothèque de François. Relire ces pages ne m'avait procuré nul réconfort. Tout au long du roman, la souffrance de Raskolnikov ne faisait que croître. Elle semblait autant procéder de la culpabilité liée au meurtre de l'usurière que d'une prise de conscience écrasante : en soustrayant au monde un être qu'il jugeait néfaste, il n'avait en réalité aidé personne. Il n'avait réparé aucun tort et il avait plongé la sœur de la défunte dans l'affliction. Pareillement, je m'étais fourvoyé en croyant sauver Iago : je l'avais détruit, et j'avais sans doute détruit Brume aussi. Tout ça pour quoi ? Le pacte de suicide évoqué dans le journal d'Axël pouvait bien n'être rien d'autre qu'une affabulation.

— Est-ce que ça va ?

Brume, à l'écart de la foule. S'essuyant le coin des yeux.

— J'ai l'impression de ne pas être ici, ai-je répondu.

— Je connais ça.

Nous avons cheminé le long du colombarium. Une autre procession s'étirait, non loin, des gens beaucoup plus âgés qui ne paraissaient pas si effondrés.

— Et toi ? Tu tiens le coup ?

Meubler le silence. Orner le vide de paroles.

— Aucune idée. Il reste tellement de questions sans réponse.

— C'est ce que font les morts : ils emportent tout avec eux.

Elle s'est arrêtée.

— Fabrice. Est-ce que tu as couché avec Axël ?

Je me suis tâté le front. De quoi cette fièvre est-elle le nom ?

— Pas trois fois : deux. La troisième, c'était plutôt…

Le mensonge avait surgi sans sommation – sans raison. Subitement, je me sentais empli d'une énergie fondamentale.

— Les détails ne m'intéressent pas. (Nous avons repris notre promenade.) La vérité, c'est que jamais je n'avais imaginé… Je croyais…

— Vas-y. Dis-le.

— Aucune importance. (De nouveau, elle s'est arrêtée. A plongé son regard dans le mien.) D'accord, admettons. Est-ce que vous mettiez des capotes ?

Soudain, je réalisais quel pouvoir je venais de prendre sur elle, sur eux.

— Non.

— Je ne vais pas te demander pourquoi.

— Tu pourrais.

En quelques secondes, le rapport de force s'était inversé. À mon tour, j'étais le vulnérable. Celui que nimbait l'ombre de la mort.

— Il faudrait… Est-ce que tu as passé un test ?

— Je croyais que ça ne servait à rien. Tu penses que je devrais aller trouver le Marchand de sable ?

Elle a secoué la tête. Si elle avait peur, elle n'en montrait rien.

— Laisse tomber le Marchand. Iago et Axël se foutaient de ses théories ; ils faisaient semblant de les gober. Axël était en train de mourir, ses T4 étaient au plus bas, ils avaient besoin d'une fiction. Moi pas. Alors, vraiment – pas une seule prise de sang ?

— Puisque je te le dis.

Elle continuait de me fixer.

— Et vous avez baisé plusieurs fois.

— Tu veux que je te l'écrive ?

— Et qui…

— Qui enculait l'autre ? Lui.

Elle essayait de se contrôler. J'éprouvais une joie perverse, atroce, qui me détournait de ma douleur. Tant qu'elle croyait ce que je lui disais, j'y croyais aussi.

— Et c'était quand, la dernière ? Excuse-moi de te poser ces questions.

Elle devenait ce qu'elle était destinée à être : une petite-bourgeoise apeurée du XVIe. Fini les faux-semblants et les bravades. Tous égaux devant la peur.

— La dernière… (J'ai fait mine de réfléchir.) Il y a un mois, *grosso modo.*

Elle s'est détournée.

— Il est encore trop tôt pour faire le test. Mais écoute-moi. Je voudrais que tu le fasses quand même.

— Pourquoi ?

Elle a ri : d'un rire fêlé qui me faisait du bien.

— Parce que je crois que je commence à avoir trop de morts autour de moi, Fabrice. Parce que, pour être franche, je ne comprends plus rien à ce qui se passe. Tous ces gens au Palais, tous ces gens de notre âge, à peine plus, certains moins : aucun d'entre eux ne va s'en sortir. Tu réalises ?

— Stanislas s'en sort, lui.

— On ne sait même pas s'il est contaminé.

— Quoi ?

— Il t'a déjà montré un test ? Je sais ce que raconte le Marchand mais… Non, non, aucune chance, pour personne – la sentence est irrévocable. (Elle serrait les dents. Petit capitaine à la poupe d'un navire plus dérisoire encore, sur une mer démontée.) Au début, je restais collée à eux, ça tenait presque de la révélation, l'apocalypse qui vient, on aurait dit… Enfin, nous étions *ensemble.* Mais le grand mensonge, on connaît. Les gens s'étiolent. Ils rentrent chez eux, les parents les cachent, comme si l'occupant était là, et ils cherchent une issue : pour leur enfant, pour leur petit à l'étoile rose. Sauf qu'il n'y a nulle part où aller. Sauf que plus personne ne peut les aider. Et le terminus, souvent, c'est l'hôpital. L'ignominie. Demande à Muriel. Les visites espacées, de plus en plus, et puis qui cessent, parce que les gens… les gens sont gangrenés de trouille. À se pisser dessus, Fabrice. Même les amis, *surtout* les amis… Qui a envie de voir sa fin dans les yeux de l'être aimé ? Alors c'est ainsi que les choses s'achèvent. Des déportés. L'été qui ne réchauffe plus les chambres. Regarde-les. (Elle s'était retournée vers la foule de ses amis.) Mon huitième enterrement de l'année. Le huitième, je ne te mens pas. Des amis. Des amis de leurs amis. On ne s'habitue pas, crois-moi. On n'a jamais moins peur.

Je la considérais, mâchoire serrée. Je l'avais toujours pensée invulnérable – inatteignable. Elle s'ouvrait. Elle s'ouvrait devant moi telle une fleur rare.

— Comment les as-tu rencontrés ? Iago et Axël ?

— Oublie.

Elle m'a tourné le dos et, d'un pas pressé, s'est dirigée vers la sortie. Sans réfléchir, je lui ai emboîté le pas.

— Attends ! Où tu vas ?

Vers la vie. Elle s'échappait, éperdue. Je l'ai laissée, puis je me suis retourné. À quoi bon ? Je savais qu'un « verre de l'amitié » avait été prévu, dans un bar non loin – Stanislas et les autres s'en étaient occupés. Mais ma place n'était pas là-bas. Ma place n'était pas non plus avec Brume. Iago refuserait sans doute de me parler, je n'avais rien à dire. J'étais seul. Plus seul que jamais auparavant.

J'ai traversé le cimetière. Je suis sorti sur le boulevard Ménilmontant, et je me suis engouffré dans la première bouche de métro.

33

Désormais, et contre toute attente, mes parents étaient mon seul refuge.

J'ai pris le RER jusqu'à Bourg-la-Reine. Ma rame était déserte. Les stations défilaient, comme autrefois, comme il y a quelques semaines, comme il y a mille ans.

Une nostalgie irrépressible m'envahissait. Tout le temps que j'étais resté au Palais, j'avais réussi à garder Angélique loin de mes pensées, avec une facilité inquiétante.

Mais à présent que je revenais en ces lieux où j'avais grandi et aimé, je prenais conscience de ce qui s'était passé : de ce que je lui avais fait. Arrivé sur le parvis de la gare, je me suis tourné de tous côtés.

Je craignais de la voir surgir. Je craignais qu'elle se jette sur moi en larmes, ou un cutter au poing. Imbécile. Pourquoi lui refuser l'éventualité d'un bonheur ?

Dix jours plus tôt, par hasard ou presque, j'avais appris qu'elle avait retrouvé quelqu'un. Pierre-Laurent. Un grand brun à lunettes, guindé, sans histoires, qu'elle finirait par épouser. Que lui trouvait-elle ? Tout ce qu'elle ne me trouvait pas. Avec un peu de chance, ils allaient partir habiter dans le Berry, à quelques kilomètres du château. Je me suis surpris à la plaindre.

Comment pouvait-on être aussi vaniteux ? Tant mieux pour elle, trouduc. Tout était préférable à moi. Sans le savoir, sans même en faire le choix, elle avait été sauvée.

Vingt minutes plus tard, je me trouvais devant la tour de mes parents, dans cette longue cité nichée entre Bourg-la-Reine et L'Haÿ-les-Roses. L'allée du parc de la Bièvre, bordée de tilleuls et de saules pleureurs, si sereine et bourgeoise.

Quand avais-je rendu les clés ? J'ai sonné à l'interphone. Ma mère était là. « Oh, c'est toi ? » Toute la joie dont elle était capable. J'ai pris l'ascenseur des étages pairs, jusqu'au dixième. Elle m'attendait sur le seuil, triturant un chiffon à poussière, ses éternelles lunettes de soleil sur le nez.

— Tout va bien, au moins ?

Elle m'a proposé une tisane au fenouil ; elle et ma sœur venaient de déjeuner.

— Non, merci.

Je me suis assis, elle aussi. La cuisine donnait sur Paris. Ma mère rêvassait, tournée vers le nord, sirotant sa décoction. Parfois, comme bravant un interdit, elle baissait fugacement ses lunettes.

Un jour, au cimetière, elle avait levé les yeux vers le soleil et l'avait regardé bien en face : beaucoup trop longtemps. Quand il s'était rendu compte de ce qui se passait, mon père l'avait giflée, il n'avait rien trouvé de mieux. Mais il était trop tard. Le tissu rétinien avait été endommagé de façon irréversible – le genre d'accident, avait expliqué son ophtalmologiste, qui ne survient habituellement que lors de l'observation d'une éclipse – et, si la cécité avait été évitée de peu, les dommages infligés resteraient permanents.

— On a eu une visite, ce matin.

Mes parents venaient de mettre leur appartement en vente. Ils avaient acheté à Paris, dans une résidence en construction, les travaux avaient pris du retard mais bientôt ils quitteraient la banlieue, bientôt il ne resterait rien de mon enfance. Un nouveau départ, m'assurait ma mère. Et ce serait mieux pour ma sœur.

— Elle est là ?

— Rentrée ce matin. Elle est dans sa chambre. Elle dort.

Ma sœur venait d'avoir 15 ans. Depuis deux ans maintenant, elle était déscolarisée. Les séjours à l'hôpital psychiatrique de Villejuif se succédaient, et aucune amélioration tangible ne se profilait. Des bouches s'ouvraient dans les murs, hérissées de crocs jaunâtres, crachant des secrets dégueulasses. Dans les rosiers, au pied de chez mes parents, des câbles électriques bruissaient comme des vipères. Elle rêvait qu'elle sautait du balcon.

Ma mère a rajusté ses lunettes.

— Alors, euh, tu vas bien ? Tu as prévu des sorties, cette semaine ?

Elle était incapable de faire mieux, ou plus – avec moi comme avec quiconque. Une absence flottait entre nous, que rien ne pouvait combler.

Je n'ai pas répondu. Elle s'est levée, a lavé quelques assiettes.

— Je dois aller voir Mme Guérand à l'hôpital. Elle ne va pas bien. On lui a découvert une masse à l'intestin.

— Mince.

— Oui, c'est comme ça.

Mme Guérand était une vieille amie de ma mère, qui habitait l'immeuble voisin. Elle avait 82 ans. Ma mère ne s'entourait que de femmes beaucoup plus âgées qu'elle. Elle cherchait, dans la compagnie de ses mamans, comme elle les appelait, une forme de réconfort ancestral. Elle avait consulté un psy durant quelques mois. Devant sa mauvaise volonté manifeste, le spécialiste avait décidé de mettre un terme aux séances. Depuis ? Rien.

— Et ici ? Comment ça se passe ?

Ma mère s'est retournée.

— Oh, tu sais.

J'ai soupiré. Voilà, précisément, la raison pour laquelle revenir était chaque fois une épreuve : ma mère refusait d'affronter ce qui s'était passé. Depuis vingt ans, avec une remarquable opiniâtreté, elle se détournait de la réalité.

Mon père, lui, avait retrouvé sa chère Église. Une foi catholique résignée, teintée d'une vague espérance, comme un trait de pastel.

Mais ma mère était une femme pratique et volontaire. Elle s'était raconté une histoire qui la dédouanait en grande partie du drame. Et je jouais un rôle essentiel dans cette fable. J'étais le témoin, celui qui n'avait rien tenté. Celui qui aurait pu tout changer.

J'étais un enfant, aussi, ce qui m'absolvait en partie – assez pour que mon existence reste supportable à ses yeux, trop peu pour qu'elle s'en préoccupe. Le symbole indestructible de son malheur.

Et je me tenais là, dans « sa » cuisine, et nous évoquions ses voisines, ses bonnes amies, sa petite vie rangée, impitoyablement terne.

— Nous partons dans dix jours.

— Ah oui ?

J'ai tué un homme.

— Dans le Sud. Chez les Gautier.

— Très bien.

Mama, just killed a man.

— Tu aurais pu venir, tu sais.

— C'est compliqué.

C'est compliqué parce que j'ai commis un meurtre, et que personne ne le saura jamais.

— À toi de voir.

Elle m'a souri sans tendresse, comme si j'avais parlé à voix haute.

Elle m'incriminait d'une faute dont, depuis près de vingt ans, je m'échinais comme un diable à ne pas me sentir responsable.

Et elle ignorait tout – elle ignorerait toujours tout – du crime que j'avais commis.

Et cependant, c'était bon d'être avec elle. Elle avait déployé une volonté monstrueuse pour me pardonner, elle m'avait presque détruit avec ses efforts – qui me renvoyaient la gravité de ma faute – mais elle ne me haïssait pas. J'étais son fils, son seul fils, nous avions fait ce que nous pouvions.

— Salut.

Ma sœur se tenait là, dans l'embrasure de la porte, vêtue d'un pyjama d'enfant, une main posée sur le chambranle.

Je me suis levé pour la prendre dans mes bras. Elle était si frêle, si fragile. Elle se laissait étreindre sans réagir. Je nous revoyais enfants, à la piscine. Elle, mains sur les genoux, prête à plonger. Moi, criant dans les gradins.

Pendant un temps, mes parents avaient pensé qu'elle deviendrait championne de natation, ils l'avaient accompagnée à des compétitions régionales Et puis les hospitalisations s'étaient succédé. Médicamentation lourde.

Électro-thérapie convulsive. Un fantôme, ma princesse étique. Toujours à s'excuser d'être en vie.

Nous sommes allés dans sa chambre, elle s'est assise sur son lit, moi sur la moquette. Depuis combien de temps n'avais-je pas mis les pieds dans son repaire ? Ses meubles en teek, imitation cabine de galion, avec leurs minuscules ancres incrustées. De la fenêtre : vue sur le parc, ce fouillis joliment vallonné de toboggans et d'arbres lascifs, les collines, les écoles, les hauteurs de Villejuif, Chevilly, Rungis, la tour Coli avec son hirondelle d'acier. Assise sur son lit, elle berçait sa solitude, petite poupée blonde en son royaume emmurée.

Ailleurs, très loin, une autre vie aurait pu exister, mais nous ne la connaîtrions jamais, et ma sœur était née de cette malédiction. La consoler était impensable, sans même parler de la sauver.

— Tu es contente de déménager à Paris ?

Elle a soufflé sur son épaule.

— Maman dit que je vais peut-être devoir changer d'hôpital.

— Et ça t'inquiète ?

Avec vigueur, elle a hoché la tête.

— J'ai des amis là-bas.

— Des médecins, tu veux dire ?

— Non.

Je me suis levé et me suis assis à son côté – à distance respectable. Puis je me suis tourné vers elle, et elle a levé un bras pour se cacher.

— Arrête.

Nous n'étions rien l'un pour l'autre : nous nous reconnaissions, c'était tout. Deux solitudes impuissantes à se combler.

Mon père rentrait tard, je ne tenais pas à le voir. Le halo irréel entourant notre week-end à la campagne s'était à présent tout à fait dissipé.

Je suis retourné dans la cuisine et j'ai échangé quelques mots avec ma mère, des banalités – cette couche de ouate épaisse entre nous, qui faisait office de mur. Mme Treboul avait des problèmes avec son mari, notre médecin de famille allait prendre sa retraite, un voyage aux Canaries était dans les tuyaux. J'acquiesçais silencieusement. Je n'écoutais pas, pas comme j'aurais dû.

— Je vais y aller, ai-je déclaré.

Un baiser sur sa joue froide. Ersatz de sourire sous son regard de mouche. Elle est restée à me toiser jusqu'à ce que les portes de l'ascenseur émettent leur claquement, mettant un terme à notre calvaire. Je ne lui avais même pas demandé de saluer mon père pour moi, ou d'embrasser ma sœur.

J'ai avisé un laboratoire d'analyses médicales, sur le boulevard Maréchal-Joffre. Je suis entré. Non, je n'avais pas d'ordonnance. Oui, ai-je certifié, je pensais avoir pris un risque – même si, évidemment, j'aurais bien été en mal d'expliquer lequel.

On m'a fait asseoir dans un coin, il y avait des *Paris-Match* sur la table, j'étais seul à attendre.

Au bout d'une dizaine de minutes, une biologiste m'a appelé. Elle et moi, face à face dans une cabine close.

— Vous pensez à une situation en particulier ?

— Je ne tiens pas à en parler.

— Comme vous préférez.

Axël. Mes mains serrées sur l'oreiller. Il fallait que je paie pour ça.

La biologiste a rempli ses tubes, noté mon nom sur les étiquettes, les résultats seraient prêts demain matin, vers midi, je pouvais venir les chercher, à moins que je ne préfère les recevoir par courrier ?

— Je viendrai.

Je suis sorti, j'ai payé et je suis reparti vers Paris.

Je n'avais aucune envie de rentrer au Palais. Je ne me sentais pas de taille. J'étais coupable. Impardonnable.

Sur le quai de la gare, attendant le RER, j'ai joué avec l'idée de me jeter sous la bête quand elle ferait son entrée.

Non. Non, mon vieux. Tu ne t'en tireras pas à si bon compte.

Ma vie avait changé, du tout au tout. Et celle d'Axël, dans le même temps, était passée de la lumière à l'informulé. Jamais nous ne serions quittes.

À présent, je réalisais à quel point je m'étais fourvoyé. Pourquoi avais-je voulu sauver Iago ? Pas parce que je l'aimais. Je l'avais serré dans mes bras, je m'étais gorgé de son odeur, j'avais enfoui mon visage dans son cou, humé, léché sa peau. Je me savais curieux des chairs, des interdits et des blessures. Mais c'étaient les femmes que je désirais.

Je pouvais coucher avec Brume, et l'aimer, désespérément. Ce que j'avais vécu avec Iago était d'une nature bien différente. Je ne rêvais pas de sauver les autres : je voulais souffrir à leur place. Tout ça était allé beaucoup trop loin.

J'ai passé l'après-midi à déambuler du côté de la rue des Blancs-Manteaux. Sans doute espérais-je tomber sur Brume, sur Stanislas, sur Iago, n'importe qui. J'attendais qu'on me dise quoi faire, où aller.

Le monde qui m'avait oublié.

Un café. Un magazine idiot, une ancienne fille de ma classe en couverture. En quelques mois, j'étais parvenu à perdre entièrement contact avec les gens de ma promotion. Estevan et Jean-Do avaient disparu – passés par-dessus bord, emportés par une vague de sang. Mais qui avait menti à qui ? Je ne les avais jamais appelés, n'avais jamais cherché à les revoir. Désormais, je n'avais plus que moi-même, et ce fardeau impossible à partager.

34

Où porter mes pas ? Hébété, j'étais parti traîner du côté de Gibert, soupesant des nouveautés du rayon « indépendants » – des albums pour lesquels, quelques mois plus tôt, je me serais damné.

— *Perdón.*

J'ai relevé la tête. Alvaro Lambroi, mon professeur d'espagnol : veste grenat cintrée, sacoche en bandoulière. Il tenait un CD à la main.

— Oh, a-t-il bafouillé, visiblement aussi surpris que moi, tu…

— Fabrice. De quatrième année.

Il a souri.

— Je sais. Je sais ! *¿ Cómo estás ?*

Je me suis passé une main sur la nuque.

— Rien de spécial. Je me promène.

Très vite, un type est venu le rejoindre. Faux blond, la quarantaine, chemise blanche ouverte sur un torse glabre, un air de Don Johnson dans *Deux Flics à Miami*.

Les présentations ont été sobres. Fabrice, Marcus. Marcus, Fabrice. L'homme a hoché le menton. Son petit ami, probablement. Sourire factice, manières conquérantes. D'où me venait ce trouble – cette sensation de déjà-vu ?

Gêné, de toute évidence, Alvaro m'a montré son CD : le *Vauxhall and I* de Morrissey, sorti quelques mois plus tôt.

— Tu connais ?

— Pas plus que ça. Je veux dire, les Smiths et moi...

Il l'a rangé à sa place.

— Bon, alors tu traînes dans le quartier. Pas de vacances ?

— Ce n'est pas prévu, non.

— Al ? On peut y aller ?

Son copain semblait pressé. Je n'aimais pas la façon dont il me toisait. Qu'est-ce qu'il y avait de drôle ?

— Je m'en vais, ai-je lâché.

— Rien ne presse, a insisté Alvaro en me serrant le bras, si tu veux discuter, *es posible* et...

— Merci. Content de vous avoir croisés.

Marcus m'a adressé un clin d'œil, et j'ai tourné les talons, gagnant l'escalator. À mi-chemin, je me suis retourné. Ils s'engueulaient à voix basse, Alvaro me regardait en hochant la tête.

Marcus... J'avais déjà entendu ce nom.

Un vieux vigile indien m'a suivi des yeux tandis que je passais les portes. Il faisait chaud et j'avais froid. J'ai traversé, un bus a klaxonné, j'ai sursauté. J'ai pensé : *Dommage*. J'ai pensé : *Je n'y arriverai pas.*

— Fabrice ?

Alvaro m'avait rattrapé. Sans Marcus.

— Qu'est-ce que vous... ?

Gentiment, mais avec fermeté, il m'a poussé dans le dos.

— Par ici.

Nous remontions le boulevard.

— Et votre ami ?

— Ne me parle pas de lui. La vérité est : je me fais du souci pour toi.

Il voulait me payer un verre. J'ai secoué la tête. Quel était le sujet ? Il ne me lâchait pas. « Tu n'as pas l'air en forme », répétait-il.

À la hauteur de la Sorbonne, trois touristes américaines nous ont demandé de les prendre en photo. Alvaro s'est exécuté – elles levaient les bras, ravies, jeunes et libres. Après trois clics, il leur a rendu l'appareil. Elles nous ont demandé si nous étions d'ici. J'ai dit non, et c'était vrai. Nous les avons regardées partir.

— Pourquoi tu ne m'as pas dit qu'Axël était mort ?

Je l'ai dévisagé, interdit.

— Vous…

— *Es une tragedia*, Fabrice. Viens, il faut que je parle à toi.

Nous sommes entrés dans le jardin du Luxembourg. Le gravier crissait sous nos pas, la chaleur était devenue écrasante.

Paris n'était plus peuplé que de touristes. Nous nous sommes assis sur deux vieilles chaises en fer, à l'ombre, non loin d'un bassin. Des pigeons roucoulaient, picoraient, espérant on ne sait quoi. J'avais le sentiment de me défragmenter, pièce par pièce. J'ai fermé les paupières. Je revoyais Axël : ses prunelles effarées, fixées sur l'autre rive.

Alvaro parlait, parlait, la mort qui frappait toujours trop tôt, et combien c'était difficile pour nous, notre génération – je ne comprenais pas bien s'il se pensait du nombre.

Il a posé une main sur mon genou. J'ai rouvert les yeux.

Il a grimacé un sourire, a sorti un mouchoir de la poche de sa veste, s'est tamponné le front, l'a replié avec soin.

— Je voulais te dire…

— Oui ?

Il s'est détourné.

— *Es complicado*. Je… Je t'avais écrit un mot. Pour que je te parlais. Dans ton casier. (Sa poitrine s'est gonflée d'embarras.) Ton ami Jean-Do. C'est ton ami, oui ?

— Peut-être. Et ?

— J'ai dit à Marcus qu'il pouvait parler à lui.

J'ai secoué la tête.

— Je ne vous suis pas.

— Marcus cherchait des informations sur toi.

— Quoi ?

— C'était ce garçon qui avait demandé de l'aider. Axël.

— Je ne comprends rien à ce que vous me racontez.

Alvaro a essayé de sourire.

— Axël voulait savoir des choses. Où tu habites, est-ce que tu as petite amie.

— Mais pourquoi ?

— Et il connaissait Marcus, il le connaissait bien. Alors Marcus est venu me voir, et il m'a demandé qui pouvait l'aider à trouver des réponses, et j'ai parlé à Jean-Do – un petit peu. Je suis désolé. Je ne sais pas pourquoi il voulait savoir ça.

Axël. Enquêtant sur moi. Marcus… Celui qui lui avait rapporté du rhum de Jamaïque. Soudain, j'ai repensé à la fois où Jean-Do m'avait questionné sur le nom de famille d'Angélique. « Royer ». *Qu'est-ce que ça peut bien te foutre ?* avais-je songé. Je me suis rappelé, aussi, cette photo de moi, prise pendant la Chasse. Axël devait garder ça pour plus tard. Je lui avais coupé l'herbe sous le pied.

— Donc, Axël connaissait Marcus et il l'a chargé d'enquêter sur moi.

— C'est ça, oui.

— Et vous lui avez conseillé de s'adresser à Jean-Do.

Il a pris un air contrit.

— Mauvaise idée, je sais. Après, on s'est disputés avec lui. Et je regrettais. Je regrette encore. Je désirais parler à toi et…

— Ça va. (J'avais levé une main.) Ça va, ai-je répété.

Pourquoi ne se taisait-il pas ? Il l'a fait, pendant un bref moment. Après quoi, il a ouvert sa sacoche et en a sorti un petit objet, enveloppé dans un sachet en papier.

— Tiens.

J'ai écarté les coins du sachet. C'était un pendule. Un petit pendule doré, en forme de cône, avec une chaîne.

— Pourquoi vous me montrez ça ?

— Pour toi.

— Je n'en veux pas.

Il a refermé mes doigts dessus, en me regardant droit dans les yeux.

— Tu dois d'abord demander le « oui » et le « non » : demander qu'il te montre. Après tu peux poser questions. Et le pendule te répond. Tu as besoin.

J'avais toujours aussi froid. Je me sentais toujours aussi vide. Alvaro s'est levé.

— Tu as ma carte de visite, oui ? Tu peux appeler moi si tu as envie. J'habite pas loin, près de l'école.

Saint-Eustache, oui ? (Il a joint ses mains en prière.) Je suis désolé. J'avais besoin te dire ça. Et je suis triste à cause ton ami Axël. Et je…

Il reculait, pas à pas. Pour finir, il m'a tourné le dos, manquant heurter une chaise, et il s'en est allé, rejoignant l'allée centrale à grandes enjambées.

J'ai soulevé le pendule, il a oscillé un instant, ni oui ni non, et j'ai levé la tête. Au-dessus des jardins, des nuages se désagrégeaient. J'avais tué un homme. J'avais tué un homme pour rien.

J'ai rangé la breloque, inspecté le sachet.

Librairie & éditions Leymarie
42, rue Saint-Jacques

Je ne me souviens plus très bien être allé là-bas, mais je sais que j'y suis allé. C'était à deux pas : une boutique d'ésotérisme à la vitrine maculée de crasse, devant laquelle j'étais passé cent fois sans jamais faire attention.

Dans la vitrine, mon reflet vague, des fascicules aux couvertures jaunies. *La Villa du silence. Variétés sur la vérité. Un coin du voile. Coup d'œil sur l'éternité. L'Esprit consolateur.*

Un homme s'est posté à mon côté – un clochard au visage raviné, les mains dans les poches d'un imperméable gris-beige dont les pans claquaient comme des ailes chaque fois qu'il s'agitait.

— Pas chaud, hein ? (Il ricanait. Il a craché à ses pieds.) Saint-Eustache, Saint-Eustache… Un jour, le général chassait dans la montagne, et il est tombé sur une harde de cerfs. Il y en avait un plus grand et plus beau que les autres : beaucoup plus beau.

— Pourquoi vous me parlez de Saint-Eustache ?

— Mais parce que ! Merde, quoi ! (Furieux, il a levé les bras en l'air.) Le général a poursuivi le cerf, il voulait le tuer mais quand il l'a rattrapé, il a vu un crucifix qui brillait entre ses cors. Et tu sais ce que le cerf lui a dit, conneau ?

— Non.

— Qu'il était le Christ. Venu pour sauver les hommes.

J'ai sorti le pendule de mon sachet.

— Je peux vous donner ça.

Les yeux du clochard se sont réduits à deux fentes.

— Tu n'as rien écouté, hein ?

Il s'est éloigné.

Tout le monde s'éloignait.

Plus tard, sur le Petit-Pont, qui mène à l'île de la Cité, j'ai tendu le bras, et le pendule a rejoint les eaux sombres comme une virgule d'or – l'éternité suspendue.

35

J'ai poussé la porte d'un petit hôtel de la rue Castex, près de Bastille. Je ne voulais pas rentrer au Palais – pas ce soir en tout cas – mais je répugnais tout autant à m'en détourner. Telles des cordes vibrantes, de mystérieux liens nocturnes nous rattachaient les uns aux autres. Solitudes enchevêtrées…

Jean-Do avait aidé Marcus. Contre quelques grammes, sans doute. Le tableau s'éclaircissait. Axël avait compris que Brume essayait de l'évincer, de le tenir loin de Iago. Il avait contre-attaqué. À tout le moins, il y avait songé.

Je ne crois pas avoir fermé l'œil avant l'aube. Je me retournais, tout habillé, enfouissais mon visage dans l'oreiller.

Des paquets de chips évidés jonchaient le sol, des clips bigarrés défilaient à la télé, mêlés de jappements et de riffs funky.

Sur les coups de 3 heures, mon voisin de couloir, un gros quadra en débardeur noir, a frappé à ma porte. Je faisais trop de bruit, disait-il. Méfiant, il a inspecté mon lit défait. Les canettes de 8.6 alignées sur ma table.

— Ça ne va pas ?

Je lui ai promis de baisser le son et je me suis réfugié sous la douche. J'imaginais Brume, assise en tailleur sur ses draps de satin, visage fermé, triant des photos, une boîte de Kleenex à son côté. Iago ?

Iago était nu, enroulé dans un drap trempé, il grelottait.

Le lendemain matin, à la première heure, j'ai payé ma chambre et je suis retourné à Bourg-la-Reine. Le laboratoire ouvrait à 8 heures, j'ai été le premier à entrer.

La secrétaire n'était pas celle à qui j'avais eu affaire la veille. C'était une petite dame blonde à chignon, qui chantonnait en fouillant dans ses papiers. J'ai dû lui répéter mon nom trois fois. « C'est bizarre », murmurait-elle. « Je ne vous retrouve pas. »

Je me retenais au comptoir, nauséeux. D'un point de vue rationnel, je n'avais aucune raison de douter du résultat. Mais plus rien n'était rationnel. Et si, et si... La vieille angoisse du châtiment.

La secrétaire s'est mouillé un doigt pour mieux effeuiller les dossiers. *It's a heartache,* de Bonnie Tyler : voilà ce qu'elle fredonnait à présent – une chanson que je détestais de toute mon âme.

Hits you when it's too late. Hits you when you're down.

Je la connaissais par cœur. Je revoyais ma mère, dans la voiture, montant le volume avant de se retourner vers moi, lunettes baissées – une époque où elle ne les portait encore que pour se donner un genre.

À ma gauche, dans son siège enfant, mon frère dormait paisiblement, serrant contre lui un lapin à l'oreille mâchouillée – le dernier sommeil de sa vie. Et nous, nous chantions à tue-tête.

— Une seconde, a fait la secrétaire.

Elle s'est levée, a défait un bouton de sa blouse. *Clémence*, indiquait la petite étiquette au-dessus de sa poche.

Le genre de détail, me disais-je, que je me rappellerais toute ma vie.

Elle m'a laissé seul, et elle est descendue au sous-sol. 8 h 03, signalait la pendule.

Une petite dame âgée est entrée, qui se déplaçait avec une canne. Ses cheveux étaient bleu lavande – à demi transparents.

— Il n'y a personne ?

Ma gorge était si serrée que j'ai eu peine à lui répondre.

— Elle… (Je me suis raclé la gorge.) La secrétaire va revenir.

Oui, elle va revenir. Elle va me dire qu'il y a « un problème », un médecin va ouvrir une porte et se figer en me découvrant, l'air grave, une main glissée dans la poche, fatigué par avance de ce qu'il aura à m'annoncer, et il faudra que je le suive jusqu'à son cabinet, et chaque phrase qu'il prononcera, je la connaîtrai déjà, et je me tiendrai là, bien droit sur ma chaise, étonné de ne pas tomber, d'être encore là, encore vivant.

— Quelle histoire.

La secrétaire remontait les marches. Elle m'a souri et, l'espace d'un battement de cœur, j'ai pensé que j'étais sauvé, qu'un avenir était possible.

Et puis je me suis rappelé ce que j'avais fait.

— Tout va bien ?

Elle tenait une enveloppe à la main. « Bonjour, madame Duchemin », a-t-elle claironné en se rasseyant. La petite vieille a opiné avec un sourire malicieux.

— Drôle de chaleur, non ?

La secrétaire :

— Ne m'en parlez pas. (Puis, revenant à moi.) Oui, monsieur, pardon, votre dossier était resté dans la bannette. Vous aviez réglé, n'est-ce pas ?

J'ai acquiescé. Elle a noté quelques mots dans un carnet et m'a tendu mon enveloppe sans plus d'égards.

Debout à côté de moi, la vieille dame s'est raclé la gorge. Elle avait une analyse de sang à faire. « Pour surveiller mon diabète. »

Je suis ressorti dans la lumière chaude du matin.

L'enveloppe, je ne l'ai ouverte que quelques minutes plus tard. Je savais déjà ce qu'elle contenait. Je savais déjà que j'allais vivre, que j'allais *devoir* vivre avec, sur la conscience, le poids du crime que j'avais commis. Debout sur le trottoir, vacillant, j'ai relu plusieurs fois les mots.

« Test Élisa. HIV1 et HIV2. Sérologie négative. »

Quand je suis revenu à moi, je me suis rendu compte que je me tenais devant mon lycée, sur le trottoir d'en face. Quatre ans : une éternité.

Dans un lent étourdissement, j'ai accompli un tour complet sur moi-même. Mon passé. Si lointain déjà. Les odeurs d'essence, l'enseigne jaune du marchand de journaux, la librairie où j'avais acheté mes premiers livres-jeux.

La boulangerie où nous volions des Kinder pour jeter les surprises sous les roues des poids lourds. Le bar « du coin », avec son flipper heavy metal, où nous n'avions en théorie pas le droit de commander des bières. Le manège et ses voitures chromées, ses avions, son pompon. Le marchand de beignets, tous les mardis et vendredis.

Angélique, aussi, assise sur son banc, là-bas, me tournant le dos. M'attendant.

J'ai regagné le Palais à pied, remontant la nationale 20. J'avais jeté ma veste sur l'épaule, je passais devant les cités, les étroites maisons de banlieue, des sirènes ululaient on ne sait où, je marchais à travers la claire poussière d'août.

Paris m'appelait, tendait vers moi ses mains de vieillard énamouré, m'aspirant dans ses relents de ferraille et de pierre sale. La Seine rampait entre les ombres de la ville, j'avais tué, je m'étais exclu du monde.

Qui trouverais-je au Palais, que dirais-je aux uns et aux autres ?

Ma main tremblait lorsque j'ai composé le code. La porte me paraissait plus lourde que jamais.

Stanislas était là dans la cour, en discussion avec Carmen, notre héroïque femme de ménage, queue-de-cheval, bracelets plastique et balai à la main. Tout de suite, il est venu vers moi, m'a serré dans ses bras. Je me suis laissé faire, inerte. À son côté, Horus remuait la queue.

— Où diable étais-tu passé ?

Il faisait chaud déjà, mais j'avais la chair de poule.

— Je suis parti, je… (J'ai eu un geste évasif.) Ce n'est pas essentiel.

Il m'a pris par le bras. Seth est arrivé à son tour, frétillant. Lui et son frère tournaient autour de moi, curieux. Stanislas m'a entraîné dans la cuisine.

— Tu es si pâle.

Il m'a fait asseoir sur un tabouret, m'a servi un café kopi luwak, a poussé vers moi la tasse, blanche cerclée d'or, sur une soucoupe assortie.

— Je vais bien, ai-je marmonné d'une voix étranglée.

Ses mains frôlaient la table. Son visage était creusé, des cernes bleutés soulignaient son regard.

— C'est de saison, a-t-il déclaré en me fixant droit dans les yeux. Nous nous portons tous à merveille.

Nous étions seuls. Deux jeunes garçons fumaient dans la cour – encore des nouveaux. Les chiens furetaient, haletant. J'ai attrapé le sucrier et fait tomber un petit cube blanc dans mon café.

— Qu'est-ce qui va se passer, maintenant ?

— Je vais partir, a dit Stanislas.

— Oh.

Je tournais la cuillère, mélancolique.

— Dans le Sud. À Lyon, Cassis plus tard. Des amis m'attendent. Le Palais restera ouvert, bien entendu, et je ne te chasse en aucun cas, mais peut-être devrais-tu prendre l'air, toi aussi. Tu risques de te trouver un peu seul, ici.

Son visage parcheminé. Les rides au coin de ses lèvres. Trop de pleurs, trop de souvenirs. Nous ne savions rien l'un de l'autre, mais mon cœur se serrait chaque fois que je posais les yeux sur lui.

Je me suis raclé la gorge. Partir ? Moi, je n'avais nulle part où aller.

— Je vais y songer, ai-je soufflé.

Demain, après-demain, la semaine suivante... J'étais incapable de me projeter. Quelques mois plus tôt, j'avais échappé au service militaire, parvenant à me faire réformer pour troubles mentaux en buvant des litres de café, justement, et en évoquant des idées suicidaires – idées pour le moins abstraites à l'époque mais qui, à présent, me taraudaient jour et nuit. J'étais titulaire d'un diplôme de marketing international – il me restait deux matières à valider – et je pouvais, moyennant un prêt substantiel, aller passer un MBA aux États-Unis ou au Canada. La vérité, c'est que je n'avais jamais eu particulièrement envie d'étudier là-bas. Je n'étais entré dans cette école que parce que je ne savais pas quoi faire d'autre. J'étais inapte au commerce, à la finance, au marketing. Dans l'état où je me trouvais, j'étais à peu près inapte à tout.

Une année sabbatique ? Mes réserves fondaient comme neige au soleil. Je m'imaginais au Maroc, en Amérique du Sud, en Thaïlande – chez Muriel ? Elle avait des amis là-bas, elle m'avait proposé de venir. Je m'imaginais, accablé de chaleur, face à des rochers calcaires sertis d'émeraudes. Les cheveux longs, écrasant un joint dans le sable. Misérable, aveuglé, peinant à respirer.

— Le Myrtho, par exemple, rue des Écouffes. À 8 heures ?

Je suis revenu au présent. Il arpentait la cuisine, précédé par le martèlement de sa canne.

Il s'est arrêté près de moi. Un rendez-vous.

— D'accord.

— Ils ont une cave agréable, et une effeuillée de raie tiède acceptable. J'aimerais tant en apprendre plus sur ton compte.

— À 8 heures, ai-je répété.

— Prends soin de toi.

Il est sorti de sa démarche claudicante, ses chiens lui faisaient escorte en agitant la queue. J'ai posé ma tasse encore pleine dans l'évier et je suis monté dans ma chambre.

L'air chaud entrait en volutes. Je pliais des chemises et des tee-shirts, ma valise était ouverte sur mon lit – gestes machinaux, automatiques. Tout, autour de moi, était devenu cotonneux, assourdi. Je repensais à ce roman de Pauwels, *Saint-Quelqu'un*, lu au lycée. « Les mots font des trous où la souffrance se précipite, comme la mer quand on creuse le sable. »

Où allais-je passer la nuit ? Aucune idée.

— Tu t'en vas ?

Je me suis redressé, me cognant le genou contre le lit au passage. Iago se tenait là, accoudé au chambranle. Crâne rasé, tout de noir vêtu. Je suis revenu à mes affaires.

— Je n'ai plus rien à foutre ici.

— Je peux entrer ?

— Je te le répète : je ne suis pas chez moi.

Il s'est avancé d'un pas lent, mesuré, comme un funambule craignant de chuter à chaque pas. Je ne l'avais jamais senti si fragile. Il s'est penché au-dehors. Les chiens avaient cessé d'aboyer.

Mains sur la rambarde, il s'est cambré, sans se retourner.

— Où est-ce que tu pars ?

— On verra.

Un long silence s'est installé.

— Je passe mes journées à dormir. Tu crois que c'est normal ?

J'ai refermé ma valise.

— Je ne suis pas médecin.

Il a pivoté d'un bloc. Caressant sa mâchoire anguleuse.

— Écoute, je ne sais pas comment m'excuser ; j'ai parlé avec Brume.

— Formidable.

De la poche de mon jean, j'ai tiré le test plié en quatre et je le lui ai tendu.

— Qu'est-ce que c'est ?

— Prends.

Il a déplié la feuille, y a jeté un coup d'œil, me l'a rendue. Je l'ai chiffonnée en boule et je l'ai lâchée sur le parquet.

— Je suis très heureux pour toi, a-t-il murmuré.

— C'est pour elle que je l'ai fait. Même si le résultat ne faisait aucun doute. Parce que je n'ai *pas* couché avec Axël. Ni avec qui que ce soit ici.

— Je sais.

— Plaît-il ?

Il me toisait, amusé.

— Je crois que je n'ai jamais gobé cette histoire.

— Sans déconner. Et tu savais aussi que j'étais en couple ? Quand je vous ai rencontrés ?

Sur le mur, il suivait une ligne imaginaire – brisée.

— J'ai fini par l'apprendre. Après Brume, ça va sans dire. Axël voulait te faire chanter, il avait l'intention de foutre la merde dans votre histoire, nous avons eu *aussi* une longue discussion à ce sujet, et finalement…

— Tout ça me fait une belle jambe. (Je montrai les dents, lèvres retroussées.) Je n'étais qu'un pion dans votre jeu. Six mois. Six mois à picoler, à rire, à pleurer, à danser. Et qu'est-ce que je sais de vous, qu'est-ce que vous savez de moi ? Que dalle. Mais c'est mieux comme ça. On aura eu nos bons moments.

Il s'est assis sur mon lit, blafard. Petit pantin de verre. Si futile et si précieux.

— Tu ne devrais pas parler de nous au passé.

J'ai posé ma valise à terre et je me suis adossé au mur.

— Il n'y a plus de « nous », Iago. Personne ne t'a prévenu ?

— Tu te méprends.

Je l'avais blessé : son expression ne laissait guère de place au doute. Mais la machine était lancée ; je ne pouvais plus l'arrêter.

— J'ai perdu la fille qui m'aimait. Mes amis ont foutu le camp. Tout ça parce que vous avez pensé que je pouvais vous être utile.

— Tes amis ?

Une ombre de férocité est passée sur son visage.

— Oui. Pas des complices ; pas des codétenus ou des partenaires de crime. Des gens avec qui être.

Il s'est pincé les lèvres.

— C'est la différence entre toi et nous, Fabrice. Il y a bien longtemps qu'on n'a plus le temps pour « être ». On ne peut que brûler. On ne peut que vivre.

— Joli. Mais on en est tous là.

Il s'est relevé. S'est approché de moi.

— Chaque matin, je me réveille avec l'espoir que ce qui nous arrive n'était qu'un cauchemar. Pendant une seconde ou deux, je suis bien – demain existe encore.

Les yeux embués, l'haleine douceâtre, il cherchait mes lèvres. Je l'ai laissé m'effleurer la bouche, puis je l'ai repoussé. Je ne voulais pas lui faire de mal, mais je ne voulais pas non plus lui laisser croire qu'il possédait encore sur moi une quelconque emprise.

Il s'est passé une main sur la tête. Son crâne de vieillard râpeux, sa barbe de trois jours – comme s'il avait voulu en finir avec celui que nous avions connu et aimé. Il s'est campé dans l'entrée.

— Dis-moi que ça ne se termine pas comme ça.

Je lui ai fait signe de s'écarter. Il était trop faible pour m'empêcher de passer, nous le savions tous deux. Je n'avais pas envie que « ça se termine comme ça », non. Je voulais simplement être seul.

— J'ai des trucs à faire.

— Fabrice.

Il me barrait le passage. Les manches de son tee-shirt bâillaient sur ses bras nus ; ses biceps avaient fondu, des ecchymoses marquaient sa peau, la vie le rudoyait sans pitié chaque jour. Il ne voulait pas s'écarter. Il en faisait une affaire d'honneur.

36

Il était 8 h 10 lorsque je suis arrivé rue des Écouffes, sur la pointe de pieds ou peu s'en fallait. Longuement, j'avais hésité. J'avais fait sauter une pièce de 1 franc dans ma main. Pile je n'y vais pas, face je m'abstiens. Qu'allais-je lui raconter, que restait-il à avouer ? Et puis quand je l'ai aperçu de dos, au milieu de la chaussée, vieux loup appuyé sur sa canne, j'ai reculé dans l'ombre et je suis reparti en hâte vers la rue des Rosiers.

Plus tard, ce soir-là, j'apprendrais que son cher restaurant avait fermé ses portes quelques semaines plus tôt.

Cause décès.
Nous nous retrouverons ~~bientôt~~.

Stanislas allait rentrer chez lui, méditant sur la fin du quartier, ces panneaux « à vendre » et ces enseignes sans lumière – ces processions muettes qui, de Montmartre à Montparnasse en passant par le Père-Lachaise, n'en finissaient plus de s'étirer.

Le soir tombait tel un mouchoir de deuil. Passant devant l'église des Blancs-Manteaux, j'ai suivi des yeux un vieux couple d'Anglais qui descendaient les marches en se retenant l'un à l'autre.

Je suis entré à mon tour, j'ai saisi un dépliant sur le présentoir et me suis avancé au milieu de la travée. L'odeur d'encens et de pierre humide me ramenait irrémédiablement vers les terres perdues de mon enfance. Il y avait eu un temps, pas si lointain, où mon père m'avait emmené tous les dimanches à la messe ; je gardais le souvenir d'un ennui incoercible.

Un jour, je lui avais demandé s'il pensait qu'il y avait « quelque chose » après la mort. Mains sur le volant, sans me regarder, il s'était humecté les lèvres. « Si tu me demandais quelle est ma couleur préférée et que je te répondais "trente-six", tu me prendrais pour un fou, n'est-ce pas ? » J'avais dit oui. « Alors n'en parlons plus. Allons prier. Dieu n'a que faire de tes questions. » Mon âme était trop enfouie, trop enkystée et secrète pour que des prières soient à même de l'atteindre. Et aujourd'hui ?

Il y avait une dame âgée, au premier rang, vêtue d'un blazer coquille d'œuf, les mains jointes devant la bouche, qui s'adressait avec dévotion au silence. Sa montre dorée jetait des reflets sans âge. À peine respirait-elle.

Mes pas résonnaient sur le sol dallé, une chaire surplombait le chœur. J'ai ouvert mon dépliant. Les mots se brouillaient. Acquis en 1864, provenant d'une église belge, l'abat-voix est surmonté d'une statue de saint Michel terrassant Lucifer et de celles des quatre évangélistes, tu as tué un homme et personne ne le saura, la cuve et l'escalier sont ornés de panneaux de marqueterie en bois, étain et ivoire, incrustés de nacre représentant divers sujets bibliques, n'espère pas un pardon, n'espère pas que quiconque t'écoutera, les bordures de ces panneaux sont en bois sculpté et doré mais Dieu est un leurre, à quoi t'attendais-tu en venant ici ?

J'ai pris place sur une chaise, tête levée vers la voûte. Le silence m'enveloppait, me berçait dans ses bras gourds. Mains crispées sur les rotules, j'ai fermé les yeux.

Puis, dans un lent tremblement, je me suis retourné.

Elle était là, assise deux rangées derrière moi, droite comme la justice, et une pâle lumière baignait son visage. Elle ne cillait pas, je n'existais pas pour elle.

Au bout d'un moment, je me suis levé de ma chaise ; elle aussi.

J'allais à pas lents, la devinant derrière moi. Il y avait une chapelle, à gauche, quand on se dirigeait vers la sortie, un oratoire consacré à la Vierge. Je me suis replongé dans mon dépliant. *Lis les mots, putain. Tu n'es pas capable de faire ça ?* Les toiles étaient l'œuvre d'un certain Ferdinand Elle, peintre du Grand Siècle d'origine flamande.

Devant un tableau représentant Moïse, qui frappait un rocher et faisait jaillir l'eau, j'ai retenu ma respiration. Brume s'était avancée à ma gauche.

— Tu ignores ce que ça signifie, n'est-ce pas ?

Elle parlait comme dans une église : entre le blasphème et le regret. Sa voix était tout juste audible. J'ai secoué la tête.

— Tu m'as encore suivi.

Elle a cherché ma main dans la pénombre, comme s'il restait quelque chose à réparer. Je me suis laissé faire. Nos doigts bout à bout.

— Moïse désirait servir l'Éternel, a-t-elle commencé. Mais il ne l'a pas fait de la manière que Dieu désirait. Dieu lui avait ordonné de prendre le bâton, pas de l'employer de cette façon. Il lui avait été demandé de parler au rocher ; au lieu de quoi, Moïse l'a frappé, parce qu'il savait que ça marcherait, parce qu'il avait déjà vécu une scène semblable. Il n'a pas cru en Dieu. Il ne s'est pas abandonné à sa parole.

J'ai incliné la tête, sans oser croiser son regard. À plusieurs reprises, elle m'avait fait comprendre qu'elle était catholique, qu'il lui arrivait d'assister à la messe. J'aurais pu écrire un livre avec les choses que j'ignorais d'elle. Sa main a pressé la mienne plus fort.

— Tu ne comprends pas ? « Demandez, et l'on vous donnera » : c'est dans l'Évangile selon Matthieu. Tu crois toujours que tu es seul. Tu crois que le monde t'a oublié, mais c'est toi qui as oublié le monde.

Elle a lâché ma main, j'ai gagné la sortie. Sur les marches, je l'attendais, bras ramenés contre le corps. La saveur naissante du soir était sans pareil, mais je me sentais incapable d'y goûter.

— Stanislas me cherche ?

Elle s'est assise à côté de moi et a allumé une cigarette.

— Il va partir.

— Je sais.

— Avant peu, il ne restera plus personne.

Elle a soufflé sa fumée vers la rue.

— Tu viens ?

— Où ?

Elle s'est levée, s'est éloignée. Je l'ai suivie, qu'aurais-je pu faire d'autre ? Pendant un long moment, nous avons marché sans bruit, longeant des terrasses animées, traversant des parvis baignés d'une lumière d'été.

Paris exhalait une beauté cruelle, paisiblement dédaigneuse. C'était une ville trop grande pour être pleinement humaine, mais c'était son inhumanité qui séduisait les hommes. Elle vous charmait, vous engloutissait, et vous oubliait aussitôt. Le futur était si hostile. Je me rappelai les mots de Lautréamont. « Pardon, il me semblait que mes cheveux s'étaient dressés sur ma tête ; mais, ce n'est rien, car, avec ma main, je suis parvenu facilement à les remettre dans leur première position. »

Presque seuls, nous avons longé la place de l'Hôtel-de-Ville et emprunté le pont d'Arcole Au détour d'une rue, Notre-Dame nous était apparue, rêvant à d'autres siècles. Le bleu épuisé du ciel virait au noir ; je me laissais conduire.

Sur le pont de l'Archevêché, frissonnant, je me suis penché au-dessus des eaux sombres. Un groupe de touristes accrochés les uns aux autres passait en chantant – des Hollandais, apparemment –, des flashs crépitaient. Le monde était si vide et froid. J'avais envie de vomir.

À mon côté, Brume patientait ; elle avait posé une main sur mon dos.

— Dis-moi ce qui t'arrive.

Je me suis redressé, le visage baigné de larmes.

— Je ne peux pas.

Avec gravité, elle a remis mes cheveux en place.

— Bien sûr, que tu peux.

Que savait-elle ? Reniflant sans retenue, je me suis tourné vers la cathédrale. La flèche pointait le ciel assombri.

— Il y a quelque chose que je ne t'ai jamais dit.

Dans mon dos, tout contre moi, elle s'est serrée, elle voulait écouter mon cœur.

— Je suis là.

Lui avouer ce qui s'était passé avec Axël était, pour l'instant, au-dessus de mes forces. Je devais tout reprendre depuis le commencement. Non pour m'absoudre – une grâce par trop inaccessible – mais pour me comprendre moi-même. Un début de piste, une hypothèse, une main agitée dans la fumée.

Nous sommes repartis. J'allais, le regard perdu, et elle se cramponnait à mon bras, tandis que nous montions à l'assaut de la montagne Sainte-Geneviève.

37

— J'avais 6 ans.

Nous avancions le long de la rue des Bernardins, traversant le boulevard Saint-Germain, la rue des Écoles.

J'avais 6 ans, ai-je commencé, ma sœur n'était pas née encore mais nous étions bien quatre dans la voiture.

Nous étions partis pour le week-end : mes parents avaient réservé un hôtel à Loches, une petite ville du Berry assez touristique. Mon père avait prévu une journée aux étangs de la Brenne – le paradis des ornithologues. Le dimanche, donc, nous avons pique-niqué aux abords du château du Bouchet, une forteresse médiévale bâtie sur une butte de grès rouge.

Je revois la nappe à carreaux jaunes et blancs dépliée sur la pelouse, je sens encore l'odeur de l'herbe fraîchement coupée. Des alouettes se poursuivaient, volant bas. Il allait y avoir de l'orage, a dit mon père. Il avait ôté ses chaussures. Sur la nappe, un panier en osier attendait son heure, avec une bouteille de vin, des verres en plastique, et des victuailles, achetées le matin même au marché. Des fourmis, déjà, couraient en procession, Je me souviens que mon père avait oublié le tire-bouchon, qu'il était allé en chercher un au château. Je revois mon frère, Rodolphe, 4 ans, observant un bourdon hésitant au-dessus d'un massif de fleurs. Il battait des mains.

Moi ? Je m'étais couché sur le flanc avec un livre : *Apoutsiak, le petit flocon de neige*, de Paul-Émile Victor – l'histoire d'un Esquimau de sa naissance à sa mort, un album dont je relisais sans cesse les dernières pages.

Mon père est revenu avec le tire-bouchon. « Où est passé Rodolphe ? » Nous l'avons dévisagé, interdits. Ma mère a fait un geste dans ma direction. « Je pensais que Fabrice le surveillait. Fabrice, je t'avais demandé… »

C'était faux : jamais elle ne m'avait demandé de veiller sur lui. Jamais elle ne me l'avait demandé parce que c'était quelque chose que je faisais de moi-même chaque fois que nous étions dehors. J'avais toujours manifesté, vis-à-vis de mon petit frère, une attitude résolument protectrice. Au fond de moi, et sans que je sois capable de le formuler, sans parler de le comprendre, sa disparition ne me surprenait guère. Je sentais, depuis longtemps, depuis les commencements, qu'un jour viendrait où un drame nous frapperait – avec une dureté inhumaine –, et je savais que Rodolphe en serait le centre. Ce jour était-il arrivé ?

Ma mère s'est redressée. J'ai regardé autour de moi. Mon père commençait à s'énerver. « Bon sang, ce n'était quand même pas difficile de garder un œil sur lui ! ». « Il n'a pas pu aller bien loin ! Rodolphe ! Rodolphe ! »

Ce moment où les parents se mettent à crier trop fort, où leur propre voix leur paraît brusquement effrayante. Le ventre qui se noue, l'inflexion à peine voilée, le timbre éraillé.

Ma mère s'est tournée en tous sens puis s'est mise à arpenter la pelouse.

Elle se déplaçait avec difficulté. Elle était enceinte de ma sœur – une grossesse de six mois, dont le terme était prévu pour novembre. Mon père m'a indiqué une direction. « Toi, va voir par là-bas ! » Il désignait une route, serpentant à travers les sous-bois. Surtout, reste bien sur le bas-côté.

J'étais un garçon obéissant, un enfant « facile », « sans problèmes » – le mythe s'était enraciné.

J'ai suivi le sentier qui s'enfonçait dans la forêt. Mes parents criaient, s'agitaient, mon père courait en grimaçant autour du château, il avait alerté le personnel. Rodolphe ne pouvait pas être bien loin, n'est-ce pas ?

J'ai moi-même dû galoper sur deux cents ou trois cents mètres. Là-bas, le sentier s'élargissait, ressortait à découvert. Je me suis arrêté, la main en paravent, ébloui par la lumière.

Mon frère se tenait au bord de l'étang. J'aurais pu crier son nom, mais c'était inutile, je le savais. Il ne se retournerait pas.

De nouveau, je me suis élancé. Mon cœur battait à mes tempes, mes poumons étaient en feu. Rodolphe ne se souciait de rien : ni de la terre ni du ciel ni de nous. La surface de l'eau scintillait, semée de diamants.

Il s'est accroupi, a tendu un bras. Et doucement, comme poussé par une main amie, il a basculé.

Rien, je le sentais dans le sauvage désordre de mon âme, n'aurait pu empêcher ce qui se passait maintenant : en d'autres temps, sous d'autres soleils, la scène avait déjà été écrite.

Peut-être est-ce pour cela que je n'ai pas hurlé, ou plutôt que mon hurlement est resté coincé dans ma gorge tel un oiseau pulvérisé dans sa cage. Peut-être est-ce pour cela que je n'ai pas couru non plus ; enfin, il doit bien exister une explication. Quand je suis arrivé, une minute plus tard, mon frère n'était plus. Il s'était laissé couler.

— Fabrice…

J'ai relevé la tête vers elle. Je m'étais assis sans m'en rendre compte – écroulé serait plus juste – sur le pas d'une porte. Replié sur moi-même, je tremblais. Brume, qui s'était accroupie, me tendait la main.

— Hé.

J'ai secoué la tête, défait. Elle a frôlé mon épaule. La tristesse me chavirait, je hoquetais, les yeux secs et la bouche entrouverte – un poisson jeté sur un pont.

Elle me posait des questions ; et je m'enfonçais, davantage encore, au cœur de cette journée maudite.

Je me revoyais, debout au bord de l'étang, atrocement immobile. Anéanti, mais repu, aussi – comblé, d'une étrange manière, par l'impitoyable irréversibilité de ce qui se jouait ici. À compter de cette heure, plus rien de grave ne pourrait arriver.

J'ai fini, je ne sais trop comment, par faire demi-tour. J'ai repris le chemin du château en sanglots. Au loin, là-bas, j'entendais mes parents appeler – heureux, sans le savoir, encore gonflés d'espoir. Toute possibilité de bonheur vrai venait de leur être ravie, et ils n'avaient rien senti. Seule ma petite sœur, lovée dans la moite chaleur du ventre de ma mère, hurlait déjà, car elle voyait la douleur arriver comme une vague, et elle savait que rien ne pourrait nous sauver de la catastrophe. Au milieu de cette rage, de cette confusion : le souvenir de cette forêt titanesque, délirante, plus vaste qu'un rêve.

Comme l'avait prédit mon père, il s'était mis à

pleuvoir. Les remous du ciel répondaient à la plainte inarticulée de l'étang, les arbres tressaillaient, des aliénés que personne ne pouvait apaiser, des bourrasques me fouettaient le visage, n'y va pas, me disais-je, à quoi bon ? et soudain, au beau milieu du chemin, alors que mon âme menaçait de céder, mise en pièces par une douleur irréelle, soudain, je l'ai vu.

— Tu l'as vu…, a répété Brume.

Je fixais mes chaussures. À chaque fois, c'était la même chose. La stupeur. L'impossibilité d'agir.

— Il était là. Il voulait que je le suive. Il voulait que je parte avec lui, parce que c'était la seule façon.

— Hey…

— La seule façon de comprendre – mais je ne saurai jamais, tu vois ? Il est parti, il s'est enfoncé dans la forêt. J'aurais pu le suivre. Je suis resté là, au bord du sentier. Jusqu'à ce que ma mère se matérialise. Courant vers moi, son parapluie noir à demi replié.

Cette image, pour l'éternité gravée.

Ma mère. Lâchant tout pour me rejoindre. Puis s'arrêtant. Découvrant mon visage. L'expression – ou, plus probablement, l'absence totale d'expression.

Un coup de tonnerre. Le parapluie à terre, un grand oiseau mort. L'averse crépitant sur les feuillages.

Je suis tombé à genoux. Elle m'a attrapé par le bras, durement, elle m'a forcé à me relever, quoi ! *QUOI ?!*

J'étais incapable d'articuler un mot.

38

Je me suis relevé, néanmoins. Dans cette rue de la Montagne-Sainte-Geneviève, je me suis retenu au bras de Brume, et nous avons repris notre ascension. Pauvre Golgotha. Pauvres de nous dans la nuit en lambeaux.

Il ne restait plus grand-chose à raconter. La police, les pompiers, les chiens, les cris – si on pouvait appeler ça des cris. Ma mère agenouillée dans l'herbe, bête blessée, mise à mort, ce geignement qui, pour longtemps encore, hanterait les sous-bois. Les gens autour de nous, les bonnes âmes empressées. Le monde des adultes : visages sévères et sans pitié, lèvres ourlées, tremblantes, mouchoir tendu, « tu veux un verre d'eau ? » Des questions aussi, mille fois répétées. Le chemin reconstitué, les distances évaluées – souci du détail hystérique. « Pourquoi ? Pourquoi n'as-tu rien fait ? »

Dix fois, cent fois, on m'a demandé de rejouer la scène. On ne comprenait pas, on ne voulait pas comprendre, il fallait que je redise les choses. Mais rien n'aurait pu suffire. Rien n'aurait pu expliquer.

Je n'étais pas là quand ils ont repêché le corps ; on m'avait éloigné. La pluie tombait sans relâche, le château disparaissait dans le brouillard.

« Allez, viens. » On m'a emmené dans une grande salle, une salle de conte de fées, sans reine, sans roi, sans héritier.

On m'a fait asseoir sur un banc de bois, une dame m'a apporté un chocolat chaud auquel je n'ai jamais touché. Je restais là, emmitouflé dans ma couverture, devant l'âtre vide.

Je ne dormirais pas, cette nuit-là, pas une seule minute – traversée livide, peuplée de murmures et de sanglots.

Un hôtel voisin avait été transformé en QG. Ma mère était alitée, rien ne la calmait. Compte tenu de sa grossesse, le médecin avait d'abord refusé de lui prescrire des anxiolytiques, puis s'était ravisé. J'errais dans le hall, personne ne s'occupait de moi. Je me rappelle un blaireau empaillé. Je me souviens d'un fauteuil de cuir noir dans lequel je m'étais pelotonné, une couverture sur les épaules. Mon père, à la réception, était pendu au téléphone. Il a appelé ses deux frères, sa mère, il a appelé la Terre entière, comme si la nouvelle de la mort de mon frère, ainsi diffractée, pouvait perdre de son horrible intensité.

Brume m'a demandé si je voulais manger quelque chose. Nous traînions du côté du Panthéon. Un verre au Crocodile ? Elle était sérieuse. Déterminée à me tirer de ma torpeur.

Admirable Brume : ses mains sur ma figure décomposée. Sa langue vive dans la mort de ma bouche, « et son corps va frapper le dôme du Panthéon, tandis que la corde étreint, en partie, de ses replis, la paroi supérieure de l'immense coupole ». Je pleurais tout mon soûl, ma fierté avait cédé, je bandais contre son jean. Elle griffait mon dos sous mon tee-shirt, nos haleines se mêlaient, tièdes d'une avidité scélérate, elle avait cessé de me poser des questions, je n'avais plus que mon désir à opposer au vide.

Elle m'a montré un hôtel, derrière la rue Gay-Lussac, un petit établissement plein de charme, avec des fleurs au balcon. La réceptionniste ressemblait à ma professeure d'anglais de troisième. Brume a déposé les billets sur le comptoir, les lissant un par un avec soin. Notre chambre se trouvait au dernier étage, sous les toits. Elle a fermé la porte à clé et a défait les boutons de son chemisier.

Souvent, lui avais-je dit un peu plus tôt, tandis que nous longions la façade du lycée Henri-IV, je rêvais à cette forêt, à ces sous-bois. Toujours, je me réveillais en larmes, pénétré du désir enfantin que j'avais de ces ombres, de cette soif que rien ne pouvait étancher, de cette vérité que rien ne pouvait consoler.

Son soutien-gorge est tombé au sol. Elle s'est allongée, aisselles ouvertes, sa peau était si blanche, parfaite.

Elle me fixait, et son regard me transperçait, chaque battement de paupières était comme un ordre, une injonction sans recours.

J'ai déboutonné mon jean sans la quitter des yeux et elle s'est avancée, ses doigts terminant de délacer sa ceinture, lapant ma bouche à petits coups de langue suaves, si maîtresse d'elle-même.

Elle s'est rejetée en arrière et m'a attiré à elle, ouvrant les cuisses pour m'accueillir – halo de satin pâle. Tout se déroulait et s'enchaînait sans que nous ayons besoin de parler. Mes gestes, ses halètements. Mon corps, la régularité du mouvement.

Ma volonté n'était plus que vestige. Mains fermées sur mes fesses, elle m'attirait au plus profond, et le moindre recul déclenchait chez elle de dangereuses extases.

La nuit se déployait. Quelqu'un avait éteint la lumière, et ce n'était ni elle ni moi. Par la fenêtre grande ouverte, le vent s'engouffrait, caressait mon dos nu. Chaque seconde s'étirait en une douleur infinie.

J'avais posé ma main sur sa bouche pour qu'on ne l'entende pas hurler, pour que son cri ne se perde pas trop loin de moi. Elle a ouvert de grands yeux apeurés tandis que je me répandais, depuis longtemps elle s'était abandonnée à sa propre tempête.

Plus tard, alors que, étendu sur le dos, je tirais sur la cigarette qu'elle offrait à mes lèvres, elle m'a dit qu'elle était déjà au courant de tout, le drame, la douleur, la scène, dans les grandes lignes : la forêt, le petit garçon que j'avais été, et je me suis redressé, sidéré, et elle m'a soufflé sa fumée au visage, ne sois pas surpris, m'a-t-elle expliqué, c'est Axël, c'est Axël qui nous a raconté ça, il t'a vu dans ses rêves.

39

Dernier matin. J'étais allé aussi loin que possible. Elle ne me sauverait pas ; ce n'était pas à elle de le faire.

— Tu devrais voir ta tête.

Elle m'a embrassé sur la joue. Elle m'a dit que j'avais mal dormi, cette nuit, que je m'étais agrippé à elle, que j'avais pleurniché, même, mais ce n'était pas grave – « tu t'es purgé », a-t-elle déclaré, sûre de son fait.

Je me suis redressé. Elle avait commandé un plateau de petit déjeuner à la réception, avec du jus d'orange, de la marmelade maison, des toasts finement grillés, du thé comme nous l'aimions.

Elle avait mis des dessins animés à la télé.

Elle m'a dit, sans quitter l'écran des yeux, que nous allions parler, qu'il nous fallait du temps, du temps et du courage, mais que nous étions ensemble, qu'il n'y avait aucune raison pour que nous n'y arrivions pas.

« Nous allons gagner cette guerre. Parce que nous le voulons, pas vrai ? »

Je ne disais rien. Chaque mot sonnait faux. Des cailloux ronds jetés dans le désert.

J'ai attendu qu'elle s'arrête. Prenant son thé à deux mains, elle a fini par s'y résoudre.

J'ai écarté la couette, j'ai raflé mon jean et je suis passé dans la salle de bains pour me rafraîchir le visage. Le garçon qui me scrutait dans le miroir n'avait plus rien à perdre.

Quand je suis revenu dans la chambre, Brume avait déposé le plateau et ses reliefs sur le parquet, et remis son soutien-gorge.

— Je dois t'annoncer quelque chose.

Je me suis passé une main sur la bouche. Il n'y avait aucune bonne façon de dire ce que je m'apprêtais à dire.

Elle s'est levée ; elle titubait.

— Non, a-t-elle murmuré.

— Brume…

Elle a agité un doigt. « Non », intimait son geste. Ouvrant la fenêtre, elle a respiré à pleins poumons.

Je me suis approché dans son dos.

— S'il te plaît, a-t-elle lâché. Arrête.

— J'ai tué Axël.

— Arrête.

Elle avait plaqué ses mains sur ses oreilles.

— J'ai lu son journal.

— Quoi ?

— Son journal intime. Je le lui ai volé, et je l'ai lu.

— Ça ne m'intéresse pas.

— Je ne vais pas m'excuser. Il évoquait un pacte de suicide. Il disait que lui et Iago allaient…

Elle s'est retournée.

— Ils n'allaient rien du tout.

— Tu ne veux pas le croire. Je comprends.

— Conneries. Tu n'as tué personne.

J'ai essayé de lui saisir les poignets. Elle ne s'est pas laissé faire.

— J'ai menti, oui. J'ai menti sur le fait que j'avais couché avec lui. Écoute-moi. J'ai pris un oreiller. Il m'a fallu, quoi ? deux ou trois minutes ? Je voulais seulement qu'il se taise. Je ne voulais plus être celui qui subit. Celui dont on se sert.

Elle a tourné la tête. Elle fixait un petit tableau fixé au-dessus du lit, une toile abstraite, un douteux mélange de Mondrian et de pop art asiatique.

— À qui as-tu servi cette histoire ?

— Ce n'est pas une histoire.

— À qui ?

— À personne.

Elle s'est frotté le nez.

— Aucune preuve. Évidemment que tu n'as aucune preuve. (Elle a ricané.) Tu espères quoi ? un pardon ?

— Je n'espère rien. Rigoureusement rien.

J'ai ramassé mes chaussettes, je les ai enfilées, puis mes chaussures.

— Qu'est-ce que tu fabriques ?

Elle me parlait comme à un ennemi. Sans doute c'est ce que j'étais devenu à ses yeux. Un gouffre nous séparait, à présent. Qu'elle me croie ou pas ne changerait rien. J'avais tué un homme.

— Je m'en vais.

— Où ?

— Aucune idée.

— C'est parfaitement stupide.

Je ne la reconnaissais pas. La peur parlait à travers elle. Elle prononçait les mots qu'il lui fallait prononcer. J'ai tiré sur mes lacets et je me suis redressé.

— Je dois disparaître.

— Pars et tu ne me reverras plus.

J'ai gonflé ma poitrine.

— Tu me le promets ?

Elle s'est avancée vers moi, la main tendue, en signe d'apaisement. Puis elle a sorti ses griffes. Ses ongles rouges. Elle s'est jetée sur moi, en folle furieuse. Elle m'a renversé, s'est hissée en grognant, a commencé à frapper.

J'ai voulu l'arrêter, mais elle m'a mordu la main droite – sans pitié. Je me suis débattu, me suis arc-bouté, je lui ai donné un coup au visage, ai-je entendu un craquement ?

Elle s'est redressée, en tout cas, vacillante. Comme un idiot, j'ai fait mine de la prendre dans mes bras – elle m'a envoyé son poing dans la figure. J'ai craché du sang, nous n'étions plus que cela l'un pour l'autre : de la haine, des cris, des postillons.

Je l'aimais pourtant, je le sentais de toute mon âme. C'était pour cela que je devais partir : comme dans cette chanson de Barbara, la seule que je l'avais jamais entendue chanter, un matin, tandis que nous revenions du Queen.

Je ne laisserai pas pencher sur notre lit
Ni l'ombre d'un regret, ni l'ombre d'un ennui
Je ne laisserai pas mourir au fils des jours
Ce qui fut toi et moi, ce qui fut notre amour

Je me suis tourné vers la porte. Elle a bondi sur mon dos, s'est accrochée à moi, elle essayait de me crever les yeux, d'élargir ma bouche pour défigurer mon sourire. J'ai réussi à me défaire d'elle en la plaquant contre le mur, elle soufflait – échevelée, regard dément –, elle a tenté d'attraper la lampe de chevet mais je ne lui en ai pas laissé le temps : je l'ai arrachée à sa place et je l'ai envoyée valdinguer au loin.

Alors, de nouveau, elle a attaqué, de toutes ses forces, mordant ma bouche jusqu'au sang, elle me léchait le visage, je ne sais plus comment je suis parvenu à me débarrasser d'elle, mais je l'ai fait et quand je suis parti, elle gisait au sol, pliée, gémissante, se tenant le ventre, mon Dieu, « je t'aime, je t'aime », qui disait ça, elle ou moi ? Elle pleurait, je pleurais aussi, deux bêtes meurtries, deux carnivores édentés – je me suis accroupi, elle a levé une main encore et ce n'était pas pour me bénir, alors, pour de bon cette fois, je suis parti.

40

Deux jours avant de quitter la ville. Deux jours dans Paris à dormir sur des bancs ou dans des parcs, à somnoler, tête enfouie dans mes bras ankylosés, sur des tables de café, au petit matin, avant de me relever sans savoir où je me trouvais.

La Seine était sale. Je la contemplais, assis sur les quais, lunettes de soleil remontées sur le front.

Je ne suis repassé au Palais qu'une fois. Stanislas se trouvait là, dans sa bibliothèque, qui rangeait des livres en reniflant. « Je vais partir », répétait-il comme un mantra. Aucune allusion à notre rendez-vous manqué. L'avait-il oublié ? Horus était mort, une tumeur à l'estomac, strictement inopérable, Seth errait comme une âme en peine. Chaque nuit, il hurlait à la lune, Stanislas avait dû le confier à un ami, il voyait dans cette détresse un signe incontestable. « Les chiens ne mentent pas, disait-il. Même leur mort nous parle. J'ai compris. »

Il avait congédié la plupart des pensionnaires – les parasites, les occasionnels –, seule une poignée de fidèles demeurerait ici. Ses pas résonnaient sinistrement, à présent que la sentence avait été prononcée : le Palais se vidait de son sang, son vieux cœur sourd ne battait plus que faiblement.

Iago ? Brume ? Aucune nouvelle. Ils avaient pris leurs affaires et ils avaient disparu. Muriel s'en était allée chez ses amis en Thaïlande, Diana avait fui vers la Pologne. Tous, partis lécher leurs plaies quelque part, et il allait faire de même. La misère n'était-elle pas moins pénible au soleil ? Il chantonnait, s'essuyant le coin des paupières, parcourant pensivement des quatrièmes de couverture.

Pour la suite, pas de projet particulier. Sa santé était « préoccupante » et, non, ce n'était pas ce que je croyais.

J'ai hoché la tête. Il ne paraissait guère désireux de s'épancher. Il était loin, perdu, calmement dévasté. Trois de ses amis, a-t-il fini par me révéler, avaient fermé les yeux au cours de la semaine écoulée. Deux d'entre eux étaient des proches, hospitalisés à l'Hôtel-Dieu. L'un avait été endormi, mais l'autre, l'autre…

— Il mendiait un allongement de peine. « Je ne veux pas vous quitter, répétait-il, je ne veux pas, c'est trop tôt. » Il serrait les dents, secouait la tête. Le poing sanglant de l'arbitraire, Fabrice, et moi, je sentais chaque coup. Et puis je suis rentré, et Horus était là, couché devant la porte de ma chambre, et il ne bougeait plus.

Allongé sur son divan, une main sur le front, j'ai écouté le silence avec lui. Bientôt, il s'est levé, a glissé un CD de Schubert dans la platine, *Winterreise : Voyage d'hiver*, puis a soulevé mes pieds, s'est assis et les a posés sur ses cuisses.

Résignés, émerveillés aussi par toute cette blanche noirceur, nous avons laissé le froid nous envahir, la voix de Hermann Prey, grave et solennelle, ensemençant l'espace comme un soleil d'hiver.

— Tu sais ce que dit Einstein, à propos de cette œuvre ? (Je n'ai pas répondu.) Qu'elle emporte l'auditeur jusqu'au bout de la solitude, au seuil de la démence. Le pas d'un homme forcé d'aller de l'avant. Tu l'entends ?

Il allait partir, donc, le Sud, des amis, il ne savait pas quand il reviendrait. Des instructions avaient été laissées à son factotum – pour le Palais, ses occupants passés ou à venir. Il était navré de devoir me laisser ainsi, en ces temps de peine, mais je pouvais rester aussi longtemps que nécessaire, j'étais ici chez moi, « *as ever* ».

J'ai souri, et il en a paru contrarié. Ses doigts pianotaient sur ma cheville, massaient ma malléole. J'ai levé la tête. Une toile d'araignée brillait, tendue entre deux branches du chandelier. Pourquoi ce silence ? Quels étaient mes projets ?

J'ai bredouillé un mensonge.

— Le pays du retour n'est nulle part, a annoncé Stanislas, tandis que le baryton entamait le dixième mouvement. Le poète perd la raison – ou bien c'est elle qui le perd.

Je lui ai demandé l'accès à la chapelle, je voulais être seul. Il a tourné la tête vers moi. Il n'a pas dit un mot. Il a soulevé mes pieds pour se libérer, puis a gagné la porte.

Il s'est retourné, une dernière fois. *Fais ce que bon te semble*, suppliait son regard.

Il s'est éloigné en claudiquant, et je me suis rassis.

J'ai attendu que l'écho de ses pas s'éteigne pour prendre position devant la bibliothèque, et abaisser simultanément les deux tomes des *Essais* de Montaigne. Qui ne connaissait pas Stanislas – fût-ce de loin, fût-ce en surface – et qui savait en quel respect Montaigne, peu préoccupé de péché ou de salut, tenait la religion, aurait pu déceler quelque grinçante ironie dans le fait d'avoir choisi les *Essais* comme sésame pour cette alcôve. Mais le maître des lieux m'avait déjà fait part de l'amour qu'il portait en égales mesures au catholicisme et au philosophe de la Renaissance. Les affres de la culpabilité lui seyaient, de même que la placide sagesse du maître, à laquelle il aspirait. « Montaigne et moi, m'avait-il confié un jour, ne sommes d'accord en rien, et sa sapience m'est étrangère, mais il était heureux, comme nul, peut-être, ne l'a jamais été, et moi je ne le suis pas : c'est pourquoi je l'admire tant. »

Avec une solennité de film gothique, les pans de la bibliothèque se sont écartés. La petite Vierge de stuc, peinte en blanc et bleu, avait disparu. Ne restait que la noire, avancée d'un cran. Ma mémoire – ou mes sens – devait me jouer des tours. Agenouillé devant l'autel, j'ai tenté de faire le vide en moi, d'accueillir, qui sait, quelque chose de l'ordre de la transcendance.

Une main s'était posée sur mon visage, que je reconnaissais à peine comme mienne. Arracher le masque, mais pour trouver quoi ? Des souvenirs me hantaient, des éclairs de fatuité et de jeunesse. Deux ans plus tôt, en pleine nuit, je me revoyais, courant à perdre haleine sur le rebord du pont d'Austerlitz. Brume – ta main ? À 17 ans, en solitaire, en mal d'oubli, je m'étais enfoncé dans le dédale souterrain des carrières d'Arcueil, sanctuaire d'obscurité et d'insondable silence. En 1988, le jour de la mort de Françoise Dolto, j'avais passé une corde à nœud coulant à la poignée de ma porte. Six mois plus tôt, j'avais traversé la nationale 20 les yeux fermés.

Je considérais la Vierge, le napperon, l'encensoir, la bible, espérant discerner un pardon au centre du canevas. « Dieu t'attend là où tu ne le chercheras jamais », m'avait assuré Stanislas un jour. Il m'avait regardé dans les yeux, et je m'étais détourné.

Dans mon dos, le timbre grave de Hermann Prey exprimait les mille nuances du renoncement. Au fond, me disais-je, il n'y a rien de bon sur cette Terre. Rien que des hommes malheureux et des actes indélébiles.

Purgatorio

41

Au matin du 18 août, un jeudi, dans mon souvenir, j'ai bouclé ma valise, acheté une paire de jeans et des tee-shirts, mis de l'ordre dans mon dossier scolaire, puis j'ai appelé Henriette – ma marraine – qui habitait à Sélestat. Ma mère (elles étaient cousines) l'avait déjà mise au courant. Naturellement, elle serait ravie de m'accueillir quelque temps. Tout de même, elle se faisait du souci.

J'ai tenté de la rassurer – effort surhumain, dans l'état où je me trouvais. Je me portais bien, ai-je affirmé gaillardement, tout allait comme sur des roulettes, ce n'était que le temps de régler diverses formalités administratives, et d'écrire quelques pages.

À un café de la gare de l'Est, j'ai commandé un verre de jus d'orange qu'à ma grande surprise j'ai réussi à avaler d'un trait, sans nausée.

J'avais acheté des lunettes de soleil. Des cigarettes, aussi, que je fumerais au premier quart, sans avaler la fumée.

Vaisseaux brûlés, traces effacées, l'été ne se souciait de rien.

À 14 heures, un train Corail partait pour Strasbourg, première étape de mon périple. J'ai acheté un aller simple, des journaux, une bouteille d'eau, et je me suis installé en première classe. J'avais des souvenirs bizarrement enchantés de ce trajet, de ces plaines si souvent inondées, de ces clochers que j'imaginais vibrer dans un silence séculaire.

Les montagnes bleues me manquaient toujours. Dans un désordre catarrheux, nous nous sommes ébranlés. Cette force qui m'avait poussé à prendre place dans ce train plutôt qu'à me jeter sous ses roues, je n'aurais su la nommer.

À peine étions-nous sortis de Paris que je me suis endormi.

Ma mère n'avait jamais voulu s'occuper de la maison de mes grands-parents. Elle refusait de la vendre. L'argent ne l'intéressait pas. Elle avait en horreur tout ce qui concernait sa propre mère. « Mamie », comme je l'avais appelée petit, était morte à peu près seule, dans un hôpital de montagne. L'automne accablant, des nuages bas déchirés par le noir des sapins, le ronronnement du respirateur – et puis plus rien. Le jour où, au téléphone, j'ai avisé ma mère que j'allais récupérer les clés, un silence redoutable s'est installé. « Maman ? Maman, tu es là ? »

Elle ne m'a pas demandé ce que j'allais faire là-bas, ni combien de temps je comptais rester. Je n'en savais rien moi-même. La version officielle de l'histoire – celle de l'année sabbatique – paraissait convenir à tout le monde.

Il me restait un peu d'argent. De quoi tenir six mois – neuf en me serrant la ceinture. Ensuite, sans doute, il faudrait que je travaille, mais nous n'en étions pas encore là.

« Et ton MBA ? » a demandé benoîtement mon père. « Il n'était pas question que tu ailles le passer à Montréal ? »

J'ai dit si. J'ai dit plus tard. J'ai dit rien ne presse.

Je pouvais les voir hocher la tête. Du moment que je ne leur demandais pas davantage. Du moment que je ne restais pas dans leurs pattes. Ils n'avaient aucune idée de ce que je traversais.

À ma marraine, j'ai fait en sorte de ne rien montrer non plus, et elle a compris qu'il valait mieux me laisser en paix.

Trois mois. Trois mois d'un régime monacal. Enfermé dans ma chambre au premier étage, travaillant à un prétendu roman, je vivais entouré de sorcières en tissu, d'un vieil harmonium et d'une poupée de Celluloïd que j'avais enfermée dans un placard. Mes repas étaient déposés sur le seuil. Il se trouve que j'ai réellement essayé d'écrire. Des pages par dizaines, que je regardais brûler dans l'âtre avec indifférence.

Ma marraine s'absentant fréquemment – sa sœur cadette était en train de mourir d'un cancer –, il m'arrivait de passer des semaines entières dans une complète solitude. Et quand, contraint par la nécessité, je descendais pour aller faire une course et me retrouvais face à la grande horloge de noyer battant la mesure avec un dédain solennel, une terreur sourde s'emparait de mon être, et je fermais les yeux.

Une chose importante s'est passée tandis que j'étais là-bas : Stanislas a disparu. Je l'ai appris un jour en appelant au Palais. À plusieurs reprises déjà, la sonnerie avait résonné dans le vide. Ce matin-là, quelqu'un a répondu – un garçon, dont la voix m'était familière.

Je lui ai demandé où était passé Stanislas. Un chien aboyait en arrière-plan. Seth ?

— Qui est à l'appareil ? a demandé la voix.

Je le lui ai dit, et je me suis rendu compte que je serrais le combiné trop fort.

— Bon sang, vous pouvez m'expliquer ce qui se passe ?

Soupir.

— Vaste question. Bonjour, Fabrice, ça faisait longtemps.

— Antoine ?

— Lui-même. Stanislas n'est toujours pas rentré, si c'est ta question, et personne ne sait où il est passé. La dernière fois qu'on a eu de ses nouvelles, il allait partir en randonnée. À une vingtaine de kilomètres de Valence.

Je me suis gratté l'arête du nez.

— Quand était-ce ?

— Il y a plus de trois semaines.

— Et personne n'a réagi ?

— *Tout le monde* a réagi, qu'est-ce que tu crois ? Les flics ont été prévenus, des recherches ont été lancées, quelqu'un a même embauché un détective privé. Mais pour l'heure ça n'a rien donné.

J'ai pris le temps de déglutir. Disparition volontaire ? Ça ne lui ressemblait guère. Alors quoi ?

Antoine pérorait. Il avait parlé à Muriel. Pour elle, il n'y avait pas de quoi s'affoler. Stanislas allait réapparaître. Les gens se laissaient aller à ce genre de fantaisie, non ? Ils prenaient le large. N'en étais-je pas la preuve ?

Que répondre à ça... Antoine a enchaîné. Brume me cherchait, apparemment. Elle était très inquiète.

— Dis-lui que je vais bien.

— Tu es où ?
— Dis-lui juste ça, s'il te plaît.
— Bon.

Je lui ai demandé des nouvelles de Iago ; il n'en avait aucune. D'après ses sources, il ne s'était montré qu'une ou deux fois après le départ de Stanislas, et fini.

— Tu veux que je pose la question à quelqu'un ?
— Non, ça ira.

J'ai raccroché, et j'ai ramassé un livre qui traînait sur le parquet : *Les Diaboliques*, de Barbey d'Aurevilly, déniché dans une librairie de Sélestat. Sur les six nouvelles, j'en avais religieusement lu et relu cinq. Fidèle à la promesse que je m'étais faite, j'avais laissé de côté *Le Rideau cramoisi*, par crainte, j'imagine, d'y découvrir une Brume que je ne connaissais pas et que je ne voulais pas connaître.

Ce dont je ne m'étais pas douté, c'est que je la retrouverais malgré tout : dans *La Vengeance d'une femme*, le dernier texte du recueil. Encore fallait-il que j'accepte de regarder les choses en face.

L'histoire, dont je ne pouvais m'empêcher de songer (pour ce que Brume m'en avait raconté) qu'elle faisait comme un double inversé au *Rideau*, était celle d'un dénommé Robert de Tressignies, dandy parisien revenu de tous les plaisirs qui, un soir, dans une ruelle enténébrée, traque une femme à la beauté fascinante, « déferlant onduleusement comme une vague » La faim animale qu'elle lui inspire le jette dans des abîmes de confusion. Il pense l'avoir déjà vue ; il a raison. La courtisane, abordée – puis possédée, croit ce malheureux –, se révèle de haute lignée : rien de moins que la duchesse de Sierra Leone, rencontrée par lui à Saint-Jean-de-Luz. Si elle est ici, à vendre ses charmes sur le trottoir, c'est pour se venger de son époux, un Grand d'Espagne, qui a fait tuer Estevan, l'homme qu'elle aimait, et jeter son cœur aux chiens. Leur disputant l'organe encore tiède, la duchesse a voulu s'en emplir la bouche à leur place. Désormais, elle ne désire plus qu'une chose : s'avilir, se perdre dans l'extase d'une revanche impossible, quand bien même son mari n'en saurait rien. Passion atroce, mélancolie carnassière. « Je ne suis qu'une fille à cent sous », crache la perdue, qui rendra l'âme peu après.

Allongé sur mon lit, je m'étais assis, tâtant mon sternum. Estevan ? Les signes étaient trop nombreux. Des bribes de conversation me revenaient. Brume au Queen, ongles rongés, me plaquant contre le mur des toilettes pour hommes, mordant jusqu'au sang ma lèvre inférieure. « Je *le* déteste ! Je te déteste ! » Elle encore, abattue au petit matin sur un banc du jardin des Tuileries, souhaitant n'être personne – ou malade, ou morte –, tombant à quatre pattes dans une flaque de boue, le front barbouillé. Le rire aigrelet d'Axël, me fouillant tel un poignard. « Tu crois qu'elle t'aime ? Merde, arrête de te ridiculiser ! » La Vierge noire de la chapelle, à laquelle la maudite allait faire ses oraisons – celle-là même qui avait pris la place de sa sœur blanche et bleue, dans le sanctuaire de Stanislas.

La trahison, le pardon exclu, l'avilissement consenti, c'était elle, c'était moi, c'était nous, les effarés et les maudits. Lors de l'épreuve du bac français, comme je l'avais dit à Brume, on nous avait donné *L'Ensorcelée* à lire, et mon âme s'était cambrée avec force contre ce récit emberlificoté, peuplé de cloches inexplicables, de visions dans des miroirs – les landes normandes et leur charme abrupt. Mais je comprenais mieux, à présent, l'air triste de notre professeure devant notre indifférence et nos ricanements. Des images me revenaient. Celle, avant toute autre, de l'effroyable prêtre au capuchon, qui avait tenté de se donner la mort et s'en trouvait défiguré, retranché derrière un masque de cicatrices. J'en rêvais la nuit, quand je parvenais à dormir, mon imagination prise au piège d'un écheveau alarmant de correspondances et de coïncidences, si de telles choses existent, un labyrinthe hérissé de ronces et semé de pierres vieillies où se retrouvaient, pêle-mêle, Axël Stanislas et toute une cohorte de disparus, parfois masqués – parfois non, et c'était pire.

À plusieurs reprises, au cours des semaines suivantes, j'ai rappelé à Paris pour prendre des nouvelles. Je ne crois pas être tombé deux fois sur la même personne. La réponse était toujours identique : « Stanislas n'est pas là. » Personne ne savait rien. Des dispositions n'allaient pas tarder à être prises. Des *dispositions* ?

Une fille m'a parlé d'un médecin, un type sulfureux semblant très bien le connaître, et qui était venu un jour avec un notaire. Une dispute avait éclaté.

— Comment était-il ? me suis-je enquis.

Elle m'a parlé d'un chapeau à large bord. Je lui ai demandé d'enquêter, je lui ai même laissé le numéro de ma marraine. Personne ne m'a rappelé.

Deux fois, aussi, j'ai reçu une lettre de Jean-Dominique que mes parents m'avaient fait suivre. Il était rentré à Paris, le Palais était désert, « plus un rat, mon pote ».

Son aventure barcelonaise avait pris fin – son hidalgo, qui avait déménagé, ne lui donnait plus aucune nouvelle. Il était préoccupé ; il allait « faire le test, un de ces quatre ». En attendant, il lanternait à Euro RSCG. Estevan était parti à Montréal, lesté d'un chagrin d'amour dont je ne savais rien. Alvaro Lambroi avait demandé de mes nouvelles. « Et toi ? s'enquérait Jean-Do à la fin de sa deuxième lettre. Tu bosses, ou tu es en vie ? »

Je ne lui ai jamais répondu. Je n'ai jamais repris contact avec mon école – des lettres étaient arrivées chez mes parents, envoyées par Angélique, devaient-ils transmettre ? J'ai menti. J'ai dit que tout était sous contrôle, que je réfléchissais à mon avenir, que je bossais par correspondance pour une boîte de pub parisienne – grâce à un « ami ».

42

Je suis arrivé à Saint-Dié au début de l'hiver. La ville, ravagée au cours de la Seconde Guerre mondiale, était aussi sinistre que dans mes souvenirs. Une voisine paraplégique, avec qui je m'étais mis en contact, m'a confié les clés d'une main tremblante. Elle venait relever le courrier une ou deux fois par mois – le nom, sur la boîte à lettres, n'avait pas été ôté, ma grand-mère continuait à recevoir des cadeaux Yves Rocher et des invitations pour des foires aux vins.

Ma première soirée, je l'ai passée dans un hôtel désert du centre-ville. Je n'avais pas envie d'emménager de nuit.

Au petit matin, je suis entré dans la cathédrale, un ensemble architectural « remarquable », à en croire la brochure du syndicat d'initiative, avec ses vitraux du XIIIe siècle et ses quarante chapiteaux délicatement sculptés figurant d'« étranges créatures » : des griffons à bec d'ibis, dont les queues se rejoignaient pour former « un cœur fleurdelisé évoquant la tête d'une autruche », des ânes monstrueux à bec de canard, sans oublier la « sirène bifide aux six poissons », munis de quarante nageoires. Tout ce bestiaire hurlait en silence, toutes ces gueules monstrueuses se tournaient vers moi tandis que je m'avançais vers l'autel. Mais Brume n'était nulle part, cette fois. Il n'y avait que des vieilles. Des apeurées, des résignées, tripotant leurs chapelets d'ivoire et marmonnant des suppliques.

Je me suis assis, j'ai essayé de pleurer comme pour y voir plus clair, mais mes yeux étaient secs.

Je suis sorti, j'ai remonté la rue Thiers et ses boutiques à moitié mortes : un coiffeur aux portraits délavés, un fleuriste aux roses inconsolables. J'ai traversé le bras sombre de la Meurthe, figé, mercuriel, et j'ai pris la rue d'Alsace, longeant les maisons aux volets opiniâtrement clos.

La rue Jean-Claude-Sommier était quelconque à l'excès. Je ne savais pas qui était Jean-Claude Sommier. Je repensais à mon grand-père, que j'avais toujours connu vieux et chauve, son manteau de laine puant la cigarette, l'oreille collée à sa radio de poche. Je revoyais ma grand-mère, soulevant le couvercle du bœuf braisé, noir et filandreux, remuant ses pommes de terre confites. Ces deux-là étaient restés près de cinquante ans sans se parler. Chambres séparées, buffet de bois noirci, fauteuils sans avenir, œillets desséchés, et la pile de *Femme actuelle* laissée par la voisine.

La porte s'est ouverte sans grincer. L'escalier était plus raide que celui d'un échafaud. C'est en tombant au bas des marches que mon grand-père s'était ouvert le front. Il était mort cinq jours plus tard à l'hôpital. « Enfin seul » avaient été ses derniers mots.

Malgré le froid, j'ai ouvert la porte de la cuisine. Ça puait la tristesse et la poussière, ici. Le lavabo était tavelé de taches brunâtres, il n'y avait pas de salle de bains, la cocote en fonte attendait, posée sur le poêle. Restait-il du bois dans le garage ? Devrais-je acheter un radiateur électrique ?

J'ai lâché les clés sur la table et je me suis assis contre le mur – la place de mon grand-père. Dans la chambre de sa femme, la pendule s'était arrêtée. J'ai fermé les yeux. Dormir était un rêve en soi. Toutes les cinq minutes, je me réveillais en sursaut.

Je suis monté au second. La chambre de mes parents était plus petite qu'en ma mémoire. Mon lit, mon navire. J'avais des souvenirs de nuits féeriques ici, d'épopées germaniques façon nuit de Walpurgis, la harde, les sorcières, les loups à l'affût... Je me rappelais la bassine en fer-blanc, le renflement mousseux des édredons jaune pisse, les bouillottes brûlantes emmaillotées, les ronflements de mon père et les flocons de neige collés à la vitre, qui finissaient de nous calfeutrer.

Mon oreiller était toujours en place. La fenêtre couverte de buée, les rideaux marronnasses et fripés, le bois sculpté du lit de mes parents. Aller au grenier ? Je ne m'en sentais pas le courage.

Je suis redescendu, ai essayé une ou deux lampes – en vain, évidemment, mes courriers à EDF étaient restés lettre morte. Il allait falloir que je rappelle ma mère.

Je suis ressorti.

Le supermarché se trouvait à deux pas, j'allais sans doute m'acheter une salade ou un sandwich tout fait, quelque chose qui ne me demanderait pas d'effort.

Il y avait une cabine téléphonique sur le parking. Je l'ai fixée longuement avant d'entrer. Je ne parvenais pas à me débarrasser de cette peur. Je connaissais sa nature irrationnelle, mais ça ne suffisait pas. Je voulais payer ; recevoir le châtiment de mes fautes.

De tête, j'ai composé le numéro gratuit.

— Sida info service, bonjour.

Une jeune mère passait non loin, avec une poussette. Elle me regardait d'un drôle d'air. Je lui ai tourné le dos. Je ne me rasais plus. N'avais pas pris de douche depuis trois jours.

— Monsieur ?

J'ai collé le haut-parleur contre ma bouche.

— Oui, je... Je vous appelle par rapport à une situation que je...

— Prenez votre temps.

C'était une voix douce, compatissante. Je préférais les femmes.

Un type en costard s'est campé devant la cabine – une barbe blanche taillée en pointe. Sans attendre, il a consulté sa montre, pour bien me faire comprendre qu'il était pressé.

— J'ai embrassé un homme.

Je voulais dire autre chose, mais les mots ne sortaient pas.

— C'est la seule situation qui vous inquiète ?

Ma pomme d'Adam était bloquée.

— Est-ce que c'est un risque ?

— Qu'est-ce qui vous fait croire que ça pourrait en être un, monsieur ?

— Le sang. S'il y a eu du sang.

— Du sang où ?

Le type à barbichette me fixait droit dans les yeux. *Méphistophélès*, ai-je songé. À l'autre bout du fil, l'intervenante a répété sa question.

— Pardon, ai-je murmuré.

Et j'ai raccroché.

Je pouvais me faire à cette vie. Je voulais y croire. L'électricité avait été installée. Du bois avait été livré. J'avais acheté des provisions. Tout était lent et fastidieux, tout semblait se compliquer en permanence mais, pour peu que je serre les dents, les choses, au bout du compte, finiraient par se décanter.

Personne, à part mes parents, ne savait que j'étais là.

Brume me manquait, cruellement. Plusieurs fois, je l'avais vue en rêve. Lointaine, en larmes, ou pire.

Je passais mes journées à lire et à me promener en forêt. Sans voiture, il me fallait du temps. Mais j'en avais. Je n'avais que ça.

Un par un, je revisitais les lieux de mon enfance. La roche Saint-Martin. Le Kemberg, la Madeleine, l'Ormont… Ravines noyées d'ombre, torpeur sacrée des sous-bois, et ces armées de pins sylvestres grinçant avant la bataille, ces amples croupes boisées bleuissant au cœur du soir… Des ruisseaux d'argent dévalaient les montagnes, des troncs craquaient au milieu d'un silence de tombeau – où étaient les oiseaux ?

La neige commençait à tomber, qui s'accrochait aux sommets. J'avais perdu du poids, c'était manifeste, mais il n'y avait pas de balance chez ma grand-mère, et je m'en félicitais.

Soufflée contre ma paume, mon haleine était fade. Mon visage, sans vie. Le miroir de la cuisine : fendu en son milieu.

J'avais rappelé Sida info service une bonne trentaine de fois. Les intervenants avaient fini par me reconnaître. Ils se lassaient. « Écoutez, monsieur, je crois que nous avons déjà répondu à l'essentiel de vos questions. Je pense que le problème n'est pas à chercher au niveau du virus. »

Ils avaient raison, et j'en étais conscient. Les hommes ne m'attiraient que par la malédiction dont ils étaient porteurs. C'était une chose horrible à penser, mais ceux qui mouraient du sida avaient au moins la chance de savoir pourquoi.

Je grimpais, je grimpais toujours plus haut, j'allais chercher l'air pur, le froid gris et coupant, m'élevais dans le pays sépia de mes souvenirs, dans des contrées anciennes, déprises du monde des vivants.

La nuit venue, je m'abrutissais de somnifères. À l'aube, me réveillais d'un coup, les yeux collés – la langue pâteuse, entortillée dans des débris noircis de rêves.

Hormis au téléphone, hormis à ma mère et aux intervenants du service de soutien, à une caissière parfois, quand je parvenais à articuler un « merci », je ne causais à personne, il m'arrivait de passer des journées entières sans prononcer un mot.

Le son de ma voix m'effrayait. Un soir, j'avais essayé de parler, seul dans la maison. Terrible idée.

J'étais retourné à la cathédrale. Cette quiétude percée de soupirs, de raclements de gorge, cette douce odeur d'encens et de pourriture m'offraient un précaire apaisement.

Je ne savais plus qui j'étais. Était-ce dramatique ? J'avais choisi la voie du dénuement. De la dissolution.

L'hiver était un mystère, et je m'y enfonçais les yeux grands ouverts.

43

Un soir, je suis rentré chez moi, et Stanislas m'attendait, assis dans un vieux fauteuil placé dos à la fenêtre. Je me rappelle m'être demandé si j'avais bien fermé à clé.

Dans l'encadrement, la ligne des Vosges n'avait plus rien de bleu. Elle était grise, noire peut-être, ourlée de lourds cumulus, et des sapins décharnés se dressaient au sommet, des rescapés, des foudroyés.

Stanislas avait bien meilleure mine que lors de notre dernière rencontre.

Trois mois avaient passé – déjà.

— Je te croyais dans le Sud.

Il n'a pas répondu. Je n'étais pas aussi surpris que j'aurais dû l'être. Je me suis installé à la table du salon. Quelques enveloppes gisaient là, que je n'avais jamais ouvertes. J'ai commencé à les décacheter, à les séparer en deux tas.

— Je ne te propose pas à boire.

Il a levé une main. Son sourire inaltéré, serein, détaché.

— Merci, non. Tout le monde te cherche.

— La bonne blague.

— Dis-moi, ça te dérangerait de mettre de la musique ?

Je suis allé dans la chambre de mon grand-père. J'ai ouvert son armoire. Il y avait là une pile de vieux 33 tours, que j'avais retrouvés peu de temps après mon arrivée.

— Qu'est-ce qui te ferait plaisir ? (Il s'était passé une main derrière la nuque.) *Pelléas et Mélisande* ?

Rêveusement, il a acquiescé. J'avais lancé cela au hasard. Je me suis mis à inspecter les pochettes. Des vieilleries, des inconnus – pas la moindre trace d'un classique.

— La version de Karajan, si possible : celle de 78, avec le philharmonique de Berlin. Oui, je pressens ton objection : je *déteste* Karajan. Cependant, il est permis de changer. Je suppose qu'on se trouve à mille lieues de l'approche de Désormière, de sa retenue, de son ascèse, mais je confesse un certain faible pour José van Dam et je me suis laissé dire qu'il composait un Golaud assez dantesque, d'une violence tout à fait convaincante lorsqu'il succombe à la jalousie.

Je me suis redressé.

— Stanislas…

— D'accord, la diction de Frederica von Stade laisse à désirer, et Richard Stilwell doit peiner dans le haut de la tessiture, mais je serais curieux d'entendre Raimondi en Arkel, *mezza voce*. (Paupières mi-closes, il chantonnait.) La musique me manque, crotte. « Il fait sombre dans les jardins. Et quelles forêts, quelles forêts tout autour des palais ! » Alors, nous as-tu déniché une merveille ?

Piteusement, j'ai secoué la tête.

— Il n'y a rien. Que des vieilleries – Mistinguett, Patachou, Line Renaud.

— Ne me parle pas d'elle.

Il avait dit cela d'une voix sèche, tranchée. Il s'est levé, s'est posté à la fenêtre ; il me tournait le dos.

J'aurais voulu m'avancer, lui toucher l'épaule. À la place, je me suis rassis. Le jour déclinait. Il n'allait pas tarder à disparaître.

Ainsi passait le temps. Morne succession d'après-midi grisâtres, épuisés en promenades blêmes ou héroïques. J'affectionnais les parkings, les terrains vagues, les rues désertes – je fuyais le centre-ville et ses décorations de Noël. À d'autres heures, les sentiers de forêt. Un mince glacis, des flocons de fin de bal, guère plus.

Nous étions en novembre, l'hiver tapotait encore ses bottes sur le seuil en vieux monarque, une invincible obscurité s'avançait sur les Vosges.

Un après-midi qu'une fois encore – c'était devenu un rituel – je m'étais décidé à gagner la roche Saint-Martin dominant la plaine, j'ai retrouvé mon Marquis, accoudé au garde-corps métallique.

Je me suis avancé à son côté ; naturellement, nous étions seuls. Vers la ville en contrebas, il a hoché le menton.

— Est-ce ici que tu as grandi ?

— Non.

— Mince, qu'est-ce que je ne donnerais pas pour une cigarette ! Tu te rappelles, la façon dont Brume tenait les siennes ? Entre l'annulaire et l'auriculaire ? (Il a mimé le geste.) Bien sûr que tu te rappelles.

Un rapace est passé au loin, trait silencieux. Un faucon ? Longtemps, il est resté dans notre champ de vision – jusqu'au point d'une phrase qui ne pouvait être prononcée.

Je me suis passé une main dans les cheveux. Le regard de Stanislas vagabondait toujours. Le faucon, ou quoi que ce soit d'autre, avait disparu.

Fouillant le passé, tel un rêveur tâtonnant, je suis resté un moment sans pouvoir prononcer un mot. Ma mère et ma grand-mère se haïssaient, c'était un fait. Plus que tout, ma mère craignait de reproduire avec sa fille ce que sa mère lui avait fait subir à elle. Sans surprise, c'est ce qui avait fini par arriver.

— Un jour, il y a eu une dispute homérique parce que ma sœur – elle devait avoir 5 ou 6 ans –, ma sœur ne mangeait pas, comme à son habitude, et ma mère la forçait, en lui pinçant le nez pour qu'elle ouvre la bouche, et mon père s'en est mêlé, et ma grand-mère, et… Enfin, bref. Personne ne nous prêtait plus attention. J'ai cherché ses doigts. « Viens, lui ai-je dit. On va débusquer les fées. » Je l'ai emmenée dans les montagnes. Dans ce massif, précisément, mais nous ne sommes pas montés jusqu'ici. L'été touchait à sa fin, c'était la saison des myrtilles, et…

Je me suis tu. Un couple de jeunes gens venait d'accéder à la roche, qui se tenait par la main. Le garçon a lâché la fille et s'est avancé en premier. Un grand brun à lunettes, grassouillet, en blouson de ski. J'ai marmonné un « bonjour » à peine poli, Stanislas s'est écarté, et ils ont commencé à prendre des photos, surtout de sa petite amie, blonde, très belle, profil slave – malgré son gros pull de laine, on la devinait aussi fine qu'une liane et son visage exprimait quelque chose de l'hiver. Ils sont repartis comme ils étaient venus. Longtemps, le rire de la fille a résonné dans les sous-bois.

— C'était la saison des myrtilles, a repris Stanislas en étouffant un bâillement.

J'avais oublié ce que je voulais dire ; ça m'est revenu d'un coup.

— La saison, oui – ma sœur en cueillait plein. Nous avions pris un seau en fer, on entendait le bruit des petites billes, les brimbelles comme on dit ici, *ploc, ploc.* Elle en portait à sa bouche. Sa bouche peinturlurée, violette. Un soir, il s'est passé un truc étrange. Difficile à décrire ; ma sœur a crié, voilà. Elle avait vu quelque chose. Derrière un arbre.

Stanislas s'est retourné vers moi. Ses coudes reposaient sur le garde-corps. Il a levé les yeux au ciel.

— Il va pleuvoir.

Mon histoire ne l'intéressait pas. Il ne voulait rien savoir de la chose derrière l'arbre, de la maladie de ma sœur, de l'enfer en mode mineur qu'était devenue mon enfance après sa première hospitalisation.

— Je t'ennuie ?

— Je connais ta sœur, a lâché Stanislas. Excellente nageuse. Dans les rivières souterraines.

Les premières gouttes ont commencé à tomber. Fines et piquantes. Le soir arrivait au galop, la forêt se refermait sur elle-même, des vérités anciennes reprenaient leur place, traduites en mille échos inintelligibles.

Je suis redescendu d'un pas pressé, me frottant les mains, regard fixé sur le sentier.

44

Il y a eu d'autres rencontres ; la plupart du temps, il se contentait de me suivre à distance. Je m'arrêtais ? Il faisait halte aussi. Un samedi, je suis tombé sur lui à la sortie d'une pharmacie où j'étais allé acheter deux tubes de vitamine C. Une désapprobation lasse se lisait dans ses yeux. Un autre soir, à l'entrée d'un restaurant chinois, il est resté dix bonnes minutes à examiner l'aquarium. Les mains sur les genoux, fasciné, il suivait le parcours des poissons télescopes aux yeux protubérants. Je mâchonnais mes nouilles au ralenti.

Un matin que je m'étais levé plus tôt que d'habitude, je l'ai retrouvé au cimetière, assis sur une stèle – j'étais venu voir la tombe de mon grand-père. Ma mère m'avait expliqué comment retrouver l'endroit. Les allées étaient envahies de mauvaises herbes ; sécateur en mains, un gardien agenouillé débroussaillait.

La bise avait quelque chose de mauvais. Sur la dalle mouchetée de poussière, une feuille morte résistait. Au pied de la tombe, un arrosoir en ferraille. Des fleurs artificielles, grotesques, violacées. Qui avait choisi ces horreurs ?

À mon regretté père
À mon époux

À notre collègue
Paul Metzger, 1906-1990

Stanislas m'avait suivi à distance respectable, sans emprunter les mêmes allées. À présent il se tenait là, à deux tombes de moi, vêtu d'un vieux chandail grisâtre ; il ne semblait pas souffrir du froid. J'ai toussoté dans mon poing.

— J'ai tué Axël.

— Qui ?

Il s'était tourné vers les montagnes. Le vent rognait les derniers coins de ciel bleu. Jamais quiconque, ici, n'avait vu un ciel sans nuages.

— Pourquoi est-ce que tu ne réponds pas ?

— Pourquoi les choses ? a-t-il sifflé entre ses dents, sans me regarder. Pourquoi est-ce que tu ressasses, pourquoi la mort, pourquoi les arbres, pourquoi nous, ici, en ce matin d'hiver ? Tu m'emmerdes, mon chéri. Je ne suis pas curé, je ne suis pas ta conscience. Tu as fait ce que tu pensais devoir faire.

Il a fait mine de faire rouler un caillou sous sa semelle, mais rien ne bougeait. Un méchant rictus avait paru au coin de ses lèvres. Ma foi, ai-je pensé. Pour finir, il s'est éloigné et cette fois c'est moi qui l'ai suivi.

Le gardien, qui s'était redressé, se massait les hanches en grimaçant. Sa moustache, ai-je remarqué, n'avait pas été taillée depuis longtemps. Il m'a adressé un clin d'œil et s'est remis à l'ouvrage.

Décembre était une sale affaire. Une saison blanche et sans merci, qui décourageait l'avenir et figeait les expressions. Même le ciel, avec ses motifs ardoise et ses ébauches d'esclandres, cédait à la paralysie.

Irréel, le temps d'avant. Avec mes semblables, le contact était rompu : Muriel, Antoine, Simon : insaisissables. Et ceux de l'école, Jean-Do, Estevan – les exilés, condamnés à la réussite Insaisissables, eux aussi. Me manquaient-ils ? Qu'avaient-ils été pour moi ? Nous n'étions pas dignes les uns des autres.

Quant à Angélique… Ma mère m'a fait savoir qu'elle l'avait vue, un après-midi, boulevard de l'Hôpital, tenant un garçon par la main, un grand brun avec un pantalon à pinces, « ça te dit quelque chose ? » « Je me suis demandé si elle n'était pas enceinte », a-t-elle ajouté après un temps de réflexion.

Ou heureuse ?

La neige : trois flocons kamikazes, que le froid déchiquetait de son souffle. Le soir venu, à la fenêtre, je tendais le cou vers la nuit sans étoiles, flairais les parfums électriques des monts noirs.

J'étais parvenu en ces contrées où la pensée cesse d'être opérante. Un filet de conscience s'écoulait, les fonctions vitales étaient assurées, et c'était tout. Parfois, il m'arrivait de me demander ce qui se passerait le jour où la monstruosité remonterait à la surface : monstruosité de mes actes, du silence dans lequel je m'étais muré. À d'autres moments, je me disais que ce jour n'existait pas et j'éprouvais, à cette idée, un très coupable sentiment de consolation. J'étais l'eau que la glace refuse de prendre, le recoin de la mansarde qu'aucun soleil ne délivre de l'ombre.

Puis je m'imaginais mettant le feu à l'église, ou à moi-même, devant un monument aux morts, comme l'avait fait en son temps un jeune garçon épris de ma mère – elle m'avait raconté cette histoire enfant, je n'en avais jamais discuté la véracité, et aujourd'hui…

Un jour, j'ai revu Stanislas dans les allées du supermarché Cora, inspectant les paquets de pâtes. Il avait coincé un carton à dessin sous son bras, et nous nous sommes toisés sans ciller, des clients s'écartaient en me considérant avec inquiétude – il y avait longtemps que j'avais cessé de prêter attention à l'image que les autres avaient de moi.

Il a sorti une feuille de son carton. Des mots simples.

Il y a du monde. Je ne peux pas te parler.

J'ai acheté une bouteille de liquide vaisselle, un paquet de pain de seigle industriel, des yaourts nature, un flacon de curry, et je me suis dirigé vers les caisses. Stanislas a produit une nouvelle feuille.

Bientôt, je ne te dérangerai plus.

Je suis sorti en premier, lui sur mes talons, et je suis rentré à la maison en prenant le chemin habituel.

Je marchais d'un bon pas, il se hâtait à mon côté. Que restait-il à dire ou à faire ?

Les jours suivants, il s'est montré encore.

Assis en tailleur sur le lit de mon grand-père, ou sur la troisième marche de la passerelle qui enjambait le chemin de fer.

À la porte de l'église, aussi, chaque fois que je traversais la place.

Une ou deux fois dans la forêt, juché sur un tronc d'arbre abattu, ou bien sur le bord d'un talus – toujours, une feuille à la main.

Les messages se faisaient de plus en plus sibyllins. Il était question d'une fontaine. Question d'un géant de bois. Stanislas avait accès à des lieux qui m'étaient interdits. J'avais trop à faire avec mes failles, mes fissures, mes lézardes, pour me laisser pénétrer par une autre vérité. Il a dû le comprendre.

Au revoir, le mot de la fin.

Puis plus rien. Des feuilles vierges. Blancheur résignée.

Il s'étiolait, s'atténuait. Je veux *être* avec toi, m'avait-il dit un jour, insistant sur le verbe. Rien de plus.

Un matin, en me levant, j'ai su qu'il ne reviendrait plus. Il avait passé la nuit, je crois, assis à mon chevet.

Puis il s'était levé, et je m'étais retourné, offrant mon dos à son absence.

Quelques jours plus tard, ouvrant la fenêtre pour faire entrer de l'air, j'ai découvert deux mots inscrits en lettres épaisses et noires sur le mur d'en face, le mur contre lequel, au temps de ma petite enfance, j'avais fait tant de fois rebondir l'increvable ballon tricolore offert par mon grand-père.

il arrive

Je suis allé me rasseoir.

Il y avait bien peu de jeunes, à Saint-Dié. Je ne voyais pas qui aurait pu prendre la peine de bomber ces mots de nuit, juste devant chez moi.

45

Deux jours plus tard – il était près de 20 heures, j'écoutais la radio devant les restes d'un risotto surgelé –, deux jours plus tard donc, on a frappé à la porte.

Personne ne savait où j'habitais, à part mes parents, et jamais ils n'auraient débarqué ainsi. J'ai enfilé mes chaussons, je suis descendu. Une voisine, peut-être ? Une urgence, un accident cardiaque ?

La clé restait toujours sur la porte. J'ai ouvert, le froid s'est engouffré comme un voleur, et j'ai cligné des yeux.

Il était là. Engoncé dans un pardessus de laine, les mains dans les poches.

Il était là, armé d'un pauvre sourire.

Je me suis avancé. L'idée m'a saisi qu'il était venu pour me tuer, et ça n'avait aucune importance.

Je l'ai serré dans mes bras, le squelette qu'il était devenu, sa main sur mon dos – il tremblait.

J'ai reculé d'un pas. Sa chaleur, la mollesse de sa bouche, le velours brûlant de son regard : tout avait disparu.

— C'est ta mère, a-t-il déclaré d'une voix enrouée.

Il s'est raclé la gorge ; ça avait l'air douloureux.

— Ma mère ?

— Qui m'a appris que tu étais ici. Tu sais que ton nom est dans l'annuaire, n'est-ce pas ? Rassure-toi, je n'ai rien dit à Brume.

— Où est-elle ?

Il s'est mis à inspecter les lieux.

— C'est sans chichi, chez toi. Je peux entrer ? Elle est à Paris. Elle était partie dans les îles, elle est retournée chez ses parents. Tu devrais l'appeler.

Je lui ai tenu la porte ouverte.

— Gaffe. La pente est raide.

Il est monté lentement : un pas après l'autre, reprenant son souffle entre chaque marche. Je le suivais, et j'avais mal pour lui.

Dans la cuisine, il a ôté son pardessus, l'a déposé sur la table et, sans que je l'y invite, a pris place près du poêle, ses bras ramenés contre lui.

Un mourant. Un presque-mort au visage hâve, aux clavicules épineuses, qui se forçait à sourire en essayant de se réchauffer.

— Tu as faim ? Tu veux que je te prépare quelque chose ?

Son expression n'avait pas changé – contrite, désolée. Il évitait soigneusement mon regard.

— J'ai du mal à avaler, ces temps-ci. J'ai… (Il a descendu un doigt le long de son cou décharné) des champignons dans la gorge.

J'ai opiné, m'asseyant à la table. Je n'avais pas faim non plus. L'ampoule de la lampe avait des ratés. Il a levé les yeux au plafond.

— Tu es seul ?

— Devine.

Enfin il a posé les yeux sur moi.

— Choisis un chiffre entre un et cinq.
— Quoi ?
— Celui du milieu.
— Trois.
Il a applaudi en sourdine.
— Voilà ce qu'il me reste à vivre. En mois.
Un vide s'est creusé dans ma poitrine. Je me raccrochais à la table.
— Qui a dit ça ? Le Marchand de sable ?
Il a ramené ses jambes contre lui. Ses genoux pointus. Ses cuisses qui n'étaient plus des cuisses.
— Je sais ce que tu penses de lui. Mais mes parents…
— Tes parents ?
Il a détourné le regard. Une expression amusée flottait sur son visage. Il ne m'avait jamais parlé d'eux.
— Nous nous sommes un petit peu rapprochés, ces derniers temps.
— Je croyais qu'ils étaient morts.
— C'est grotesque. On peut en parler plus tard ? Toujours est-il que nous avons vu d'autres médecins, eux et moi. Et que le discours n'a pas varié. Mes analyses sont mauvaises, Fabrice. Les sales petits chiffres têtus. Aux dernières nouvelles, il me restait une trentaine de T4. Je suis un genre de miracle sur pattes ; on sait que ça ne dure pas. Statistiquement, ça ne *peut pas* durer. Quelle importance ? Nous savions dès le début comment ça finirait. J'ai fait ce que j'avais à faire, j'ai vécu tout ce que je devais vivre. Il ne restait plus que toi.
— Moi ?
— Je devais te revoir. Te dire les choses en face. Tu as été un imbécile. Je ne t'en veux pas d'avoir fait ça à Axël, parce qu'il a dû souffrir, quoi, quelques minutes à

peine ? Mais ça ne devait pas se terminer ainsi. Tu m'as condamné : j'avais besoin que tu l'entendes. Tu m'as condamné à partir seul.

À mon tour de fuir son regard. De faire silence. On ne s'en va que seul, Iago. On *est* seul.

J'ai relevé la tête. Il observait mon intérieur. La table en Formica. La peinture écaillée, au-dessus de l'évier. Le vieux poste de radio et sa Sainte Vierge de Lourdes. À la mort de ma grand-mère, on avait trouvé une boîte en fer au fond de son placard. Remplie de pièces de 100 francs – des centaines de pièces.

— Alors c'est ici que tu es venu hiberner.

J'ai haussé les épaules.

— Si on veut.

— Et… Tu vas bien ?

Une ombre, sans doute, est passée sur mon visage.

— Je n'ai pas eu mon diplôme – jamais validé les matières qui me manquaient. J'ai quitté mon amour de jeunesse, et celui qui venait après. J'ai tué un garçon malade. Tous les voyants sont au vert.

— Paris doit te manquer.

— Je ne peux pas y retourner.

J'ai tourné mon regard vers la fenêtre. Le lampadaire abêti. Ce silence de province. Des flocons hésitaient, qui s'étaient perdus en route.

— Rien n'a changé, a lâché Iago. Je veux dire, Stanislas a disparu, les gens sont rentrés chez eux – la fête est finie. Mais tu n'es pas recherché par la police. Personne ne sait, personne ne saura. (Il avait posé son menton sur ses genoux enserrés. Il y avait, dans ses yeux, quelque chose que je n'avais jamais vu avant, et qui ressemblait à de la bonté.) Je crois… Je crois que j'ai tout embrassé, que j'ai hurlé tout ce que je pouvais. La musique, les disputes, la panique, l'amour. Et Paris, Paris. Les toits, les jardins du dimanche, les néons des backrooms. Toutes ces vies goûtées, le sel de ces peaux…

Il a tendu un bras vers moi.

Je me suis levé, j'ai pris sa main entre les miennes, et mes lèvres l'ont effleurée.

Je me tenais là, debout devant lui, qui souriait à travers ses larmes, et j'avais envie de le sauver.

Depuis le premier jour, depuis cet après-midi de janvier où je l'avais ramassé sur le trottoir, je vivais avec cet espoir. Je ne pouvais aimer que ceux qui ne m'aimaient pas, et ceux qui m'aimaient n'avaient rien à espérer de moi.

J'étais resté ce petit garçon dont la mère avait perdu un enfant, dont la sœur était devenue folle, et qui se sentait coupable.

Iago me dévisageait, intensément. Il devait tout lire en moi, tout savoir, tout comprendre – il ne prenait même plus la peine d'essuyer ses larmes. Rien n'était possible entre lui et moi, et c'était ce « rien » qui nous liait.

Je l'ai pris par la main, ce soir-là, et nous sommes montés au deuxième, là où je n'étais jamais retourné depuis mon arrivée. J'ai poussé la porte, je l'ai assis sur le lit de mes parents, il a levé les bras et j'ai ôté son tee-shirt. Des taches bleuâtres constellaient sa poitrine, et je les ai embrassées l'une après l'autre, et il a posé une main sur ma tête, ses doigts se sont enfoncés dans ma chevelure.

Puis j'ai délacé ses chaussures, j'ai tiré ses chaussettes, j'ai déboutonné son jean et j'ai fait descendre son caleçon sur ses chevilles. Sa queue se dressait, épaisse, étonnamment vivante.

J'étais tombé à genoux entre ses cuisses. Il m'a relevé, a saisi mon visage entre ses mains et a déposé un baiser sur mes lèvres. Puis il a regardé autour de lui, amusé.

— C'est ici que tu dormais, étant petit ?

— Je rêvais beaucoup.

Il s'est levé, son sexe a brinquebalé contre mon torse. Il a tiré les draps et la couverture, a repoussé l'édredon et s'est glissé dans le lit. La seule lumière qui nous éclairait était celle de la lampe de chevet Art déco posée sur la table de nuit. Une bible de poche l'accompagnait. Je me suis déshabillé, et me suis couché contre Iago. J'ai passé un bras autour de son torse décharné, et il l'a attrapé, et il a posé ma main sur son visage.

Mon valeureux. Mon exilé.

Je bandais un peu, contre ses fesses plates, et puis tout s'est calmé. On n'entendait plus que le bruit rauque de sa respiration ; un bonheur singulier m'envahissait.

Nous avons parlé, cette nuit-là, lovés dans un feu pâle et orangé, les ombres de notre tristesse grandissant sur les murs.

Il pleurait, de nouveau, une part de moi se noyait dans cette rivière, et je murmurais à son oreille des mots que, je le savais, je ne regretterais jamais. Doucement, sa respiration s'est apaisée, et nous avons sombré ensemble.

46

Il est resté trois jours. Il se délabrait à vue d'œil. Chaque nuit, il perdait des litres de sueur, tremblait quoi que je fasse, et ne pouvait plus avaler la moindre particule de nourriture solide.

Je lui préparais des bouillons de poule, que je lui administrais à la cuillère. Je passais des serviettes humides sur son front, massais son corps amoindri avec des huiles achetées en pharmacie, qui sentaient le camphre et la citronnelle. Je le lavais à l'aube, rasais sa barbe au rasoir électrique – j'avais oublié tout ce qui n'était pas lui.

Le deuxième soir, il a voulu sortir. Il se sentait mieux, prétendait-il, il avait envie de voir la montagne. Je lui ai fait remarquer que la nuit était tombée, que nous ne verrions pas grand-chose. Il a posé une main sur ma joue.

— Tu ne comprends rien.

Il n'avait pas de vêtements assez chauds pour ce genre d'équipée. Je lui ai prêté un manteau de mon grand-père, dans lequel il n'était pas loin de disparaître, et je l'ai convaincu d'enfiler des gants, un bonnet. Tel un explorateur de l'ancien temps, il a tournoyé en gloussant au milieu de la rue. Depuis sa fenêtre, sans se cacher, ma vieille voisine nous épiait. J'ai rattrapé Iago par la taille.

— Allez, viens. Viens, s'il te plaît. On dérange.

Il avançait en pouffant, escogriffe filiforme, capitaine vaillant d'une gloire antique. J'étais habillé comme lui et ça le faisait rire, il avait gardé ce don pour déjouer le tragique. Nous avions pris des ecstas, une idée à lui. « Avale ça, m'avait-il intimé, menton levé. Tu me dois cette faveur. »

J'avais tiré la langue, il avait déposé la pilule, amen. Devant le miroir ébréché de la cuisine, trente minutes plus tard, j'avais reluqué mon double égaré, triturant mes paupières. Tout avait changé. L'alcool me montait à la tête, dorénavant, je l'avais réalisé un midi, en commandant une bière dans un café du centre-ville.

Du vin, une cigarette, n'importe quoi me renversait, une digue en moi avait cédé.

— Ça va ?

Il s'était collé à moi, son menton sur mon épaule, il contemplait nos deux reflets découragés, et je voyais que, pour des raisons différentes, nous ressentions la même chose : une grâce, déjà, se fanait dans la lumière crue. À peine éclos, le moment nous était arraché.

Ah, oublions ! me suis-je exhorté. Et nous avons gravi les marches de la passerelle. Iago me paraissait largement plus alerte que la veille, oui, une *légèreté* nouvelle guidait ses pas, et je me suis dit qu'il avait franchi un cap, cette limite au-delà de laquelle rien de fondamental ne peut plus vous atteindre.

Nous nous trouvions à mi-chemin lorsqu'un train s'est annoncé, crachotant dans la nuit. Nous nous sommes penchés pour regarder le vieux monstre approcher. *Ta-ta, ta-toum, ta-ta, ta-toum* – ce bruit avait bercé une partie de mon enfance. Il y avait toujours un train en partance, dans le noir de mes souvenirs, et je n'étais jamais dedans.

— Où crois-tu qu'il file comme ça ?

Iago a souri.

— En Italie. Tous les trains vont en Italie.

Arrivés de l'autre côté, nous nous sommes enfoncés dans l'écheveau sombre des ruelles, guidés par le faisceau de ma lampe de poche qui, devant nous, dansait, puis nous sommes entrés dans la forêt.

La montagne était blanchie, nos pas crissaient sur la neige, j'avais pris la main de Iago dans la mienne, une expression de ravissement planait sur son visage. Au faîte des hêtres dépenaillés, des fantômes d'usnée barbue nacrée de givre tremblaient dans les vents noirs. Longtemps, au rythme court de son souffle, nous avons suivi le sentier qui montait entre les hauts sapins, gardiens hurlants figés par le gel. Ma lumière fixait l'écorce argentée des troncs, fouillait les secrets des sous-bois, errait par soubresauts sur le sentier, nous ouvrant le chemin. Assez vite, Iago m'a attiré vers le bas-côté – j'ai manqué trébucher – et nous sommes entrés dans le royaume véritable, la cathédrale de silence.

Ce qui s'est passé ensuite échappe au pouvoir du langage. Il faudrait hurler visage enfoui dans la neige, manier le pinceau de martre en aveugle, sourire de ne plus respirer – rien ne pourrait répondre aux ruines incendiées de l'heure profonde. Je crois que nous nous sommes perdus, moqués par la lune captive. Je ne peux pas dire que nous sommes allés « là-bas », ailleurs ; un mécanisme s'était mis en branle, une libération, quelqu'un avait ouvert la cage de notre esprit, nous offrant aux bramements, aux larves et aux lutins de l'aurore.

Tout se déversait. Tout à la fois blanc immaculé et coloré à l'extrême, s'étendant dans des directions inconnues et hors de portée. Chaque pas me rapprochait de la dissolution. Une sarabande de chuchotis répondait à notre présence, un chant nous nourrissait, prenant soin de nous et de nos peurs.

Un sabbat.

Nous sommes rentrés au petit matin, titubant sur le sentier, chacun de son côté. Iago a pris de l'avance, sifflotant, en zigzag, le long d'un fouillis de fougères glacées. À chaque pas il manquait chuter, mais toujours une main le guidait, le remettant sur le chemin.

Nous avons franchi la passerelle ; un miracle en soi. J'ai sorti mes clés, restées dans ma poche – autre prodige. J'ai enroulé le bras de Iago autour de mon épaule. « En avant ! » Allez, encore un effort. Je l'ai bordé à l'étage, dans le lit nuptial, je suis redescendu et me suis calé dans le fauteuil, face au jour qui se levait. Je fixais les montagnes. Cherchais à me rappeler quelque chose. De longs poils roux étaient restés collés à mon pull. Un animal ? La ligne des Vosges ; la fracture.

J'ai plissé les yeux. Les sapins du sommet, promis à la foudre. Souviens-toi, me répétais-je, en larmes, essaie, bon Dieu, arrache-toi la cervelle, examine chaque repli – trop épuisé pour aller me chercher un verre d'eau, trop perdu pour lutter contre le sommeil.

47

Il était près de 11 heures quand je me suis réveillé. Mon dernier battement de cœur avait retenti comme une explosion. Une trouille ignominieuse me tordait les entrailles.

Courage. Tu devras y aller de toute façon. J'ai ouvert la porte de l'escalier, me suis arrêté aux toilettes pour vomir, mais rien ne venait qu'un triste filet de bile pendant de mes lèvres. Je me suis redressé. Les marches s'enfonçaient dans les ténèbres, disparaissaient. Il a fallu que je ferme les yeux pour monter. Le pire n'est jamais ce à quoi on s'attend.

La porte de la chambre était entrouverte. Iago gisait nu en travers du lit, sur le dos, le corps luisant.

J'ai ramassé la couverture de laine grise tombée à terre et je l'ai remise sur lui, en tirant les coins. Avec un geignement d'enfant, il a ramené un bras osseux sur son visage – dévoilant une aisselle rance, quoique impeccablement rasée.

Une partie de la fenêtre était mouchetée de blanc. J'avais mis ses vêtements à sécher sur le radiateur, ils étaient déjà prêts. Une puanteur douceâtre flottait dans la chambre. J'ai ouvert le plus silencieusement possible, et je me suis penché au-dehors. Une neige légère virevoltait au-dessus de la ville. J'ai pensé aux *Morts* de Joyce, une nouvelle que nous avions étudiée en classe et qui, en dissertation, m'avait valu la meilleure note de ma promotion. « Son âme s'évanouissait peu à peu comme il entendait la neige s'épandre faiblement sur tout l'univers comme à la venue de la dernière heure sur tous les vivants et les morts. »

Iago a gémi plus fort. Je me suis courbé au-dessus de lui. Essayait-il de dire quelque chose ? Depuis combien de temps ne s'était-il pas brossé les dents ?

Il avait trouvé refuge dans un royaume infra-animal, une antichambre chtonienne où les hommes finissent par se fondre dans la pierre. Je lui ai pris le poignet, comme j'avais vu faire dans les films. Rien.

— Je reviens, ai-je susurré.

Je suis redescendu en somnambule, ai enfilé mon manteau à revers fourré, suis sorti dans le matin froid.

La cabine téléphonique du Cora était occupée. Merde. Merde ! Je faisais les cent pas en m'arrachant les cheveux. Ma mémoire… restait-il un endroit où creuser ? La grande forêt. Nos rires désarticulés, le givre brûlant, il me semblait que nous avions roulé dans la neige, enlacés, et puis…

Et puis quoi ? Des flashs me secouaient, des scènes saisies sur l'instant, et j'étais terrorisé. Avais-je tout imaginé ? Iago était là-haut, au plus mal, et moi je voyais ces choses, je nous voyais nous, ma peau rougie, ses lèvres râpeuses – mais rien de tout cela n'était plausible, n'est-ce pas ?

La jeune femme qui occupait la cabine, une petite blonde boulotte affublée de lunettes à monture saphir, m'a fait signe, avec une moue ennuyée, qu'elle était en passe d'en terminer. L'air me manquait. Elle est sortie deux minutes plus tard, examinant son profil dans un miroir de poche. Je lui ai tenu la porte, et suis entré à mon tour.

Une fois de plus, le numéro. Vite, vite, une voix. J'avais besoin d'entendre que j'étais fou. J'avais besoin qu'on me traite de tous les noms. Au bout de quatre tonalités, un homme a décroché, déjà fatigué.

— Bonjour.

— Bonjour. Je…

— Prenez votre temps.

Ce n'était pas une question de temps : c'était une question de moi, qui vivais ici, qui parlais dans un téléphone, et d'un autre, qui avait été dans la forêt cette nuit, et qui…

Je me suis raclé la gorge.

— J'ai eu une relation avec un homme, ai-je lâché. Un homme contaminé.

— Quelle a été la nature du rapport ?

— Je ne me rappelle plus.

— Bon.

— Nous avons pris des ecstas.

— Dans un cadre privé ?

— Eh bien… Je l'ignore. Ce n'était pas une soirée, mais ce n'était pas chez moi non plus. C'était dehors.

L'homme a ri de bon cœur.

— Dehors ? Quelle chance ! Vous nous appelez d'un pays chaud ?

— Dehors dans la forêt. Au milieu de la neige.

Il s'est tu. J'ai essayé d'analyser la qualité de son silence.

— Vous ne vous souvenez pas de ce qui s'est passé.

— Non.

— Pas même un peu ?

— Pas même.

— Il va falloir m'aider, monsieur. Ces drogues que vous avez prises… Était-ce de votre plein gré ?

— Absolument.

— Qu'est-ce qui vous fait penser que vous avez pu avoir un rapport sexuel ? C'est votre partenaire qui vous l'a affirmé ?

— Nous n'avons pas parlé.

— Avez-vous tout de même une vague idée ? S'il y a eu pénétration, par exemple, il serait douteux que vous ayez pu l'oublier.

J'ai porté une main à mon front.

— Je crois…

— Donc, il ne s'agit pas de ça. S'agit-il d'un partenaire occasionnel ? Quelqu'un avec qui vous êtes en mesure d'échanger ?

— Il est en train de mourir.

— Votre partenaire ? Monsieur, c'est de votre partenaire, que vous parlez ? Son sida s'est-il déclaré ?

— Oui.

Les mots mouraient sur mes lèvres.

— Monsieur, il faudrait que nous arrivions à faire le point sur ce rapport que vous avez eu ou croyez avoir eu.

J'ai raccroché : tête baissée, K-O.

Puis, après ce qui m'a paru quelques secondes, mais qui était peut-être cent fois plus, je me suis redressé, hébété. Un type de mon âge attendait en réglant le cadran de sa montre. J'ai attrapé le bottin, et j'ai commencé à faire défiler les pages. Médecins, médecins… Je ne connaissais personne ici.

Un homme a répondu à la première tonalité. Une voix grave, posée, une voix de notable. J'ai dit qu'un garçon se sentait mal, qu'il fallait venir vite. J'ai dit qu'il respirait avec difficulté.

L'homme m'a répondu qu'il pouvait être chez moi d'ici à une vingtaine de minutes. J'ai murmuré un merci accablé et je suis rentré.

Iago dormait toujours, si on pouvait appeler cela dormir. Il s'était retourné sur le ventre et avait posé une main sur sa figure – un arthropode blanc et frêle – comme s'il avait tenté de s'arracher le visage mais n'avait pas réussi à aller au bout.

Le médecin est arrivé avec cinq minutes d'avance. Je l'ai fait monter en marmonnant des banalités. Sur le seuil de la chambre, il s'est figé, ramenant sa sacoche contre lui.

— Depuis quand est-il dans cet état ?

— Ce matin. Enfin, cette nuit.

Il a ôté son pardessus en regardant autour de lui, puis s'est assis au bord du lit, avec précaution, et a déplié son stéthoscope. Enfin, il a soulevé la couverture.

Sa lèvre supérieure s'est retroussée en un rictus de dégoût.

— Est-ce que c'est ce que je crois ?

— Oui.

Il a écouté le cœur. Il a pris la tension. Iago se laissait faire comme une poupée de chiffon. L'homme a passé le dos de sa main sur son front, puis a levé les yeux sur moi.

— Est-ce que vous êtes… son ami ?

— Oui.

— Je veux dire son partenaire ?

J'ai secoué la tête.

— Il habite Paris. Il est venu me rendre visite il y a deux jours. C'est quelqu'un à qui je tiens énormément, mais ce n'est pas…

— Il faudrait l'hospitaliser.

— Quoi ?

Il a replié son stéthoscope, remballé son tensiomètre, s'est baissé vers sa sacoche pour les ranger.

— Votre ami se trouve dans un état déplorable. Et le bruit qu'il fait quand il respire est alarmant. Ce pourrait être une pneumonie. Il faudrait procéder à des analyses, un check-up en profondeur. L'hôpital peut prendre les tests en charge, le Pr Gerhard, infectiologue, dirige une très bonne équipe. Vous avez un téléphone ?

— Pour ?

— Appeler une ambulance.

— Je ne pense pas qu'il voudra.

— Il n'a pas le choix.

— On ne peut pas le forcer, si ?

Il a ramassé son pardessus et l'a enfilé en me toisant avec tristesse.

— Chacun est libre. Mais vous prenez un risque majeur. Votre ami ne semble pas en état de décider ce qui est bon pour lui.

— Allez-vous lui prescrire des antibiotiques ?

— Pas sans un bilan sanguin.

— Il a de la fièvre.

— Donnez-lui du paracétamol. Pas d'aspirine ou d'ibuprofène. 4 grammes par jour au maximum. Et ne comptez pas sur une ordonnance.

— Je vous raccompagne.

Je suis passé devant lui. Campé sur le seuil, il a jeté un dernier regard à ce patient pour lequel il ne pouvait rien.

— Je vous le répète : vous faites montre d'une grave imprudence.

— Je n'ai pas dit qu'il n'irait pas à l'hôpital. Seulement que je préfère lui demander.

— S'il se réveille.

— Vous croyez qu'il risque…

— Mon métier n'est pas de croire.

Nous sommes descendus – moi derrière lui.

— Combien vous dois-je ?

— Rien.

— Pardon ?

Il a traversé la cuisine au pas de course.

— Je n'ai rien fait, a-t-il lâché une fois arrivé au rez-de-chaussée. Je ne vois pas quel acte vous pourriez me facturer. Je ne sais même pas pourquoi vous m'avez appelé. Vous avez le numéro de Saint-Charles ?

— Je le trouverai.

— Au revoir, monsieur.

Sacoche à la main, il a rejoint sa voiture. Je n'ai pas attendu qu'il démarre pour remonter. De retour dans la cuisine, j'ai pris une serviette, que j'ai imbibée d'eau tiède, puis je suis remonté. Iago n'avait pas bougé d'un pouce. J'ai collé une oreille à sa poitrine. Était-ce normal de ne rien entendre ?

Avec un coin de serviette, j'ai commencé à lui tapoter les joues.

— Iago ?

Je répétais son nom à son oreille. Quand il a fini par ouvrir un œil, un sourire bienheureux planait sur ses lèvres.

— Dieu qu'il était chiant.

— Tu as tout entendu ?

— Quant à toi, tu ferais un garde du corps d'exception.

Je me suis redressé – soulagé, vaguement furieux. Je me sentais fourbu, cabossé, à bout. Je rêvais d'une douche.

— Tu devrais quand même aller à l'hôpital, non ?

— Plutôt crever. Si je puis dire.

Se démenant comme un ver, il est parvenu, miraculeusement, à se reglisser sous les draps. Il préparait sa nuit.

— Bouillon. Aspirine – je n'ai pas d'ulcère. De l'eau, aussi, mais pas trop froide, s'il te plaît. Et ça ira comme ça, mon amour. Je te jure que ça ira.

Il s'était couché sur le flanc, tourné vers la fenêtre, il avait ramené la couverture sur son oreille.

— Iago.

— Mmh ?

— Qu'est-ce qui s'est passé, cette nuit ?

— J'ai dormi.

— Non : avant ça.

Il s'est mis à chantonner. Un genre de version suraiguë de *Douce nuit, sainte nuit.*

— Iago, est-ce que tu te souviens ?

Un frisson l'a parcouru.

— Tu as voulu me faire mourir.

— Je...

— Mourir d'amour, bébé. Je ne sais pas. Demande à la partie de toi qui était là-bas, sous le couvert. Demande à la partie de toi qui voulait me posséder.

— Quoi ?

Je me suis précipité de son côté du lit. Je me suis accroupi. Il s'enfonçait dans un sommeil doucereux, et moi, au comble de la panique, j'essayais de le retenir.

— Je retire ce que j'ai dit, a-t-il chantonné. Tu es au moins aussi pénible que le médecin.

— Iago. (J'ai posé une main sur sa nuque.) Je suis sérieux, putain !

— Oh oui. Étrangle-moi lentement.

— Est-ce que nous avons couché ensemble ?

Il a ouvert les yeux. M'a fixé comme si je descendais de la lune.

— Tu te fous de moi ?

Je me suis redressé. Dans l'état où je me trouvais, je ne savais même pas si c'était un « oui ». J'exigeais de lui une chose qu'il était incapable de me donner.

— C'est…, ai-je bredouillé. C'est important pour moi.

Ses paupières, doucement, se sont refermées.

— Laisse-moi. Laisse-moi.

48

Dans l'après-midi, contre toute attente, son état a commencé à s'améliorer. Je lui avais donné de l'eau, son aspirine, je lui avais fait avaler du bouillon à la cuillère et, surtout, j'avais cessé de lui poser des questions.

Sa fièvre a fini par tomber, je n'avais pas besoin de thermomètre pour m'en rendre compte. Son regard, par ailleurs, avait perdu son aspect vitreux. Plusieurs fois il s'est redressé pour boire. Son sommeil était paisible, la nuit était tombée, il y avait quelque chose de déchirant dans la quiétude qui nous entourait.

En début de soirée, il a réussi à se lever. Je lui avais déniché une robe de chambre de mon grand-père et des chaussettes de montagne. Il a ri en découvrant son reflet dans le miroir de la commode.

— Mon Dieu. La totale.

À la cuisine, il s'est installé à sa place habituelle. J'avais fait réchauffer de la soupe de légumes, je lui en ai tendu un bol.

— On recommence ?

J'ai levé les yeux de mon journal. Une édition locale, un exemplaire de la veille.

— De quoi tu parles ?

Je me sentais lugubre – plein de haine contre moi-même.

— La forêt. La magie.

Je me voyais, serrant mes mains autour de son cou. J'ai frémi. C'était moi qu'on aurait dû faire hospitaliser.

— Jamais je n'aurais dû t'emmener là-haut, ai-je sifflé.

Il me considérait, sans la moindre aménité.

— De quoi tu as la trouille ? De devenir comme moi ? Comme nous ? (Il a ri, et son rire a dégénéré en une quinte de toux grasse.) Peut-être que tu te prends parfois à l'espérer, mais ça n'arrivera pas. Cette mort-là, cette indignité, c'est à nous qu'elle est réservée.

Il m'a regardé accuser le coup. Je me sentais merdeux.

— Je veux que tu vives.

— Et moi, je vote pour la paix dans le monde, et je crois en mes chances. Nous n'avons jamais couché ensemble, Fabrice. Je ne couche qu'avec les gens que j'aime.

Il est parti le lendemain matin.

J'étais sorti faire des courses. Je ne savais pas combien de temps il avait l'intention de rester, ni s'il pourrait de nouveau manger, mais il fallait bien que je me nourrisse, moi, et le réfrigérateur était vide.

Aller au supermarché faisait partie de ma routine quotidienne. J'y prenais un plaisir modéré mais réel. J'avais encore besoin de chaleur, de temps à autre. De visages, de frôlements, de présence humaine.

Longtemps, je m'étais attendu à voir réapparaître Stanislas, au détour d'une allée ; mais il était parti, il fallait que je m'y résigne.

Il était 11 heures à ma montre quand j'ai déposé mon butin sur le tapis roulant. Des steaks hachés, des boîtes de haricots et de lentilles, quelques fromages industriels, deux ou trois briques de soupe. Je n'avais jamais vraiment cuisiné, depuis mon arrivée à Saint-Dié, et je n'avais aucune intention de m'y mettre. Il faut être heureux, pour faire revenir des aliments dans une poêle, pour découper de la viande en filets ou des légumes en rondelles. Il faut croire en quelque chose. Moi, je n'attendais plus rien. Je dormais peu, d'un sommeil vide d'images, j'accueillais les lendemains sans espoir. La douleur était toujours aussi vive, mais j'étais là, je respirais – c'était déjà beaucoup. Un jour, les nuages se dissiperaient. Un jour, je cesserais de penser à Axël dès le réveil, et à chaque minute de mon existence.

Je suis sorti sur le parking en levant les yeux. J'étais habitué au gris du ciel. Des corneilles voletaient, qui se posaient à proximité des chariots pour comploter. Dans la rue, le ballet des voitures évoquait un film en bout de course. La neige, déjà, se transformait en une bouillie brunasse.

Au moment où j'ai introduit la clé dans la porte, j'ai compris qu'il n'était plus là : quelque chose dans la qualité du silence me le disait – dans la vibration de l'air.

Laissant mes courses sur la table de la cuisine, je suis monté sans hâte. J'ai poussé la porte et j'ai contemplé le lit en désordre. Je n'ai même pas crié son nom. Je n'ai même pas ouvert la porte du grenier pour voir s'il s'y était pendu. Je repensais à lui, si vivant, quelques mois auparavant. Je revoyais les taches sur son corps, et ses épaules saillantes, sa langue blanchâtre couverte de muguet, ses yeux éteints où ne brillaient plus que des braises.

Je suis redescendu. Pas un mot, pas un signe, rien. Il avait dû faire vite. Il avait dû guetter mon départ. C'était mieux ainsi.

En silence, j'ai rangé mes courses, j'ai sorti une assiette et j'ai posé dedans un steak surgelé.

Je me suis assis, et j'ai tripoté la molette du poste de radio sans résultat. Les piles devaient être mortes. Qu'est-ce qui n'était pas mort, ici ?

L'après-midi, après avoir essayé de lire quelques pages – *Femme actuelle*, un roman policier acheté à l'entrée du supermarché –, je suis parti en forêt. Le ciel de l'après-midi était si semblable à celui du matin qu'on aurait pu croire que le temps s'était arrêté.

D'un pas vif, j'ai gagné le sommet de la montagne. De grands troncs gisaient alignés dans la neige. Non loin, les empreintes d'un oiseau bondissant formaient des pointillés et allaient se perdre sous les ramures.

J'allais m'en retourner, au milieu du sentier, quand j'ai aperçu un daim. Un jeune mâle, à une trentaine de mètres. Il m'a observé longtemps puis, en trois bonds, il a rejoint son domaine. J'ai soufflé sur mes doigts. Je n'avais pas pris mes gants.

La nuit était en train de tomber – « s'abattre » serait plus juste, tant la sentence était lourde et soudaine – quand je me suis avancé sur la passerelle. Les montagnes blanchies s'étaient resserrées autour de la ville comme pour l'étouffer.

Je suis remonté dans la cuisine, et je suis resté longtemps assis sur la chaise de Iago, sans qu'aucune pensée me traverse. Depuis quand n'avais-je pas pleuré ? Cela reviendrait-il un jour ?

Je n'ai pratiquement pas dormi cette nuit-là. Sur le coup de 3 heures, je suis ressorti, et j'ai marché jusqu'à la cathédrale. Un vent polaire ululait dans les rues. Pas une ombre, pas une lumière. J'étais le dernier homme sur Terre.

49

Le lendemain matin, peu après l'aube, j'ai repris le chemin du supermarché. Tout de même, ai-je songé, il faudrait que je fasse rouvrir la ligne téléphonique. Mais cette seule perspective m'épouvantait. Laisser aux gens la possibilité de me parler, de me trouver quand *ils* le désiraient était encore largement au-dessus de mes forces.

La cabine était vide, comme prévu, le supermarché n'était pas encore ouvert. J'ai introduit ma carte, j'ai composé le numéro, et j'ai fermé les yeux. J'avais des vertiges, ces derniers temps. Combien de temps allais-je tenir ainsi ?

— Allô.

— Bonjour, monsieur. Je désirerais parler à Brume, s'il vous plaît.

— Elle dort. À qui ai-je l'honneur ?

— Je suis un ami. C'est important – urgent. Pourriez-vous la réveiller ?

L'homme a paru hésiter.

— Un ami ?

— Fabrice. C'est à propos d'une connaissance commune. J'appelle d'une cabine.

Ma détermination était une qualité nouvelle. J'affichais l'assurance de ceux qui n'ont plus rien à perdre.

— Je vais voir.

Le silence s'est fait. Il neigeait de nouveau. Des plaques de verglas s'étaient formées sur le parking.

Je devinais des palabres, à l'autre bout du fil. Une main posée sur le haut-parleur. Quelqu'un a pris la ligne sur un deuxième combiné, et le père de Brume a raccroché.

— Comment as-tu obtenu ce numéro ?

Je la sentais furieuse, mais pas uniquement.

— Je l'ai cherché dans l'annuaire. Ça ne date pas d'hier.

— Tu ne connais pas mon nom de famille.

— On dirait bien que si.

J'avais ouvert son portefeuille, une fois, à une soirée – elle avait commis l'erreur de me confier son manteau tandis qu'elle se rendait aux toilettes.

— Qu'est-ce que tu veux ? Putain, tu crois que tu peux m'infliger ce genre de traitement en toute impunité ?

— Je ne sais pas de quoi tu parles.

— Ta disparition ? Pendant *tout ce temps* ?

— Je suis désolé.

— Non, tu ne l'es pas. Tu n'as pas songé à moi une seconde.

— Tu occupes chaque minute de mes pensées.

Elle a ricané.

— Où es-tu ?

— Ça n'a pas d'importance. J'étais avec Iago. J'étais avec lui hier matin encore. Et il est parti. Il était malade, Brume, très malade. Je ne sais pas où il est allé.

Je l'ai entendue s'allumer une cigarette. Je l'imaginais, vêtue d'un tee-shirt trop long, décoiffée, les joues rosies. Elle a exhalé une bouffée ample.

— Tu mériterais que je raccroche.
— Si tu sais quelque chose…
— J'ai eu ses parents. Il ne va pas bien du tout, en effet. Lui et toi pouvez correctement aller vous faire foutre.
Je me suis adossé à la paroi.
— Il est chez eux ? Il va mourir ?
— Je ne suis pas médecin. Mais oui, personne n'en doute : c'est une question de semaines, à présent. Peut-être de jours.
Ma poitrine s'est gonflée comme un vieux sac percé.
— Est-ce que tu l'as revu ?
— Non. Et je ne le reverrai pas. Il n'y tient pas. Je dois respecter sa volonté. Il est temps que je m'occupe de moi, maintenant.
— Je comprends.
Elle a émis un petit rire sec.
— Grand bien te fasse.
J'ai porté une main à ma gorge. Mon pouls non plus, je ne le discernais plus.
— Je vais te laisser.
— Pas si vite.
— Quoi ?
J'attendais, plein d'espoir.
— J'ai quelque chose à t'annoncer, moi aussi. (Elle s'est approchée du combiné, sa voix s'est muée en un murmure.) Je suis enceinte, Fabrice.
Seul.
J'étais seul au milieu de ce parking, dans cette ville qui ne me connaissait pas, sous le regard de ces montagnes indifférentes, et personne ne pouvait me souffler la suite.
— Répète ça ?

— Et par pitié : ne me demande pas s'il est de toi. Ne me fais pas cet affront.

Les larmes, enfin, venaient – mais elles n'avaient aucun pouvoir. Je me suis cogné l'arrière du crâne. Je serrais le combiné de toutes mes forces. J'allais briser la vitre. J'allais...

— Je ne peux pas..., ai-je gémi.

Sa voix à elle restait calme – posée, effroyablement distante.

— Je ne te demande rien.

— Je suis un meurtrier. Tu comprends ce que ça veut dire ?

— Je ne te demande rien.

J'ai reniflé. J'ai essuyé mes larmes.

— Je voudrais te voir. T'expliquer – merde, c'est pas vrai...

— Tu ne me dois aucune explication. On sait tous les deux ce qui s'est passé, je ne vois pas ce qu'on gagnerait à y revenir.

— Mais j'en ai besoin ! Je ne veux pas réparer quoi que ce soit, je ne veux pas être pardonné. Je veux juste te voir encore une fois. Je... Je crois que ça m'aiderait.

— Et m'aider moi ? Tu y as pensé ne serait-ce qu'une seconde ?

— Si je peux faire quelque chose. N'importe quoi.

Elle a tiré sur sa cigarette.

— Je ne pense pas que nous soyons encore en mesure de faire quelque chose l'un pour l'autre, Fabrice.

— Toi si. Tu n'imagines pas.

Elle a lâché un soupir.

— Qu'est-ce que tu fous dans les Vosges ? Ce connard n'a rien voulu me dire.

— Je vis dans la maison de mes grands-parents, ai-je répondu, comme si ça expliquait quoi que ce soit. Iago est venu, parce que… Parce qu'il désirait me dire adieu. Nous sommes sortis, un soir, il n'allait pas bien, j'avais conscience que c'était très déconseillé, mais il a tellement insisté – tu sais comme il est…

— Vous êtes allés dehors ?

— En forêt. Avec des ecstas.

— Formidable.

— C'était son idée, Brume. Et, oui : j'aurais pu l'en empêcher. J'aurais pu dormir en chien de fusil devant la porte de sa chambre. Mais qu'est-ce que ça aurait changé ?

Elle a toussoté. Elle fumait. Elle était enceinte de moi et elle fumait. Est-ce que je devais protester ?

— Il y a un restaurant à Meudon, a-t-elle fini par lâcher. Pas loin de la station RER. Le Petit Veneur – tu trouveras. J'y serai samedi, à 20 heures. Compris ?

— Compris.

Elle a raccroché. Pourquoi Meudon ? Je n'avais pas pensé à le lui demander.

Samedi. Dans deux jours. Longtemps, je suis resté l'écouteur collé à l'oreille, attentif à la tonalité qui, d'une antenne à l'autre, me raccrochait encore à elle.

Puis mes doigts se sont ouverts, le combiné s'est balancé au bout de son fil et je me suis laissé glisser le long de la vitre.

50

Une main m'a secoué l'épaule, m'extirpant du néant. On dit qu'on rêve toujours. Que c'est le désintérêt pour ce monde qui provoque l'absence de souvenirs. Je reste persuadé, quant à moi, que mon sommeil était aussi vide qu'un bunker après la guerre – que mon esprit s'interdisait tout acte créateur. Ce qu'il avait à sa disposition pour confectionner ses divertissements devait le faire se racornir d'effroi.

— Pardon, monsieur. Votre billet.

La contrôleuse avait les cheveux teints en noir et coupés à la diable. Derrière ses lunettes sales, elle regardait ailleurs – loin.

J'ai sorti mon billet de ma poche intérieure et le lui ai tendu d'une main tremblante. Elle l'a composté sans le vérifier, me l'a rendu, et a repris son chemin.

Ma tête était posée contre la vitre. J'avais laissé Nancy derrière moi, le triste passé de mes ancêtres. Des prairies inondées défilaient, pareilles à des mirages. Des arbres dépenaillés, des armées en déroute, des langues de brume sur des lacs mercuriels. Ici aussi, la neige semblait avoir fondu. Plus probablement, elle n'était jamais tombée.

J'ai serré les dents ; des envies de pleurer me saisissaient désormais sans prévenir. Une grand-mère morte dans la solitude ; une autre endormie. Ma sœur en maison de repos, ma mère ruminant sa douleur. Les femmes de ma famille n'avaient pas eu de chance.

Et les mâles ? Le père de mon père s'était fracassé le crâne au pied d'un escalier. L'autopsie avait révélé un infarctus massif. Pour le reste, je n'avais plus de frère. En avais-je eu un, un jour ?

J'ai essayé de me rendormir ; le train Corail ahanait au milieu des plaines grises et s'arrêtait à toutes les gares. Commercy, Bar-le-Duc...

À Vitry-le-François, une grosse fille blonde s'est installée à mon côté et, au bout d'un quart d'heure, a sorti de son sac une demi-douzaine de barres chocolatées.

— Je partage, vous savez.

— Non, merci.

— Vous avez tort. Ça guérit de tout, le chocolat.

J'ai souri.

— Vous êtes gentille.

Elle a froncé les sourcils. J'aurais dû lui expliquer que j'avais tué un garçon de 21 ans et que l'amant de ce garçon quitterait bientôt ce monde.

Je me suis tourné vers la fenêtre. Son reflet continuait de m'observer. Elle a déballé une barre, l'a cassée en deux et en a enfourné une moitié dans sa bouche, d'un coup d'un seul.

51

J'avais décidé de dormir à l'hôtel : pas question de passer la nuit chez mes parents. Les embrasser, leur parler était définitivement au-dessus de mes forces.

J'ai déniché une chambre sordide, à un jet de canette de la gare de l'Est. Il faisait nuit, une pluie glacée mouillait les trottoirs de Paris, le réceptionniste lisait *Club pour hommes* sans se cacher ; je suis sorti.

Mes pas, naturellement, m'ont mené vers les Halles. Saint-Eustache, rue Montorgueil, rue Saint-Denis : ma jeunesse fracassée.

Des putes sans âge fredonnaient des « bonsoir » appuyés. L'une d'elles – blond platine, cheveux courts, très maquillée – devait avoir l'âge de ma mère ; les traits de son visage restaient d'une étonnante finesse. Elle prenait 50 francs l'heure, parce qu'elle me trouvait « mignon » et me devinait fauché.

Je l'ai suivie dans l'escalier. Son cul moulé de skaï ondulait sous mes yeux. Nous sommes entrés dans une chambre minuscule et mal éclairée, elle m'a montré le lavabo : « Fais-toi propre. »

Elle attendait, assise au bord du lit. Déjà elle avait ôté son chemisier blanc à moitié transparent. Elle portait des dessous de dentelle noire effrangés ; la vulgarité du cérémonial apaisait mes angoisses.

Je me suis lavé la queue en contemplant mon reflet affligé. Je ne ressemblais plus à grand-chose. Un être sans relief qui ne pouvait plus manifester sa présence qu'en agitant des billets de banque.

Ou en tuant quelqu'un.

La pute me dévisageait, pleine de mansuétude.

— Des soucis ?

Je me suis assis sans réagir.

— Tu préfères que je te suce ?

— Je suppose que je ne peux pas vous embrasser.

Elle a eu une moue chagrinée. Sa bouche était rose et brillante.

— Je ne suis pas ta fiancée, mon chou.

Docile, j'ai posé les mains sur mes genoux. Qu'est-ce que je fabriquais ici ? Ridicule. La pluie battait au carreau, deux solitudes dépareillées, plongées dans une quasi-pénombre. Un client régulier, en un tel moment, aurait sorti de son portefeuille une photo de famille – femme ou enfant. Mais je ne me sentais pas « client ». J'avais bêtement besoin de parler à quelqu'un.

Je me suis couché sur le flanc. Sur le mur d'en face, des cartes postales de destinations lointaines étaient punaisées : le Brésil, les Antilles, le Kenya. La pute a commencé à me caresser les cheveux.

— Je m'appelle Martine. Tu as une autre Martine dans ta vie ? Si c'est le cas, on peut changer, ça ne me dérange pas.

Mes larmes coulaient sans bruit. Elle s'est levée pourtant, est revenue avec un mouchoir, m'a tamponné le nez.

— J'ai fait des études, figure-toi. J'ai un diplôme d'aide-soignante, eh oui. Un jour, c'était, quoi, il y a… vingt ans ? un député a voulu m'épouser. Un élu de l'UDR, je ne peux pas te dire son nom. Il était marié, trois marmots, et il était prêt à tout quitter pour moi. Il venait les vendredis soir. Un fidèle, tu vois ? À l'époque, je tapinais rue Blondel. Adorable, cet homme. Mais je ne lui ai jamais révélé mon vrai nom. Il est toujours en vie, il a même failli être ministre. Je le vois parfois, à la télé. Je ne regrette rien.

Je me suis retourné sur le dos. Les bras le long du corps, comme dans un cercueil. Martine a posé une main sur ma braguette. Elle avait des dents parfaites.

— On dirait que ça ronronne, là-dedans. Allez, tu peux m'embrasser, si tu veux. Partout, sauf sur la bouche.

Je me suis redressé. Elle a défait son soutien-gorge. Ses seins paraissaient naturels – leurs aréoles étaient extraordinairement larges.

— Ils ne te feront pas de mal.

J'ai mordillé ses épaules, sa nuque – debout, elle gardait une main sur mon cou. Ma bouche sur son ventre rebondi, le sillon entre ses seins ; sa peau était sucrée, légèrement fripée. Je me suis levé, j'ai baisé ses joues, son front, elle émettait de petits rires attendris.

Je me suis mis debout, j'ai caché mon visage au fond de sa tiédeur, sa tendresse. Ses doigts s'attardaient dans mes cheveux, écartés, elle a posé son autre main sur mon dos, deux vieux amants sur une piste de danse – étoiles ternies, lumières fanées. Elle me disait « ça va aller » comme seules peuvent le faire les âmes qui ont appris que rien, nulle part, ne s'arrangeait vraiment.

Je lui ai demandé si je pouvais passer la nuit avec elle. J'étais prêt à payer ce qu'elle voulait. Mais non. Ce n'était pas possible, il fallait qu'elle rentre chez elle, ce soir, en banlieue nord, elle avait une fille et cette fille avait des problèmes, cette fille avait besoin de sa maman. Alors je suis parti.

52

À deux pas de mon hôtel, au coin de la rue, un homme attendait que son dalmatien finisse de baptiser le pied d'un réverbère.

Nos regards se sont croisés. Je ne l'avais jamais vu, il m'était impossible de deviner qui il était, un étrange pressentiment me vrillait la nuque.

Il était grand mais frêle et ses cheveux gris, épars, avaient été décoiffés par le vent.

— Vous êtes Fabrice.

Nier aurait été difficile. Il tendait une main franche. Me sentait-il trembler de l'intérieur ?

— Qu'est-ce que vous me voulez ?

Son bras est retombé.

— Je suis monsieur Lebel de Sarney. Le père d'Axël.

J'ai réussi à lui sourire. Un bus est passé, le chien a relevé brusquement la tête. Pas de véhicule banalisé à l'horizon, pas de types à lunettes noires. J'ai avalé ma salive.

— En quoi puis-je vous être utile ?

— Auriez-vous un petit moment à me consacrer ? Je vous offre un café. (Du menton, il a désigné un bar à la devanture défraîchie, qui restait ouvert la nuit.) Ici, par exemple ?

Il me fixait avec intensité. Ses joues étaient creuses, mal rasées, il était perdu – ailleurs. Le chien s'est mis à tirer sur sa laisse.

— Doucement, Virgile.

La bête furetait, haletait, se retournait vers nous : ça n'allait pas assez vite pour elle. Il s'était mis à pleuvoir.

— Très bien, ai-je lâché. Allons-y.

Le café était sombre et vieillot, peuplé d'une poignée d'habitués qui nous ont à peine adressé un regard. Une télé bourdonnait dans un coin, tout le monde était au comptoir, sauf un vieil homme chauve, courbé, *ramassé* sur sa bière, le portrait craché de mon grand-père.

Nous avons choisi une table près de la fenêtre. J'ai commandé un déca, lui une eau gazeuse. Il avait joint ses mains, en sénateur.

— J'ai eu du mal à vous trouver.

— Qu'est-ce que vous me voulez ? ai-je répété en le fixant.

J'étais prêt à renverser la table. Prêt à lui envoyer mon poing dans la figure et à galoper sans fin. Ou à serrer mes mains autour de son cou. Je l'imaginais sortant une arme de sous son manteau. « Comme dans les nouveaux westerns » me trottait dans la tête.

— Vous étiez ami avec Stanislas, n'est-ce pas ?

— Ami, je ne sais pas.

— Il a disparu.

— Oui.

— Et personne ne vous a rien dit.

J'ai plissé les yeux.

— Dit quoi ?

L'homme s'est rencogné dans sa chaise.

— Il est mort.

J'ai repoussé mon café.

— Comment le savez-vous ?

— Un accident, non loin de Grenoble – sa voiture a plongé dans un étang. Une enquête a été menée. Apparemment, des gens l'ont vu quitter la route. Les autorités ont conclu à un suicide.

— Je ne crois pas que ce soit possible.

— J'ai gardé des coupures de journaux, si cela vous intéresse. D'après ce que j'ai compris, vous n'étiez pas à Paris ces derniers temps.

— Non.

— Iago est au plus mal. Je n'ai pas jugé utile de le contacter à ce sujet.

J'ai regardé au-dehors. Les lumières jaunes de la ville noyées dans les flaques. Je sirotais mon déca.

— Personne ne m'a parlé de cet accident, en effet. Mais Brume m'a fait savoir que des dispositions testamentaires avaient été prises. Que son notaire avait lancé une procédure afin qu'il soit considéré comme décédé, et non simplement disparu. D'après elle, cela allait prendre des années.

L'homme a haussé les épaules.

— Allez comprendre. Peut-être qu'on ne lui a pas tout raconté ? Peut-être que ce notaire, comme vous dites, avait des consignes ? Quoi qu'il en soit, je ne suis pas venu ici pour vous parler de Stanislas.

J'ai déballé un sucre. L'ai enfourné sans le quitter des yeux.

— De qui, alors ?

Il a bu son eau. Ses poignets étaient fragiles comme du verre.

— Ma femme – la mère d'Axël – nous a quittés il y a huit ans. Rupture d'anévrisme. Nous partions en week-end, elle était assise à côté de moi, dans la voiture, et elle s'est affaissée. Il ne vous a jamais raconté ça ?

J'ai essuyé le coin de mes paupières. Je repensais à nous. À nous quatre et à tous les autres, aux malédictions qui nous soudaient. Jeunes, si jeunes ! vivants, perdus. Toute cette souffrance, cette folie. Nous n'avions pas ménagé nos forces pour quitter les marécages. Nous avions bâti des histoires – chacun d'entre nous.

J'ai secoué la tête.

— Axël et moi... Il ne parlait pas beaucoup, vous savez.

— C'était un taiseux, oui. Un drôle d'oiseau, un oiseau de la lune. À 12 ans, il écoutait Steve Reich – déjà, il prenait la tangente. Vous trouverez sans doute cela dérisoire, mais j'essaie de retrouver mon fils par-delà la mort. Comprendre, approcher du moins la vérité de ce qu'il a été. Je dois le reconnaître : de son vivant, j'ai échoué dans cette tâche. Nous avons eu des différends, comme on dit. À présent, il me reste bien peu de temps. Je mène mon enquête. Ça m'occupe. Et ça sort Virgile.

Couché au pied de son maître, sa gueule posée sur ses pattes, le chien clignait des yeux.

— C'est Axël, qui lui a trouvé ce nom ?

— Je l'avais pris pour lui, il y a sept ans. Je pensais que ça nous rapprocherait. Il aimait tant les animaux quand il était petit. Il n'y a pas plus idiot qu'un père, vous ne pensez pas ?

— C'est un beau chien.

Il a vidé son verre d'une traite, l'a reposé.

— Vous étiez là quand Axël est mort ?

Ne pas baisser les yeux.

— Tout dépend de ce que vous entendez par « là ».

— Dans la même pièce.

— J'étais au Palais.

— J'ai parlé à Brume. Elle m'a expliqué qu'elle se trouvait à l'étranger quand c'est arrivé.

— À Oxford, c'est exact.

— J'ai parlé à Iago, aussi. Il m'a expliqué que c'est lui qui l'avait découvert. Mais certains éléments ne collaient pas. J'ai posé des questions. C'était assez pénible, je regrette la façon dont je me suis comporté ce jour-là… Il était faible, quasi aveugle, il avait demandé à ses parents de *ne pas* venir le voir, et moi j'étais là, penché sur son lit de douleur, avec mes doutes et ma colère…

— Aveugle ? Je ne savais pas.

— Il m'a dit qu'il avait trouvé Axël mort, et que vous étiez arrivé *après*. Et cependant, un garçon qui fréquentait le Palais m'a soutenu une version subtilement différente.

— Un garçon ?

— Prénom Antoine, si ma mémoire est bonne. Un rouquin à lunettes. Étudiant en médecine.

— Curieux. Je ne me rappelle pas l'avoir vu ce jour-là.

— En tout cas, vous étiez bien là. Antoine affirme que vous étiez seul avec Axël quand il est mort.

J'ai baissé les yeux sur le chien, et il a levé la tête vers moi, ses grandes prunelles humides.

— J'aimerais pouvoir vous aider, monsieur Lebel. Vous offrir un récit circonstancié de tout ce qui s'est passé ce jour-là. Mais je ne me rappelle rien, presque rien.

— Cet Antoine prétend qu'Axël ne vous aimait pas.

— Et ?

Il a souri.

— Je crois qu'Axël n'aimait pas grand monde.

— C'était un garçon complexe.

— Merci de le formuler si courtoisement. Vous savez, je ne cherche pas de coupable. Je ne sais pas ce que je ferais d'un coupable. Je veux comprendre – ça s'arrête là.

— Quoi de plus naturel ?

— Antoine dit des choses, vous en dites d'autres, mais j'ai la faiblesse de croire qu'il existe une vérité qui ne dépend pas des discours. Si vous m'avouiez, là, maintenant, que vous l'avez tué pour mettre un terme à son calvaire, non seulement je ne vous en voudrais pas, mais je pourrais vous comprendre. Ses dernières années, il les a passées en partie chez son oncle, le frère de ma femme, avec lequel je m'entends mal. J'ai tout de même fini, en dépit de sa mauvaise volonté manifeste, par retrouver son médecin infectiologue. Et je sais très bien qu'il ne lui restait plus qu'une poignée de semaines à vivre quand c'est arrivé. Il n'empêche : il n'était pas mourant encore. Quelques soirs plus tôt, vous étiez même sortis, à ce qu'il paraît.

— Une bonne semaine avant, oui. Nous sommes allés traîner du côté de Notre-Dame, nous sommes rentrés à pied, et il disait – pardonnez-moi…

— Je vous en prie.

— Il disait que vous étiez mort. Il disait que sa mère était encore en vie, mais qu'il n'avait aucune nouvelle d'elle depuis que…

— Depuis quoi ?

— Je ne veux pas vous raconter de bêtises. Tout le monde mentait à tout le monde. Cette vie ne nous plaisait pas, nous avions besoin d'en imaginer d'autres.

M. Lebel s'est baissé pour gratter son chien.

— Est-ce que vous auriez pu faire ça, Fabrice ? Est-ce que vous auriez eu l'insigne bonté de tuer mon fils, s'il vous l'avait demandé ?

— Je ne sais pas.

— Il m'écrivait, de temps en temps. De longues missives au vitriol. Il me parlait de sa vie ici, à Paris. Il vous appelait « l'innocent ». En connaissez-vous la raison ?

Le serveur est venu encaisser sa note. Je lui ai commandé un autre café.

— Je ne faisais pas partie de leur cercle. J'étais une pièce rapportée. C'est par Brume que je les ai connus. Je ne suis pas…

— Homosexuel.

— Non. Et je crois que j'incarnais tout ce que votre fils détestait. Une certaine forme de bien-pensance, pour commencer.

Il a approuvé. Ses yeux étaient repartis dans le vague. Il m'a posé d'autres questions. Des questions sur la vie que nous menions là-bas. Des questions sur Brume, sur Iago surtout. Je ne me sentais plus menacé. Je lui ai répondu aussi honnêtement que possible. « La vérité, c'est qu'il n'y a pas de vérité. »

— Axël me parlait de vos talents d'écrivain, aussi. Apparemment, vous composiez des nouvelles.

— C'est la fable que je leur vendais. Mais je ne suis pas allé bien loin.

— Il vous pensait doué.

— Je ne vois pas comment il aurait pu le savoir : il n'a jamais rien lu de moi.

— Vous devriez y songer, un jour. Écrire. Sur tout ce qui s'est passé. Ç'a dû être une drôle d'aventure, non ?

— Si.

Peu de temps après, il s'est levé, je l'ai imité, il m'a serré la main et il m'a remercié.

— Ne perdez pas mon idée de vue, a-t-il ajouté.

Nous avons enfilé nos manteaux. Sa voiture était garée un peu plus loin, j'ai proposé de le raccompagner. Son chien trottait tête basse. Juste avant que son maître ne le fasse monter, il a plongé ses yeux dans les miens.

— Nous devons tous apprendre à nous pardonner.

Sa portière a claqué, puis celle de son maître, et je les ai regardés partir. Puis j'ai repris le chemin de mon hôtel.

Il n'y avait pas de veilleur de nuit derrière le comptoir. Pas de veilleur, et encore moins de M. Lebel ou de Virgile.

J'ai décroché ma clé du tableau, et je suis monté. Tout cela n'avait eu lieu que dans mon imagination.

Plus tard, devant le miroir de ma salle de douche, j'ai tiré la langue à mon reflet. *Mon vieux, tu ne devineras jamais ce qui m'est arrivé.*

J'ai secoué la tête.

J'étais comme le vicomte de Brassard dans la nouvelle de Barbey d'Aurevilly, qui, par deux fois, demande « le croirez-vous ? » au narrateur – au lecteur. De guerre lasse, mon double s'est vrillé la tempe de l'index ; puis il s'est détourné.

53

Le Petit Veneur était un restaurant à peine éclairé, à l'atmosphère excessivement feutrée : le vestige d'une époque promise à la disparition. Des nappes épaisses, blanc écru, des couverts lourds, gravés d'initiales – même l'éclairage était d'un autre âge.

Le maître d'hôtel m'a dit que j'étais « attendu » et a désigné le fond de la salle. La nuit précédente, dans un bar des Halles, j'avais bu seul, beaucoup plus que de raison. Je le payais maintenant. Mais elle était là.

Là : assise à une grande table, griffonnant dans son agenda. Elle m'a fait signe, elle tenait à finir ce qu'elle avait commencé. Je me suis assis et j'ai attendu.

— Tu as une mine affreuse.

Elle avait posé son carnet à droite de son assiette.

— Pas toi.

Elle portait l'un de ses chemisiers catholiques boutonnés jusqu'au col. Sa bouche grenat, ses gestes toujours mesurés, et cette incongruité folle, ce miracle : son ventre, si merveilleusement rebondi. Elle a passé une main dessus – souveraine, dédaigneuse. Elle avait commandé une bouteille d'eau minérale, aux trois quarts entamée. « Prends ce que tu veux. Et ne te préoccupe pas de la note. »

J'ai opté pour un verre de chablis. Elle a commencé à parler, vite, très vite, comme si un rendez-vous l'attendait ailleurs. Iago était rentré chez ses parents, un village en Seine-et-Marne. Il avait passé quelques jours à l'hôpital, mais ne voulait plus y retourner. Peut-être ne lui laisserait-on pas le choix ? Une chose était claire, hélas : il n'en avait plus pour longtemps.

Pourquoi Brume m'avait-elle demandé de venir ? Parce que nous étions liés, pour le meilleur et pour le pire. Parce qu'elle ne voulait pas se comporter comme les autres, « pas comme toi », elle n'était pas de ces gens qui disparaissent.

De nouveau, elle s'est caressé le ventre.

— Tout va bien, merci de demander.

Au-dessus de la table, je lui ai tendu la main. Ignorant l'invite, elle a avalé une gorgée d'eau sans me quitter des yeux.

— Parfois, a-t-elle ajouté, des gens se donnent rendez-vous, mais l'un des deux ne vient pas. Parce qu'il a eu un accident. Parce que son train n'est jamais parti. Et l'autre attend, et l'autre ne sait rien.

Une mélancolie terrassante s'était abattue sur moi.

— Je pourrais te dire que je ne suis plus le même. Je pourrais te dire que je t'aime. Ça ne changerait rien, pas vrai ?

Sur la lame de son couteau, elle faisait jouer de pâles éclats de lumière.

— On n'en est plus là.

Elle a rempli mon verre à eau. S'est essuyé un coin de paupière. Mes mains étaient posées de chaque côté de mon assiette. J'ai souri.

— Tu te rappelles la première fois qu'on s'est vus ?

— À peine si tu m'as regardée.

— Détrompe-toi. Tu étais là, à la périphérie de mon champ de vision, je n'osais pas poser les yeux sur toi. Peut-être que j'avais peur. Peut-être que je sentais combien tu allais être importante.

— Je pensais réellement que ça marcherait. Iago et toi. J'ai longtemps gardé espoir.

— Vous aviez tout manigancé, dès le premier jour. Tu travaillais pour lui, tu étais à ses ordres : ce qu'il voulait, tu le lui apportais. Sur un plateau.

Mon verre de vin est arrivé. Le serveur s'est incliné avant de s'éclipser.

L'histoire était limpide. Je n'étais pas tombé amoureux de Iago. Brume ne s'était pas autorisée à s'éprendre de moi. Je n'avais pas tué Axël parce qu'il rendait l'équation bancale, mais parce qu'il nous avait fait prendre conscience de son inanité.

Je l'avais tué parce qu'il avait voulu que je le fasse.

Que restait-il à ajouter ? Nos regrets, nos souffrances, nos entraves : nous croyons en être maîtres, mais ce sont eux qui nous gouvernent.

Je parlais à voix haute. « Tu es toujours aussi impénétrable », m'a fait remarquer Brume, plongée dans sa carte.

Mon verre était déjà vide. Je l'ai levé, bravache.

— Alors… à nous.

Elle m'a dévisagé d'un air effaré.

Le serveur est revenu, et j'ai commandé le plat le moins cher. Je ne me rappelle pas quelle viande c'était – je me rappelle très bien ne pas y avoir touché. Je me sentais fiévreux. Qu'aurais-je fait d'un thermomètre ? Rien ne mesure la colère ou la tristesse. J'ai reposé mon verre. Tout était ma faute. « Tu n'as jamais eu de canari, n'est-ce pas ? Et tu n'as jamais lu Barbey d'Aurevilly… »

Mes questions s'échouaient – vieilles outres dégonflées. Elle avait sorti un miroir de poche de sa veste. Je la connaissais si mal. Elle avait tout inventé, en effet. Elle a relevé la tête.

— Je hais Barbey, Fabrice. Je hais Edgar Poe, et Gérard de Nerval, le romantisme frénétique, tous ces types gémissants qui peuplent leurs romans de corbeaux et de vieilles croix moussues. Rectification : je n'ai pas tout inventé, j'ai tout *imaginé*. Moi aussi, j'ai lu *L'Ensorcelée* pour le bac, et j'ai détesté. Il y avait bien un garçon lisant dans le métro et, oui, j'aurais aimé lui faire du mal, à coups de romantisme niaiseux. Mais ce n'est pas allé plus loin. Il est descendu à la station Cadet – je crois qu'il ne s'est même pas rendu compte que je le suivais des yeux.

Claquement du miroir. Regard placide. Elle était tellement sûre d'elle. La créature la plus rationnelle, la plus pragmatique qu'on pût imaginer. « Qui s'appelle vraiment Iago, m'avait-elle demandé un jour. Qui s'appelle vraiment Axël ? Je veux dire, avec un tréma ? Tu te doutes bien, quand même, que ce ne sont pas leurs vrais noms. » J'avais opiné, hébété. Je m'en moquais. Pas elle.

Elle m'a posé quelques questions : ma vie dans les Vosges, mes mirifiques, entre guillemets, perspectives d'avenir.

Moi ? Je ne pensais qu'à son ventre ballon. À tout ce qui allait m'échapper. À ma vie un an plus tôt. Sans elle, et sans Iago. Un étudiant normal, raisonnablement désargenté, affublé d'une petite amie qu'il aurait fini par quitter quoi qu'il arrive. Un étudiant qui n'avait tué personne.

— Tu souris comme un crétin. Tu t'en rends compte ?

— *Un privé à Babylone*, tu connais ?

— Non.

— C'est l'histoire d'un détective incapable de s'arrêter de rêver. On lui confie une enquête ; ça ne marche pas fort. À la fin du roman, il fait le point sur ce qui lui est arrivé et il comprend qu'il est revenu à son point de départ. « Avec la seule différence que ce matin-là, au réveil, je n'avais pas un cadavre dans mon réfrigérateur. »

Je me suis mis à rire : cette fois, c'était plus fort que moi. Brume m'observait, imperturbable.

Tout à coup, elle a levé une main. Un grand brun sec, moustachu, proche de la quarantaine, veste de tweed sur l'épaule, a fondu sur nous.

— Je te présente Arthur, a dit Brume. Arthur ? Voici Fabrice.

Le type m'a serré la main sans un mot – intéressant. Brume s'est poussée pour lui faire de la place sur la banquette, et il s'est installé, et il a déposé un baiser sur sa bouche.

Le serveur est arrivé, empressé, avec une assiette et des couverts.

— Merci, Paulo. Je vais juste prendre un dessert.

Nous nous sommes mis à discuter comme si de rien n'était. Ils étaient ensemble depuis un mois. En fait, ils avaient *déjà* été ensemble.

Et puis quelque chose avait « coincé », et puis Arthur avait « foutu le camp en Nouvelle-Zélande », et puis Arthur était revenu. Il était vétérinaire, depuis deux ans. Il possédait sa propre clinique, à Issy-les-Moulineaux.

Il savait que Brume était enceinte, et que ce n'était pas de lui. Il allait reconnaître l'enfant. Ils allaient se marier.

J'ai hoché la tête. N'était-ce pas parfait ? Tout le monde n'était-il pas heureux ? Brume m'a tapoté la main. Elle n'était plus la même. Elle était complète, à présent. En sécurité. Elle me laissait derrière elle.

Paulo est arrivé pour s'enquérir des desserts.

— Rien pour moi, ai-je dit.

Brume a pris une salade de fruits, Arthur une mousse au chocolat maison – il a promis qu'il la laisserait y goûter.

La conversation a repris, souverainement anodine. Il a été question d'une dame qui possédait une mygale ornementale de Gooty, bleue comme un saphir. De la bibliothèque municipale, qui avait failli partir en fumée. De la vague de froid qui s'annonçait.

Brume et Arthur parlaient d'eux, du monde *avec* eux, autour, partout. Je les regardais, comme un mourant s'élève au-dessus de son propre corps. Il avait pour elle mille attentions délicates et incompréhensibles. Un aiguillon me transperçait la poitrine. Cela passerait, évidemment – comme le reste.

54

J'ai quitté Paris le lendemain. Je suis retourné dans mes montagnes. Le cimetière. Le supermarché. Le silence.

La neige recouvrait tout.

J'avais essayé de revoir Martine avant de prendre mon train mais je ne l'ai pas trouvée. Occupée, peut-être ; ou ailleurs, en paix.

Une fois à Saint-Dié, j'ai acheté les journaux et j'ai commencé à éplucher les offres d'emploi. Ils cherchaient un rédacteur, à la mairie.

J'ai postulé.

J'ai fait changer le nom sur la boîte à lettres. J'ai fait réactiver la ligne de téléphone. J'étais vivant – c'est à peu près tout ce que l'on pouvait affirmer.

J'ai écrit à mon école pour la validation de mon diplôme. On m'a proposé de rédiger un mémoire de « vingt pages minimum » dans la matière de mon choix, parmi celles que je n'avais pas validées. J'ai opté pour ce qui me demanderait le moins d'efforts : le marketing.

J'ai rencontré une responsable de la communication, à la mairie. Ils ne pouvaient pas me confier le poste de rédacteur, mais sa sœur travaillait à l'ANPE, mon profil présentait un intérêt indéniable, n'étais-je pas bilingue ?

Je pouvais aller la trouver. J'ai promis que je le ferais ; j'ai tenu promesse.

À peu près un mois plus tard, la veille de Noël très exactement, j'ai reçu une lettre. Ma première lettre « personnelle », le facteur avait l'air content.

L'écriture était familière. De petits caractères serrés, penchés en arrière, retranchés contre l'évidence.

Je suis monté dans la chambre de mes parents. Je me sentais anormalement détaché. Je n'avais jamais rappelé Brume.

Le papier tremblotait entre mes doigts comme la dernière feuille d'automne.

Je ne l'ai lue qu'une fois, et elle a fini aussitôt dans le poêle – comme une preuve malencontreuse dont il fallait sans délai me débarrasser. Elle commençait par ces mots : « Mon ami. »

Mon ami. Quand tu liras ces lignes, je serai mort ; c'était bien ainsi que les choses étaient prévues. N'en veux à personne. Hurle si ça te fait plaisir, roule-toi dans la neige s'il y en a encore, mais ne te laisse pas aller à la vulgarité des regrets. Nous avons joué, nos rires et nos éclats ont peuplé la nuit. Il te reste, je l'espère, de l'amour et des souvenirs. Laisse-les se consumer. Le feu te tiendra chaud.

Suivait une brève évocation de sa vie. Détachée, factuelle. Il me présentait des faits. Il souhaitait, prétendait-il, « rétablir un ordonnancement ».

Iago n'était pas orphelin, il était fils unique et son quotidien de pédé clandestin, comme il disait, n'était pas de tout repos. Brume avait été sa première histoire. Ils s'étaient connus à 16 ans, dans un lycée du

XVIe arrondissement, un 16 avril. Ils étaient restés ensemble près d'un an et demi.

À cette époque, déjà, les parents de son « âme sœur », comme il l'appelait, lui laissaient la jouissance d'une petite dépendance au bout de leur jardin. Une maison de poupée tout en hauteur, avec un salon, une cuisine exiguë et une chambre aux murs de lambris, bandée de rideaux pourpres, meublée d'improbables vieilleries.

Ils avaient vécu dans cette chambre. Ils s'étaient aimés ou, pour être plus précis, Brume avait aimé Iago, et il l'avait laissée faire.

Puis Axël était entré dans leur vie : non, avait fait irruption en ange destructeur, incandescent, assourdissant, sans que lui soit opposée une réelle résistance.

Je l'ai rencontré banalement, expliquait Iago. Sur un service de Minitel gay. « La première fois que nous nous sommes vus, c'était dans un bar du Marais, un endroit assez sombre pour qu'on ne distingue pas les visages. Nous nous sommes reconnus à tâtons. Mes mains ont inventé son corps, son visage. Il n'y avait aucune place pour le doute. »

Iago avait ramené Axël chez Brume, il avait été capable de ça, un désarmant mélange d'innocence et d'aplomb. Ils vécurent apparemment quelques mois ensemble. Un ménage à trois – écartèlements, épiphanies, sanglots. Chacun trouvait son compte dans cette valse syncopée. Brume avait *choisi* de continuer, mais il ne s'agissait pas, de sa part, d'une quelconque dévotion, encore moins d'une soumission. Elle l'aimait comme il était. C'est-à-dire avec Axël.

Et puis…

« Et puis nous avons merdé », écrivait Iago, et, dans son écriture, vibrait la sérénité des apôtres de l'inéluctable. « Nous avons merdé. »

Les deux garçons fréquentaient des lieux infréquentables. Pas seulement des bars interlopes, pas seulement des clubs sordides ou des backrooms puant la javel, non.

Il y avait ce repaire, du côté de Montmartre. Un gigantesque appartement avec des corridors et des murs peints en noir, des miroirs et des éphèbes aux yeux crevés.

C'était là qu'IL vivait : dans une pièce sans fenêtres, vautré sur son trône orné de chiffons colorés, drapé dans sa peau d'ébène aux mille replis.

Je ne peux pas t'en dire plus, écrivait Iago. Mais est-ce bien nécessaire. Sens-tu le danger ?

Réfère-toi aux amples mystères de la Grèce antique, à ces cérémonies périlleuses et gorgées de nuit, invoque les figures écroulées de l'abîme. Songe, oui, songe à des corps oints, à des paroles secrètes, des sacrifices sanglants, des pactes.

Ellipses et périphrases bibliques : il ne s'étendait pas davantage. Mais cet endroit, je le connaissais, je l'avais vu, en mes rêveries anciennes, et je connaissais aussi son roi. Non pas le diable, mais le maître des Douleurs.

Des quantités faramineuses de drogue circulaient, poursuivait Iago, un sang corrompu, les corridors pulsaient, pareils à des veines, tout criait la maladie et la mort. Les cérémonies d'initiation, à l'en croire, se caractérisaient par un degré anormalement élevé de cruauté.

Le potentat trônait, au sommet de la pyramide, sur son empire de souffrances. Un homme – mais même cela n'était pas avéré.

Axël et Iago s'étaient, comme tant d'autres, soumis à des rituels pervers. L'objectif avoué était l'avilissement, sous toutes ses formes. Il s'agissait de n'être plus rien. De descendre dans la fosse à des fins de purification trouble. De renaître « nimbés de lumière ». Las ! les deux garçons n'avaient jamais atteint ce stade, pas plus que les autres : ils en étaient restés à celui de l'humiliation.

C'était en ce lieu, de toute évidence, qu'ils avaient contracté le virus. Tous les deux, le même jour.

Axël, qui était tombé prématurément malade, avait fait le test en 1991, à la suite d'un malaise ; Iago y avait consenti quelques jours plus tard. Brume les avait accompagnés, avait elle aussi passé des examens, quoique, en vérité, cela faisait des lustres qu'elle ne couchait plus avec Iago. Elle s'en était sortie indemne.

Axël voyait la mort fondre sur lui. Il restait digne, minéral, obstiné. « Il ne pleurait que la nuit, ailleurs – loin de moi. Le chagrin était à ses yeux une forme de parjure, de faiblesse. »

C'est à la fin de cette année maudite que les garçons avaient rencontré Stanislas : dans les couloirs de l'Hôtel-Dieu. Stanislas était séropositif, lui aussi, mais asymptomatique : il faisait partie de ces patients qui, même en l'absence de traitement, ne semblaient jamais devoir développer le sida.

Ils étaient devenus amis. Ils lui avaient mis Brume « dans les pattes », et Stanislas leur avait présenté quantité de médecins. L'un d'eux, coiffé d'un chapeau à large bord, leur avait expliqué qu'ils n'allaient pas mourir – comme l'ami d'Hervé Guibert lui promettant qu'un certain Melvil Mockney allait le guérir.

Lui et Stanislas s'étaient disputés. Iago et les autres ignoraient alors que le Marchand de sable était son frère.

À cette époque, Iago avait coupé les ponts avec ses parents ; Axël, lui, n'avait rien raconté à son oncle.

Stanislas les avait accueillis chez lui.

« La suite, tu la connais – dans les grandes lignes. Des vents contraires s'étaient levés, mais nous avons tenté de vivre. Je crois, aujourd'hui, que nous étions coupables, que tout le monde, toujours, est coupable. La vie était si intense. Nous étions Rimbaud. Des rois nus et grisés, avec la mort qui, comme une vieille pute, se trémoussait derrière la paroi de verre. Le monde revêtait des couleurs nouvelles. Nous payions pour ces visions. Tu te rappelles, le réplicant de *Blade Runner*. "J'ai vu tant de choses que vous, humains, ne pourriez imaginer… Des navires de guerre en feu, surgissant de l'épaule d'Orion… J'ai vu des rayons C briller dans l'obscurité, près de la porte de Tannhäuser… Tous ces moments se perdront dans le temps… comme… les larmes dans la pluie… Il est temps de mourir."

« Tu ne pouvais que brûler en t'approchant de nous, Fabrice. Je pensais que Brume te mettrait en garde. Elle ne l'a pas fait.

« Elle tenait trop à alléger ma peine, à parer de nouveaux éclats ce fol amour qu'elle me portait et auquel, depuis longtemps, je ne pouvais plus répondre. Tu étais son sacrifice, mon tendre ami. Elle t'a déposé à mes pieds. »

55

L'écriture changeait, à la fin. Elle devenait plus compacte encore, les lettres quasi collées les unes aux autres. J'imaginais Iago serrant son stylo, avec toute la rage qu'il lui restait. Encore un peu et il allait le briser.

« Je repars pour l'hôpital demain, concluait-il. Et merde. Je ne te dirai pas où, tu commences à me connaître. Leur unité de soins palliatifs est, paraît-il, excellente, ils sont habitués aux gens comme moi, aux beaux mecs geignards, aux vieilles gloires fanées. Tu sais que je les charmerai et qu'ils me donneront ce que je veux. Ce ne sera pas long. »

Ses derniers mots : « Ce ne sera pas long. »

Je me suis posté à la fenêtre. L'enfant que j'avais été se tenait là, dehors dans la cour, mais il ne me voyait pas. Il ne me voyait pas pleurer. Il n'avait – et c'était heureux – aucune idée de ce qui l'attendait.

Il faisait froid dans la chambre de mes parents. Je suis redescendu dans la cuisine, j'ai mis du bois dans le poêle, je me suis préparé un café, et je me suis dit qu'il fallait que je prenne soin de moi.

Je devais accomplir quelque chose, sans quoi j'allais crever ici.

Je suis passé dans le salon. J'étais devenu le fantôme des lieux, errant d'une pièce à l'autre, à la recherche de quoi ?

J'ai décroché le téléphone et j'ai composé le numéro des parents de Brume. Je ne savais pas ce que je faisais avant de le faire.

Une fois de plus, je suis tombé sur son père. Une fois de plus, il y a eu une discussion. J'ai entendu son souffle. J'ai prononcé son nom.

— Il est mort ce matin, a déclaré Brume.

Sa voix était claire, parfaitement assurée. J'ai pris une inspiration.

— Je ne t'appelle pas pour ça.

— Non ?

— J'aimerais que nous passions un pacte.

— Je t'écoute.

— L'enfant. Ton enfant. Je veux suivre sa vie.

— Comment ça ?

— Une fois par an. Ce jour, précisément : le 23 décembre. Je t'appellerai. Et tu me parleras d'elle.

— Une fois par an.

— Ni avant, ni après. Quelques minutes, c'est tout. Nous n'évoquerons rien d'autre. Tu ne me poseras aucune question sur moi, sur ma vie, ou quoi que ce soit.

— Et qu'est-ce que j'ai à y gagner ?

— Je disparais de ton existence, Brume. Je ne serai qu'une abstraction, je ne ferai *jamais* allusion au passé. Vingt minutes par an : si je déroge une seule fois à cette règle, notre accord prend fin sans délai.

— « Elle » ?

— Quoi ?

— Tu as dit « elle ».

— Oui, peut-être. Oh, autre chose : tu n'auras pas à lui parler de moi. Je ne veux pas être le parrain lointain et mystérieux, le type qui fait expédier des cadeaux extravagants du Brésil ou de Singapour.

— Qui appelle l'autre ?

— Toi. Toi, tu m'appelles. De cette façon, je resterai à l'écart de ta vie. Si tu changes de numéro, si tu déménages, si tu pars à l'étranger : je l'ignorerai. Préviens-moi si tu tombes malade, aie cette bonté. Si le coup de fil que tu passes risque d'être le dernier.

— Mon Dieu.

— Le 23 décembre. Ça ne s'oublie pas.

— Et si je refuse ?

— Tu ne refuseras pas.

C'était un coup de bluff, mais il sonnait juste. Rien de tout cela ne serait arrivé si elle n'avait pas cru reconnaître en moi celui qui sauverait Iago.

— Tu ne chercheras jamais à me voir ?

— Non.

— Ni l'enfant ?

— Je n'existe pas.

— Et si *tu* changes de numéro ?

— Tu en seras la première informée. Je t'écrirai ici – demande à tes parents de faire suivre – ou donne-moi une autre adresse. Tout ce qui m'importe, c'est que le lien ne soit pas rompu.

Elle a toussoté.

— Je ne sais pas. Je ne vois pas à quoi ça rime. Arthur va reconnaître l'enfant. Ce sera lui le vrai père : le seul.

— Je n'ai rien contre ça.

— Et qu'est-ce que je lui dis, à lui ?

— La vérité. Il est intelligent. Il peut comprendre.

— Je ne sais pas, a-t-elle répété.

— Si. Si, tu sais.

56

Et pour une fois, j'avais raison.

Vingt-cinq années ont passé, et jamais ta mère n'a manqué de m'appeler. En Italie, en Allemagne, dans tous ces endroits qui ont bien voulu de moi.

La suite est passée en un éclair. La vie n'est qu'une sourde accélération.

Je suis resté deux ans à Saint-Dié. Je me suis battu autant que j'ai pu pour ne pas sombrer, pour ne pas disparaître.

Je suis allé voir un psy. J'ai parlé beaucoup de ma mère, de ma sœur à l'HP, de ce qui s'était passé au château du Bouchet ; ça n'a rien donné. J'étais toujours seul, avec mon secret, ma douleur et mes angoisses.

Des cachets ont disparu dans la cuvette des WC. J'ai acheté une intégrale de Schubert – une tour entière de CD –, ça m'a soigné mieux que tout le reste.

Je suis allé voir un prêtre et je lui ai dit que j'avais tué un homme. « Nous passons notre vie à mettre les autres à mort », m'a-t-il répondu.

Dans la froideur aveugle du confessionnal, je me suis pris la tête entre les mains. Je ne croyais en rien, mais je devais combler le vide.

« Seigneur, je regrette de tout mon cœur mes péchés, pas seulement à cause des justes punitions que je mérite, mais surtout parce que je T'ai insulté, Toi qui mérites d'être aimé par-dessus tout. Par conséquent, je m'engage fermement, avec l'aide de Ta grâce, à ne plus pécher et à éviter les occasions de pécher. Amen. »

Je suis sorti en chancelant. Les branches des arbres étaient couvertes de bourgeons, et je n'étais pas libéré.

Plusieurs fois, je me suis penché sur les eaux noires de la Meurthe, imaginant mon corps sans vie, aspiré par le vide.

Et puis tu es née.

Ta mère m'a appelé pour m'annoncer la nouvelle.

Tu étais une fille, tu pesais 3,7 kilos, un fin duvet blond couvrait ton crâne, et tu t'appelais Pauline.

Je n'ai pas pleuré ce jour-là.

Je suis allé au cinéma voir *La Cité des enfants perdus* et je me suis endormi comme un bienheureux ; il y avait une barque dans mon rêve, et tu étais dedans.

Je ne pouvais plus mourir. J'étais obligé d'être moi.

Quelques jours à peine après ta naissance, j'ai trouvé une place de serveur dans une pizzeria du centre-ville. Comme tout le monde, il m'arrive de me demander si ma vie est réelle, si je suis bien en train de la vivre. C'est une histoire, en tout cas, qui me paraît crédible : celle d'un homme qui a fini non par faire la paix avec lui-même, mais par accepter l'état de siège.

J'ai pris des cours par correspondance. J'ai passé un concours – je suis devenu le correcteur attitré du bulletin d'information municipal, puis j'ai décroché un poste à mi-temps dans une association d'échanges culturels.

J'ai retrouvé Grazia : la fille d'Aides, la copine de Muriel. Une chance sur un million. Elle habitait Nancy, elle avait vingt-cinq ans de plus que moi, elle venait d'une vaste et aimante famille italienne, ses cheveux étaient rouges désormais, rouge volcan ; elle avait gardé son collier de jade.

Quand elle dormait, quand je la regardais dormir, la Terre murmurait par sa bouche des soupirs, des grognements qu'aucun homme heureux n'aurait pu comprendre. Je croyais, à la contempler, en la force des signes et des sacrilèges ; jamais je ne l'ai réveillée.

Son père venait de rejoindre les ombres. Dérivant dans « l'onde noire où dorment les étoiles », avait récité Grazia au pupitre de l'église toscane où plus de trois cents fidèles s'étaient rassemblés. Il lui laissait un pécule confortable. Nous nous sommes installés à Venise, où son frère aîné travaillait – il était patron adjoint d'une compagnie de vaporettos. Nous habitions calle dei Vedei, un petit appartement non loin du Ghetto. Grazia avait trouvé un poste à la fondation Guggenheim. Je secondais son frère, j'essayais d'écrire des livres, ils finissaient tous à la poubelle.

Certains soirs, j'allais me promener dans le Cannaregio, mon ombre pour seule compagne. Moi à Venise, m'avait dit Muriel. Moi nageant « à la place d'un autre ».

Je m'arrêtais, parfois, il m'arrivait de sourire pour rien, je commençais à songer au passé avec une sorte de tendresse.

Ensuite, Grazia est morte – un cancer des ovaires. Mes ombres sont revenues, elles n'étaient jamais parties. Je dormais prostré au pied de son lit, hirsute et grelottant, tandis qu'elles me lacéraient les entrailles puis se léchaient les griffes : l'une après l'autre. Ne me prenez pas ça, suppliais-je. Ne me la prenez pas.

Trois semaines après les funérailles, m'a-t-on raconté, l'un de ses cousins est entré dans notre chambre, m'a relevé et m'a donné de l'eau à boire. « C'est fini. Fini. » Je le dévisageais sans comprendre. La nuit venue, tristement aimanté, je m'en allais errer du côté du *campo* juif, de vieilles chansons aux lèvres, un automate déréglé.

Je trébuchais. M'asseyais au bord du canal. Songeais à Iago qui ne s'appelait pas Iago et qui, j'en étais sûr, à présent, n'était jamais venu en ces lieux.

Je rêvais à Daniel Darc, de l'autre côté des Alpes, dont la grand-mère était morte à Auschwitz et qui venait de sortir un nouvel album, son avant-dernier (il mourrait deux ans plus tard, seul, dans le XIe arrondissement de Paris).

Moi, je suis un ange déçu, un prince en exil
Supportez-moi, c'est moi le bûcher des vanités.
Je m'aventure à 10 mètres de chez moi,
Je saute de la fenêtre du rez-de-chaussée,
Je grimpe jusqu'au premier étage.

J'allais crever, moi aussi. Un effort encore, et j'allais me jeter à la flotte, rejoindre le Grand Rien, l'oubli déguisé en firmament.

Il fallait que je foute le camp.

Je suis parti à Fribourg. J'ai fui à Strasbourg. J'écrivais, toujours, des histoires de meurtres et de cambriolages, des drames sans queue ni tête – semblables à des cercueils, mes manuscrits se refermaient invariablement sur eux-mêmes. Et il suffisait que je les relise, un ou deux mois après les avoir terminés, pour que je sache qu'il était inutile de les envoyer à qui que ce soit : leur signification était nulle, ils étaient nés du désert de mon âme.

Paradiso

57

Il y a deux ans maintenant, mes parents ont fini par divorcer. Ils venaient d'avoir 70 ans, ma sœur travaillait à mi-temps dans une association de réinsertion de rapaces, les médecins la disaient « stabilisée » et mon père et ma mère étaient tombés d'accord sur le fait que leur histoire n'avait que trop duré. Ils s'étaient rencontrés à l'âge de 12 ans et n'avaient jamais connu personne d'autre.

« Refaire notre vie ? Il n'y a rien à *refaire* », m'avait écrit mon père dans un e-mail. « Simplement continuer. Pour le petit bout de temps qu'il nous reste. »

Ma mère a déménagé à Toulouse, où l'une de ses meilleures amies était partie s'installer après sa propre séparation.

Mon père a trouvé un deux pièces à Paris, non loin de la rue Mouffetard. Six mois après que le divorce a été prononcé, on lui a diagnostiqué un cancer du pancréas. Il me l'a appris sans ambages un soir que nous étions allés dîner dans un restaurant chinois du boulevard de l'Hôpital. Il a montré sa salade d'arachides, ses nouilles sautées. « Bientôt, tout ça, fini pour moi. »

Des traitements ont été tentés qui n'ont pas donné de résultats probants. Mon père se prêtait aux soins avec une placidité héroïque. Il ne se plaignait pas, il n'avait manqué de rien. Certes, on ne pouvait pas parler avec sa femme de « grand amour », certes, aussi, ma sœur en avait bavé, et j'avais eu, il le savait, ma part d'emmerdements et de douleurs, mais comment aurait-il pu en être autrement ? « Ce n'était pas ce à quoi je m'étais attendu, a-t-il conclu ce soir-là avec sa pudeur habituelle. Bon, nous avions fait ce que nous pouvions, non ? Nous avions vécu.

Il a vidé le reste de sa bouteille de Tsingtao dans son verre, et a levé ce dernier.

— À la santé de nos chers disparus.

Nous avons trinqué, modestement. À la table voisine, une famille chinoise fêtait un événement heureux, et faisait beaucoup de bruit. En un sens, cela nous arrangeait.

Ma mère était-elle au courant de sa maladie ? « Non. Tu peux le lui dire si tu veux, moi je ne le ferai pas. »

Au moment de régler l'addition, il a nettoyé ses lunettes avec un chiffon microfibre : « On vit trente ans avec quelqu'un, et qu'est-ce qu'il reste de ce temps, de ce partage ? Pas grand-chose, en réalité. On est toujours à peu près seul. »

Il regardait par la fenêtre. Comment le contredire ? La nuit tombée, la pluie, les phares des voitures, Paris qui, déjà, s'effilochait, une vie sur le point de s'éteindre… Alors c'était ainsi ? Quelques pensées, des voyages lointains, une girafe qui vous mange dans la main, des rires au fond d'un restaurant pieds-dans-le-sable, et puis une signature au bas d'un papier, et voici ce même homme figé en haut des marches d'un palais de justice, songeant, alors que son ex-femme s'éloignait au bras d'une amie compatissante, songeant, oui, en ce jour d'avril éclaboussé de soleil, que les oiseaux disparaissaient, moineaux, corneilles, et même les pigeons désormais.

n'avons rien pu faire les uns pour les autres. Je le regrette tellement.

Ma main restait sur la sienne. Chaude, apaisante.

— C'était ma faute.

Il a posé son front contre le mien et s'est humecté les lèvres.

— Ne repronònce jamais ces mots. Écoute-moi, regarde-moi : il n'y a pas de faute. Il y a ce drame qui nous a frappés, et je me suis souvent demandé comment tu arrivais à vivre avec ça, mais tout de suite après je pensais à *ma* douleur, à *ma* responsabilité, et il m'était impossible de m'occuper de toi. Aujourd'hui, c'est différent. J'ai compris. J'ai maintes fois songé à t'appeler, à vrai dire. J'allais le faire.

— Ne t'inquiète pas.

— Et je savais, a repris mon père, je savais que nous parlerions ici. C'est pourquoi j'ai accepté de venir. Mais à présent, tout est bien.

— Tout est bien ?

Il s'est levé, s'est penché en arrière, mains sur les hanches, il a grimacé. Notre propriétaire est arrivée, avec ses deux verres de jus de soleil.

— Ne me dites pas que vous partez déjà.

— Oh que non. Soyez tranquille. Je voulais juste montrer quelque chose à mon fils.

La dame a hoché la tête.

Clopin-clopant, mon père s'est dirigé vers la porte. S'est retourné à mi-chemin.

— Tu viens ?

Alors j'ai repoussé ma chaise, moi aussi, et je l'ai suivi. Nous avons fait quelques pas dans le jardin aux senteurs de nuit mouillée. L'herbe luisait, argentée, le ciel n'avait jamais été aussi bleu. Des rêves rosâtres se délitaient, un vent parfait courbait les roseaux – au loin, la mer, le grand rien.

Des oiseaux sont passés, tirant l'aube à leur suite. Mon père ne m'a pas dit leurs noms. Dans six mois, il serait mort.

À son côté, je m'étais avancé. Il a pris ma main dans la sienne et, pendant un long moment, nous avons regardé le jour renaître.

Photocomposition PCA

Achevé d'imprimer en novembre 2021
par CPI BUSSIÈRE (18200 Saint-Amand-Montrond)
pour le compte des Éditions Calmann-Lévy
21, rue du Montparnasse, 75006 Paris

PAPIER À BASE DE
FIBRES CERTIFIÉES

CALMANN LÉVY s'engage
pour l'environnement en réduisant
l'empreinte carbone de ses livres.
Celle de cet exemplaire est de :
1,100 kg éq. CO_2
Rendez-vous sur
www.calmann-levy-durable.fr

N° d'éditeur : 1702368/02
N° d'imprimeur : 2061635
Dépôt légal : janvier 2022
Imprimé en France.